朱自清散文集

朱自清 著

图书在版编目（CIP）数据

朱自清散文集 / 朱自清著. -- 哈尔滨：北方文艺出版社，2018.1（2020.8 重印）

ISBN 978-7-5317-4097-1

Ⅰ. ①朱… Ⅱ. ①朱… Ⅲ. ①散文集－中国－现代 Ⅳ. ①I266

中国版本图书馆 CIP 数据核字（2017）第 281569 号

朱自清散文集
Zhuziqing Sanwenji

作　者 / 朱自清	
责任编辑 / 赵　平	封面设计 / 锦色书装
出版发行 / 北方文艺出版社	网　址 / www.bfwy.com
邮　编 / 150008	经　销 / 新华书店
地　址 / 哈尔滨市南岗区宣庆小区 1 号楼	
印　刷 / 三河市嵩川印刷有限公司	开　本 / 880×1230　1/32
字　数 / 190 千	印　张 / 8
版　次 / 2018 年 1 月第 1 版	印　次 / 2020 年 8 月第 3 次印刷
书　号 / ISBN 978-7-5317-4097-1	定　价 / 39.00 元

目录 | Contents

第一辑　荷塘月色

桨声灯影里的秦淮河 / 003

匆　匆 / 011

"月朦胧，鸟朦胧，帘卷海棠红" / 013

绿 / 015

白水漈 / 017

荷塘月色 / 018

春 / 021

春晖的一月 / 023

扬州的夏日 / 027

看　花 / 030

冬　天 / 034

歌　声 / 036

潭柘寺戒坛寺 / 038

白马湖 / 042

南　京 / 045

第二辑　背影

儿　女 / 053

给亡妇 / 060

一封信 / 064

我所见的叶圣陶 / 068

背　影 / 072

女　人 / 075

择偶记 / 081

房东太太 / 084

乞　丐 / 089

白　采 / 092

飘　零 / 095

怀魏握青君 / 099

我是扬州人 / 102

第三辑　生命的价格

　　航船中的文明 / 109

　　白种人——上帝的骄子！ / 112

　　执政府大屠杀记 / 115

　　生命的价格——七毛钱 / 122

　　阿　河 / 125

　　哀韦杰三君 / 133

　　沉　默 / 136

　　说　梦 / 139

　　论做作 / 142

　　论诚意 / 146

　　论雅俗共赏 / 149

　　正　义 / 156

　　你　我 / 159

第四辑　旅行杂记

　　松堂游记 / 175

　　重庆行记 / 177

　　蒙自杂记 / 185

　　初到清华记 / 188

　　海行杂记 / 191

旅行杂记 / 196

莱茵河 / 199

威尼斯 / 202

巴　黎 / 206

柏　林 / 224

罗　马 / 228

圣诞节 / 235

吃　的 / 239

文人宅 / 244

第一辑　荷塘月色

　　一个人在这苍茫的月下,什么都可以想,什么都可以不想,便觉是个自由的人。白天里一定要做的事,一定要说的话,现在都可不理。这是独处的妙处,我且受用这无边的荷香月色好了。

桨声灯影里的秦淮河

一九二三年八月的一晚,我和平伯同游秦淮河;平伯是初泛,我是重来了。我们雇了一只"七板子",在夕阳已去,皎月方来的时候,便下了船。于是桨声汩——汩,我们开始领略那晃荡着蔷薇色的历史的秦淮河的滋味了。

秦淮河里的船,比北京万生园、颐和园的船好,比西湖的船好,比扬州瘦西湖的船也好。这几处的船不是觉着笨,就是觉着简陋、局促;都不能引起乘客们的情韵,如秦淮河的船一样。秦淮河的船约略可分为两种:一是大船;一是小船,就是所谓"七板子"。大船舱口阔大,可容二三十人。里面陈设着字画和光洁的红木家具,桌上一律嵌着冰凉的大理石面。窗格雕镂颇细,使人起柔腻之感。窗格里映着红色蓝色的玻璃;玻璃上有精致的花纹,也颇悦人目。"七板子"规模虽不及大船,但那淡蓝色的栏杆、空敞的舱,也足系人情思。而最出色处却在它的舱前。舱前是甲板上的一部。上面有弧形的顶,两边用疏疏的栏杆支着。里面通常放着两张藤的躺椅。躺下,可以谈天,可以望远,可以顾盼两岸的河房。大船上也有这个,便在小船上更觉清隽罢了。舱前的顶下,一律悬着灯彩;灯的多少、明暗,彩苏的精粗、艳晦,是不一的,但好歹总还你一个灯彩。这灯彩实在是最能勾人的东西。

夜幕垂垂地下来时，大小船上都点起灯火。从两重玻璃里映出那辐射着的黄黄的散光，反晕出一片朦胧的烟霭；透过这烟霭，在黯黯的水波里，又逗起缕缕的明漪。在这薄霭和微漪里，听着那悠然的间歇的桨声，谁能不被引入他的美梦去呢？只愁梦太多了，这些大小船儿如何载得起呀？我们这时模模糊糊地谈着明末秦淮河的艳迹，如《桃花扇》及《板桥杂记》里所载的。我们真神往了。我们仿佛亲见那时华灯映水、画舫凌波的光景了。于是我们的船便成了历史的重载了。我们终于恍然秦淮河的船所以雅丽过于他处，而又有奇异的吸引力，实在是许多历史的影像使然了。

秦淮河的水是碧阴阴的；看起来厚而不腻，或者是六朝金粉所凝么？我们初上船的时候，天色还未断黑，那漾漾的柔波是这样的恬静、委婉，使我们一面有水阔天空之想，一面又憧憬着纸醉金迷之境了。等到灯火明时，阴阴的变为沉沉了：黯淡的水光，像梦一般；那偶然闪烁着的光芒，就是梦的眼睛了。我们坐在舱前，因了那隆起的顶棚，仿佛总是昂着首向前走着似的；于是飘飘然如御风而行的我们，看着那些自在的湾泊着的船，船里走马灯般的人物，便像是下界一般，迢迢地远了，又像在雾里看花，尽朦朦胧胧的。这时我们已过了利涉桥，望见东关头了。沿路听见断续的歌声：有从沿河的妓楼飘来的，有从河上船里渡来的。我们明知那些歌声，只是些因袭的言词，从生涩的歌喉里机械地发出来的；但它们经了夏夜的微风的吹漾和水波的摇拂，袅娜着到我们耳边的时候，已经不单是她们的歌声，而是混着微风和河水的密语了。于是我们不得不被牵惹着，震撼着，相与浮沉于这歌声里了。从东关头转弯，不久就到大中桥。大中桥共有三个桥拱，都很阔大，俨然是三座门儿；使我们觉得我们的船和船里的我们，在桥下过去时，真是太无颜色了。桥砖是深褐色，表明它的历史的长久；但都完好无缺，令人太息于古昔工程的坚美。桥上两旁都是木壁的房子,中间应该有街路?这些房子都破旧了,多年烟熏的迹,遮没了当年的美丽。我想象秦淮河的极盛时,在这样宏阔的桥上,特地盖了房子,必然是髹漆得富富丽丽的;晚间必然是灯火通明的。现在却只剩下一片黑沉沉!但是桥上造着房子,毕竟使我们多少可以想见往日的繁华;这也慰情聊胜无了。过了大中桥,便到了灯月交辉、笙歌彻夜的秦淮河;这才是秦淮河的真面目哩。

　　大中桥外,顿然空阔,和桥内两岸排着密密的人家的大异了。一眼望去,疏疏的林,淡淡的月,衬着蓝蔚的天,颇像荒江野渡光景;那边呢,郁丛丛的,阴森森的,又似乎藏着无边的黑暗:令人几乎不信那是繁华的秦淮河了。但是河中眩晕着的灯光,纵横着的画舫,悠扬着的笛韵,夹着那吱吱的胡琴声,终于使我们认识绿如茵陈酒的秦淮水了。此地天裸露着的多些,故觉夜来得独迟些;从清清的水影里,我们感到的只是薄薄的夜——这正是秦淮河的夜。大中桥外,本来还有一座复成桥,是船夫口中的我们的游踪尽处,或也是秦淮河繁华的尽处了。我的脚曾踏过复成桥的脊,在十三四岁的时候。但是两次游秦淮河,却都不曾见着复成桥的面;明知总在前途的,却常觉得有些虚无缥缈似的。我想,不见倒也好。这时正是盛夏。我们下船后,借着新生的晚凉和河上的微风,暑气已渐渐消散;到了此地,豁然开朗,身子顿然轻了——习习的清风荏苒在面上,手上,衣上,这便又感到了一缕新凉了。南京的日光,大概没有杭州猛烈;西湖的夏夜老是热蓬蓬的,水像沸着一般,秦淮河的水却尽是这样冷冷地绿着。任你人影的憧憧,歌声的扰扰,总像隔着一层薄薄的绿纱面幂似的;它尽是这样静静地、冷冷地绿着。我们出了大中桥,走不上半里路,船夫便将船划到一旁,停了桨由它宕着。他以为那里正是繁华的极点,再过去就是荒凉了;所以让我们多多赏鉴一会儿。他自己却静静地蹲着。他是看惯这光景的了,大约只是一个无可无不可。这无可无不可,无论是升的沉的,总之,都比我们高了。

那时河里热闹极了;船大半泊着,小半在水上穿梭似的来往。停泊着的都在近市的那一边,我们的船自然也夹在其中。因为这边略略地挤,便觉得那边十分地疏了。在每一只船从那边过去时,我们能画出它的轻轻的影和曲曲的波,在我们的心上;这显着是空,且显着是静了。那时处处都是歌声和凄厉的胡琴声,圆润的喉咙,确乎是很少的。但那生涩的、尖脆的调子,能使人有少年的、粗率不拘的感觉,也正可快我们的意。况且多少隔开些儿听着,因为想象与渴慕的作美,总觉更有滋味;而竞发的喧嚣,抑扬的不齐,远近的杂沓,和乐器的嘈嘈切切,合成另一意味的谐音,也使我们无所适从,如随着大风而走。这实在因为我们的心枯涩久了,变为脆弱;故偶然润泽一下,便疯狂似的不能自主了。但秦淮河确也腻人。即如船里的人面,无论是和我们一堆儿泊着的,无论是从我们眼前过去的,总是模模糊糊的,甚至渺渺茫茫的;任你张圆了眼睛,揩净了眦垢,也是枉然。这真够人想呢。在我们停泊的地方,灯光原是纷然的;不过这些灯光都是黄而有晕的。黄已经不能明了,再加上了晕,便更不成了。灯愈多,晕就愈甚;在繁星般的黄的交错里,秦淮河仿佛笼上了一团光雾。光芒与雾气腾腾地晕着,什么都只剩了轮廓了;所以人面的详细的曲线,便消失于我们的眼底了。但灯光究竟夺不了那边的月色;灯光是浑的,月色是清的,在混沌的灯光里,渗入了一派清辉,却真是奇迹!那晚月儿已瘦削了两三分。她晚妆才罢,盈盈地上了柳梢头。天是蓝得可爱,仿佛一汪水似的;月儿便更出落得精神了。岸上原有三株两株的垂杨树,淡淡的影子,在水里摇曳着。它们那柔细的枝条浴着月光,就像一支支美人的臂膊,交互地缠着,挽着;又像是月儿披着的发。而月儿偶然也从它们的交叉处偷偷窥看我们,大有小姑娘怕羞的样子。岸上另有几株不知名的老树,光光地立着;在月光里照起来,却又俨然是精神矍铄的老人。远处——快到天际线了,才有一两片白云,亮得现出异彩,像美丽的贝壳一般。白云下便是黑黑的一带轮廓;是一条随意画的不规则的曲线。这一段光景,和河中的风味大异了。但灯与月竟能并存着,交融着,使月成了缠绵的月,灯射着渺渺的灵辉;这正是天之所以厚秦淮河,也正是天之所以厚我们了。

　　这时却遇着了难解的纠纷。秦淮河上原有一种歌妓,是以歌为业的。从前都在茶舫上,唱些大曲之类。每日午后一时起;什么时候止,却忘记了。晚上照样也有一回。也在黄晕的灯光里。我从前过南京时,曾随着朋友去听过两次。因为茶舫里的人脸太多了,觉得不大适意,终于听不出所以然。前年听说歌妓被取缔了,不知怎的,颇设想了几次——却想不出什么。这次到南京,先到茶舫上去看看,觉得颇是寂寥,令我无端地怅怅了。不料她们却仍在秦淮河里挣扎着,不料她们竟会纠缠到我们,我于是很张皇了。她们也乘着"七板子",她们总是坐在舱前的。舱前点着石油汽灯,光亮眩人眼目:坐在下面的,自然是纤毫毕见了——引诱客人们的力量,也便在此了。舱里躲着乐工等人,映着汽灯的余辉蠕动着;他们是永远不被注意的。每船的歌妓大约都是二人;天色一黑,她们的船就在大中桥外往来不息地兜生意。无论行着的船、泊着的船,都要来兜揽的。这都是我后来推想出来的。那晚不知怎样,忽然轮着我们的船了。我们的船好好地停着,一只歌舫划向我们来的;渐渐和我们的船并着了。铄铄的灯光逼得我们皱起了眉头;我们的风尘色全给它托出来了,这使我踧踖不安了。那时一个伙计跨过船来,拿着摊开的歌折,就近塞向我的手里,说:"点几出吧!"他跨过来的时候,我们船上似乎有许多眼光跟着。同时相近的别的船上也似乎有许多眼睛炯炯地向我们船上看着。我真窘了!我也装出大方的样子,向歌妓们瞥了一眼,但究竟是不成的!我勉强将那歌折翻了一翻,却不曾看清了几个字;便赶紧递还那伙计,一面不好意思地说:"不要,我们……不要。"他便塞给平伯。平伯掉转头去,摇手说:"不要!"那人还腻着不走。平伯又回过脸来,摇着头道:"不要!"于是那人重到我处。我窘着再拒绝了他。他才有所不屑似的走了。我的心立刻放下,如释了重负一般。我们就开始自白了。

我说我受了道德律的压迫,拒绝了她们;心里似乎很抱歉的。这所谓抱歉,一面对于她们,一面对于我自己。她们于我们虽然没有很奢的希望;但总有些希望的。我们拒绝了她们,无论理由如何充足,却使她们的希望受了伤;这总有几分不作美了。这是我觉得很怅怅的。至于我自己,更有一种不足之感。我这时被四面的歌声诱惑了,降服了;但是远远的,远远的歌声总仿佛隔着重衣搔痒似的,越搔越搔不着痒处。我于是憧憬着贴耳的妙音了。在歌舫划来时,我的憧憬变为盼望;我固执地盼望着,有如饥渴。虽然从浅薄的经验里,也能够推知,那贴耳的歌声,将剥去了一切的美妙;但一个平常的人像我的,谁愿凭了理性之力去丑化未来呢?我宁愿自己骗着了。不过我的社会感性是很敏锐的;我的思力能拆穿道德律的西洋镜,而我的感情却终于被它压服着,我于是有所顾忌了,尤其是在众目昭彰的时候。道德律的力,本来是民众赋予的;在民众的面前,自然更显出它的威严了。我这时一面盼望,一面却感到了两重的禁制:一、在通俗的意义上,接近妓者总算一种不正当的行为;二、妓是一种不健全的职业,我们对于她们,应有哀矜勿喜之心,不应赏玩地去听她们的歌。在众目睽睽之下,这两种思想在我心里最为旺盛。她们暂时压倒了我的听歌的盼望,这便成就了我的灰色的拒绝。那时的心实在异常状态中,觉得颇是昏乱。歌舫去了,暂时宁静之后,我的思绪又如潮涌了。两个相反的意思在我心头往复:卖歌和卖淫不同,听歌和狎妓不同,又干道德甚事?——但是,但是,她们既被逼得以歌为业,她们的歌必无艺术味的;况她们的身世,我们究竟该同情的。所以拒绝倒也是正办。但这些意思终于不曾撇开我的听歌的盼望。它力量异常坚强;它总想将别的思绪踏在脚下。从这重重的争斗里,我感到了浓厚的不足之感。这不足之感使我的心盘旋不安,起坐都不安宁了。唉!我承认我是一个自私的人!平伯呢,却与我不同。他引周启明先生的诗:"因为我有妻子,所以我爱一切的女人,因为我有子女,所以我爱一切的孩子。"他的意思可以见了。他因为推及的同情,爱着那些歌妓,并且尊重着她们,所以拒绝了她们。在这种情形下,他自然以为听歌是对她们的一种侮辱。但他也是想听歌的,虽然不和我一样,所以在他的心中,当然也有一番小小的争斗;争斗的结果,是同情胜了。至于道德律,在他是没有什么的;因为他很有蔑视一切的倾向,民众的力量在他是不大觉着的。这时他的心意的活动比较简单,又比较松弱,故事后还怡然自若;我却不能了。这里平伯又比我高了。

在我们谈话中间,又来了两只歌舫。伙计照前一样地请我们点戏,我们照前一样地拒绝了。我受了三次窘,心里的不安更甚了。清艳的夜景也为之减色。船夫大约因为要赶第二趟生意,催着我们回去;我们无可无不可地答应了。我们渐渐和那些晕黄的灯光远了,只有些月色冷清清地随着我们的归舟。我们的船竟没个伴儿,秦淮河的夜正长哩!到大中桥近处,才遇着一只来船。这是一只载妓的板船,黑漆漆的没有一点光。船头上坐着一个妓女;暗里看出,白地小花的衫子,黑的下衣。她手里拉着胡琴,口里唱着青衫的调子。她唱得响亮而圆转;当她的船箭一般驶过去时,余音还袅袅地在我们耳际,使我们倾听而向往。想不到在弩末的游踪里,还能领略到这样的清歌!这时船过大中桥了,森森的水影,如黑暗张着巨口,要将我们的船吞了下去,我们回顾那渺渺的黄光,不胜依恋之情;我们感到了寂寞了!这一段地方夜色甚浓,又有两头的灯火招邀着;桥外的灯火不用说了,过了桥另有东关头疏疏的灯火。我们忽然仰头看见依人的素月,不觉深悔归来之早了！走过东关头，有一两只大船湾泊着，又有几只船向我们来着。嚣嚣的一阵歌声人语，仿佛笑我们无伴的孤舟哩。东关头转弯，河上的夜色更浓了；临水的妓楼上，时时从帘缝里射出一线一线的灯光；仿佛黑暗从酣睡里眨了一眨眼。我们默然地对着，静听那汩——汩的桨声，几乎要人睡了；朦胧里却温寻着适才的繁华的余味。我那不安的心在静里愈显活跃了！这时我们都有了不足之感，而我的更其浓厚。我们却又不愿回去，于是只能由懊悔而怅惘了。船里便满载着怅惘了。直到利涉桥下，微微嘈杂的人声，才使我豁然一惊；那光景却又不同。右岸的河房里，都大开了窗户，里面亮着晃晃的电灯，电灯的光射到水上，蜿蜒曲折，闪闪不息，正如跳舞着的仙女的臂膊。我们的船已在她的臂膊里了；如睡在摇篮里一样，倦了的我们便又入梦了。那电灯下的人物，只觉像蚂蚁一般，更不去萦念。这是最后的梦；可惜是最短的梦！黑暗重复落在我们面前，我们看见傍岸的空船上一星两星的、枯燥无力又摇摇不定的灯光。我们的梦醒了，我们知道就要上岸了；我们心里充满了幻灭的情思。

1923 年 10 月 11 日作完，于温州

（原载 1924 年 1 月 25 日《东方杂志》第 21 卷第 2 号 20 周年纪念号）

匆　匆

燕子去了，有再来的时候；杨柳枯了，有再青的时候；桃花谢了，有再开的时候。但是，聪明的，你告诉我，我们的日子为什么一去不复返呢？——是有人偷了他们罢：那是谁？又藏在何处呢？是他们自己逃走了罢：现在又到了那里呢？

我不知道他们给了我多少日子；但我的手确乎是渐渐空虚了。在默默里算着，八千多日子已经从我手中溜去；像针尖上一滴水滴在大海里，我的日子滴在时间的流里，没有声音，也没有影子。我不禁头涔涔而泪潸潸了。

去的尽管去了，来的尽管来着；去来的中间，又怎样地匆匆呢？早上我起来的时候，小屋里射进两三方斜斜的太阳。太阳他也有脚啊，轻轻悄悄地挪移了；我也茫茫然跟着旋转。于是——洗手的时候，日子从水盆里过去；吃饭的时候，日子从饭碗里过去；默默时，便从凝然的双眼前过去。我觉察他去的匆匆了，伸出手遮挽时，他又从遮挽着的手边过去；天黑时，我躺在床上，他便伶伶俐俐地从我身上跨过，从我脚边飞去了。等我睁开眼和太阳再见，这算又溜走了一日。我掩着面叹息。但是新来的日子的影儿又开始在叹息里闪过了。

在逃去如飞的日子里，在千门万户的世界里的我能做些什么呢？

只有徘徊罢了，只有匆匆罢了；在八千多日的匆匆里，除徘徊外，又剩些什么呢？过去的日子如轻烟，被微风吹散了，如薄雾，被初阳蒸融了；我留着些什么痕迹呢？我何曾留着像游丝样的痕迹呢？我赤裸裸来到这世界，转眼间也将赤裸裸地回去罢？但不能平的，为什么偏要白白走这一遭啊？

你聪明的，告诉我，我们的日子为什么一去不复返呢？

1922 年 3 月 28 日

"月朦胧，鸟朦胧，帘卷海棠红"

这是一张尺多宽的小小的横幅，马孟容君画的。上方的左角，斜着一卷绿色的帘子，稀疏而长；当纸的直处三分之一，横处三分之二。帘子中央，着一黄色的，茶壶嘴似的钩儿——就是所谓软金钩么？"钩弯"垂着双穗，石青色；丝缕微乱，若小曳于轻风中。纸右一圆月，淡淡的青光遍满纸上；月的纯净、柔软与平和，如一张睡美人的脸。从帘的上端向右斜伸而下，是一枝交缠的海棠花。花叶扶疏，上下错落着，共有五丛；或散或密，都玲珑有致。叶嫩绿色，仿佛掐得出水似的；在月光中掩映着，微微有浅深之别。花正盛开，红艳欲流；黄色的雄蕊历历的，闪闪的。衬托在丛绿之间，格外觉着妖娆了。枝敧斜而腾挪，如少女的一只臂膊。枝上歇着一对黑色的八哥，背着月光，向着帘里。一只歇得高些，小小的眼儿半睁半闭的，似乎在入梦之前，还有所留恋似的。那低些的一只别过脸来对着这一只，已缩着颈儿睡了。帘下是空空的，不着一些痕迹。

试想在圆月朦胧之夜，海棠是这样的妩媚而嫣润；枝头的好鸟为什么却双栖而各梦呢？在这夜深人静的当儿，那高踞着的一只八哥儿，又为何尽撑着眼皮儿不肯睡去呢？他到底等什么来着？舍不得那淡淡的月儿么？舍不得那疏疏的帘儿么？不，不，不，您得到帘下去找，您得向帘中去找——您该找着那卷帘人了？他的情韵风怀，原是这样这样的哟！朦胧的岂独月呢；岂独鸟呢？但是，咫尺天涯，教我如何耐得？我拼着千呼万唤；你能够出来么？

这页画布局那样经济，设色那样柔活，故精彩足以动人。虽是区区尺幅，而情韵之厚，已足沦肌浃髓而有余。我看了这画，瞿然而惊；留恋之怀，不能自已。故将所感受的印象细细写出，以志这一段因缘。但我于中西的画都是门外汉，所说的话不免为内行所笑。那也只好由他了。

1924年2月1日，温州作

绿

我第二次到仙岩的时候,我惊诧于梅雨潭的绿了。

梅雨潭是一个瀑布潭。仙岩有三个瀑布,梅雨瀑最低。走到山边,便听见哗哗哗哗的声音;抬起头,镶在两条湿湿的黑边儿里的,一带白而发亮的水便呈现于眼前了。我们先到梅雨亭。梅雨亭正对着那条瀑布;坐在亭边,不必仰头,便可见它的全体了。亭下深深的便是梅雨潭。这个亭踞在突出的一角的岩石上,上下都空空儿的;仿佛一只苍鹰展着翼翅浮在天宇中一般。三面都是山,像半个环儿拥着;人如在井底了。这是一个秋季的薄阴的天气。微微的云在我们顶上流着;岩面与草丛都从润湿中透出几分油油的绿意。而瀑布也似乎分外地响了。那瀑布从上面冲下,仿佛已被扯成大小的几绺;不复是一幅整齐而平滑的布。岩上有许多棱角;瀑流经过时,作急剧的撞击,便飞花碎玉般乱溅着了。那溅着的水花,晶莹而多芒;远望去,像一朵朵小小的白梅,微雨似的纷纷落着。据说,这就是梅雨潭之所以得名了。但我觉得像杨花,格外确切些。轻风起来时,点点随风飘散,那更是杨花了。这时偶然有几点送入我们温暖的怀里,便倏地钻了进去,再也寻它不着。

梅雨潭闪闪的绿色招引着我们;我们开始追捉她那离合的神光了。

揪着草，攀着乱石，小心探身下去，又鞠躬过了一个石穹门，便到了汪汪一碧的潭边了。瀑布在襟袖之间；但我的心中已没有瀑布了。我的心随潭水的绿而摇荡。那醉人的绿呀！仿佛一张极大极大的荷叶铺着，满是奇异的绿呀。我想张开两臂抱住她；但这是怎样一个妄想呀。站在水边，望到那面，居然觉着有些远呢！这平铺着、厚积着的绿，着实可爱。她松松地皱缬着，像少妇拖着的裙幅；她轻轻地摆弄着，像跳动的初恋的处女的心；她滑滑地明亮着，像涂了"明油"一般，有鸡蛋清那样软，那样嫩，令人想着所曾触过的最嫩的皮肤；她又不杂些儿尘滓，宛然一块温润的碧玉，只清清的一色——但你却看不透她！我曾见过北京什刹海拂地的绿杨，脱不了鹅黄的底子，似乎太淡了。我又曾见过杭州虎跑寺近旁高峻而深密的"绿壁"，丛叠着无穷的碧草与绿叶的，那又似乎太浓了。其余呢，西湖的波太明了，秦淮河的也太暗了。可爱的，我将什么来比拟你呢？我怎么比拟得出呢？大约潭是很深的，故能蕴蓄着这样奇异的绿；仿佛蔚蓝的天融了一块在里面似的，这才这般地鲜润呀。那醉人的绿呀！我若能裁你以为带，我将赠给那轻盈的舞女；她必能临风飘举了。我若能挹你以为眼，我将赠给那善歌的盲妹；她必明眸善睐了。我舍不得你；我怎舍得你呢？我用手拍着你，抚摩着你，如同一个十二三岁的小姑娘。我又掬你入口，便是吻着她了。我送你一个名字，我从此叫你"女儿绿"，好么？

我第二次到仙岩的时候，我不禁惊诧于梅雨潭的绿了。

2月8日，温州作

白水漈

几个朋友伴我游白水漈。

这也是个瀑布；但是太薄了，又太细了。有时闪着些许的白光；等你定睛看去，却又没有——只剩一片飞烟而已。从前有所谓"雾縠"，大概就是这样了。所以如此，全由于岩石中间突然空了一段；水到那里，无可凭依，凌虚飞下，便扯得又薄又细了。当那空处，最是奇迹。白光嬗为飞烟，已是影子，有时却连影子也不见。有时微风过来，用纤手挽着那影子，它便袅袅地成了一个软弧；但她的手才松，它又像橡皮带儿似的，立刻伏伏帖帖地缩回来了。我所以猜疑，或者另有双不可知的巧手，要将这些影子织成一个幻网。微风想夺了她的，她怎么肯呢？

幻网里也许织着诱惑；我的依恋便是个老大的证据。

3月16日，宁波作

荷塘月色

  这几天心里颇不宁静。今晚在院子里坐着乘凉,忽然想起日日走过的荷塘,在这满月的光里,总该另有一番样子吧。月亮渐渐地升高了,墙外马路上孩子们的欢笑,已经听不见了;妻在屋里拍着闰儿,迷迷糊糊地哼着眠歌。我悄悄地披了大衫,带上门出去。

  沿着荷塘,是一条曲折的小煤屑路。这是一条幽僻的路;白天也少人走,夜晚更加寂寞。荷塘四面,长着许多树,蓊蓊郁郁的。路的一旁,是些杨柳,和一些不知道名字的树。没有月光的晚上,这路上阴森森的,有些怕人。今晚却很好,虽然月光也还是淡淡的。

  路上只我一个人,背着手踱着。这一片天地好像是我的;我也像超出了平常的自己,到了另一世界里。我爱热闹,也爱冷静;爱群居,也爱独处。像今晚上,一个人在这苍茫的月下,什么都可以想,什么都可以不想,便觉是个自由的人。白天里一定要做的事,一定要说的话,现在都可不理。这是独处的妙处,我且受用这无边的荷香月色好了。

  曲曲折折的荷塘上面,弥望的是田田的叶子。叶子出水很高,像亭亭的舞女的裙。层层的叶子中间,零星地点缀着些白花,有袅娜地开着的,有羞涩地打着朵儿的;正如一粒粒的明珠,又如碧天里的星星,又如刚出浴的美人。微风过处,送来缕缕清香,仿佛远处高楼上渺茫的歌声似的。这时候叶子与花也有一丝的颤动,像闪电般,霎时传过荷塘的那边去了。叶子本是肩并肩密密地挨着,这便宛然有了一道凝碧的波痕。叶子底下是脉脉的流水,遮住了,不能见一些颜色;而叶子却更见风致了。

月光如流水一般,静静地泻在这一片叶子和花上。薄薄的青雾浮起在荷塘里。叶子和花仿佛在牛乳中洗过一样;又像笼着轻纱的梦。虽然是满月,天上却有一层淡淡的云,所以不能朗照;但我以为这恰是到了好处——酣眠固不可少,小睡也别有风味的。月光是隔了树照过来的,高处丛生的灌木,落下参差的斑驳的黑影,峭楞楞如鬼一般;弯弯的杨柳的稀疏的倩影,却又像是画在荷叶上。塘中的月色并不均匀;但光与影有着和谐的旋律,如梵婀玲上奏着的名曲。

荷塘的四面,远远近近,高高低低都是树,而杨柳最多。这些树将一片荷塘重重围住;只在小路一旁,漏着几段空隙,像是特为月光留下的。树色一例是阴阴的,乍看像一团烟雾;但杨柳的丰姿,便在烟雾里也辨得出。树梢上隐隐约约的是一带远山,只有些大意罢了。树缝里也漏着一两点路灯光,没精打采的,是渴睡人的眼。这时候最热闹的,要数树上的蝉声与水里的蛙声;但热闹是它们的,我什么也没有。

忽然想起采莲的事情来了。采莲是江南的旧俗,似乎很早就有,而六朝时为盛;从诗歌里可以约略知道。采莲的是少年的女子,她们是荡着小船,唱着艳歌去的。采莲人不用说很多,还有看采莲的人。那是一个热闹的季节,也是一个风流的季节。梁元帝《采莲赋》里说得好:

  于是妖童媛女,荡舟心许;鹢首徐回,兼传羽杯;櫂将移而藻挂,船欲动而萍开。尔其纤腰束素,迁延顾步;夏始春余,叶嫩花初,恐沾裳而浅笑，畏倾船而敛裾。

可见当时嬉游的光景了。这真是有趣的事，可惜我们现在早已无福消受了。

于是又记起《西洲曲》里的句子：

采莲南塘秋，莲花过人头；低头弄莲子，莲子清如水。

今晚若有采莲人，这儿的莲花也算得"过人头"了；只不见一些流水的影子，是不行的。这令我到底惦着江南了。这样想着，猛一抬头，不觉已是自己的门前；轻轻地推门进去，什么声息也没有，妻已睡熟好久了。

1927年7月，北京清华园
（原载1927年7月10日《小说月报》第18卷第7期）

春

盼望着，盼望着，东风来了，春天的脚步近了。

一切都像刚睡醒的样子，欣欣然张开了眼。山朗润起来了，水涨起来了，太阳的脸红起来了。

小草偷偷地从土地里钻出来，嫩嫩的，绿绿的。园子里，田野里，瞧去，一大片一大片满是的。坐着，躺着，打两个滚，踢几脚球，赛几趟跑，捉几回迷藏。风轻悄悄的，草软绵绵的。

桃树、杏树、梨树，你不让我，我不让你，都开满了花赶趟儿。红的像火，粉的像霞，白的像雪。花里带着甜味儿；闭了眼，树上仿佛已经满是桃儿、杏儿、梨儿。花下成千成百的蜜蜂嗡嗡地闹着，大小的蝴蝶飞来飞去。野花遍地是：杂样儿，有名字的，没名字的，散在草丛里，像眼睛，像星星，还眨呀眨的。

"吹面不寒杨柳风"，不错的，像母亲的手抚摸着你，风里带着些新翻的泥土的气息，混着青草味儿，还有各种花的香，都在微微润湿的空气里酝酿。鸟儿将窠巢安在繁花嫩叶当中，高兴起来了，呼朋引伴地卖弄清脆的喉咙，唱出宛转的曲子，与清风流水应和着。牛背上牧童的短笛，这时候也成天在嘹亮地响。

雨是最寻常的，一下就是三两天。可别恼。看，像牛毛，像花针，像细丝,密密地斜织着,人家屋顶上全笼着一层薄烟。树叶却绿得发亮,小草也青得逼你的眼。傍晚时候,上灯了,一点点黄晕的光,烘托出一片安静而和平的夜。在乡下,小路上,石桥边,有撑着伞慢慢走着的人,还有地里工作的农夫,披着蓑,戴着笠的。他们的草屋,稀稀疏疏的,在雨里静默着。

  天上风筝渐渐多了,地上孩子也多了。城里乡下,家家户户,老老小小,他们也赶趟儿似的,一个个都出来了。舒活舒活筋骨,抖擞抖擞精神,各做各的一份事去。"一年之计在于春",刚起头儿,有的是工夫,有的是希望。

  春天像刚落地的娃娃,从头到脚都是新的,他生长着。

  春天像小姑娘,花枝招展的,笑着,走着。

  春天像健壮的青年,有铁一般的胳膊和腰脚,他领着我们向前去。

春晖的一月

去年在温州,常常看到本刊,觉得很是欢喜。本刊印刷的形式,也颇别致,更使我有一种美感。今年到宁波时,听许多朋友说,白马湖的风景怎样怎样好,更加向往。虽然于什么艺术都是门外汉,我却怀抱着爱"美"的热诚,三月二日,我到这儿上课来了。在车上看见"春晖中学校"的路牌,白底黑字的,小秋千架似的路牌,我便高兴。出了车站,山光水色,扑面而来,若许我抄前人的话,我真是"应接不暇"了。于是我便开始了春晖的第一日。

走向春晖,有一条狭狭的煤屑路。那黑黑的细小的颗粒,脚踏上去,便发出一种摩擦的噪音,给我多少轻新的趣味。而最系我心的,是那小小的木桥。桥黑色,由这边慢慢地隆起,到那边又慢慢地低下去,故看去似乎很长。我最爱桥上的栏杆,那变形的纹的栏杆;我在车站门口早就看见了,我爱它的玲珑!桥之所以可爱,或者便因为这栏杆哩。我在桥上逗留了好些时。这是一个阴天。山的容光,被云雾遮了一半,仿佛淡妆的姑娘。但三面映照起来,也就青得可以了,映在湖里,白马湖里,接着水光,却另有一番妙景。我右手是个小湖,左手是个大湖。湖有这样大,使我自己觉得小了。湖水有这样满,仿佛要漫到我的脚下。湖在山的趾边,山在湖的唇边;他俩这样亲密,湖将山全吞下去了。吞的是青的，吐的是绿的，那软软的绿呀，绿的是一片，绿的却不安于一片；它无端地皱起来了。如絮的微痕，界出无数片的绿；闪闪闪闪的，像好看的眼睛。湖边系着一只小船，四面却没有一个人，我听见自己的呼吸。想起"野渡无人舟自横"的诗，真觉物我双忘了。

好了，我也该下桥去了；春晖中学校还没有看见呢。弯了两个弯儿，又过了一重桥。当面有山挡住去路；山旁只留着极狭极狭的小径。挨着小径，抹过山角，豁然开朗；春晖的校舍和历落的几处人家，都已在望了。远远看去，房屋的布置颇疏散有致，决无拥挤、局促之感。我缓缓走到校前，白马湖的水也跟我缓缓地流着。我碰着丏尊先生。他引我过了一座水门汀的桥，便到了校里。校里最多的是湖，三面潺潺地流着；其次是草地，看过去芊芊的一片。我是常住城市的人，到了这种空旷的地方，有莫名的喜悦！乡下人初进城，往往有许多的惊异，供给笑话的材料；我这城里人下乡，却也有许多的惊异——我的可笑，或者竟不下于初进城的乡下人。闲言少叙，且说校里的房屋、格式、布置固然疏落有味，便是里面的用具，也无一不显出巧妙的匠意；决无笨伯的手泽。晚上我到几位同事家去看，壁上有书有画，布置井井，令人耐坐。这种情形正与学校的布置、自然界的布置是一致的。美的一致，一致的美，是春晖给我的第一件礼物。

有话即长，无话即短，我到春晖教书，不觉已一个月了。在这一个月里，我虽然只在春晖登了十五日（我在宁波四中兼课），但觉甚是亲密。因为在这里，真能够无町畦。我看不出什么界线，因而也用不着什么防备，什么顾忌；我只照我所喜欢的做就是了。这就是自由了。从前我到别处教书时，总要做几个月的"生客"，然后才能坦然。对于"生客"的猜疑，本是原始社会的遗形物，其故在于不相知。这在现社会，也不能免的。但在这里，因为没有层迭的历史，又结合比较地单纯，故没有这种习染。这是我所深愿的！这里的教师与学生，也没有什么界限。在一般学校里，师生之间往往隔开一无形界限，这是最足减少教育效力的事！学生对于教师，"敬鬼神而远之"；教师对于学生，尔为尔，我为我，休戚不关，理乱不闻！这样两橛的形势，如何说得到人格感化？如何说得到"造成健全人格"？这里的师生却没有这样情形。无论何时，都可自由说话；一切事务，常常通力合作。校里只有协治会而没有自治会。感情既无隔阂，事务自然都开诚布公，无所用其躲闪。学生因无须矫情饰伪，故甚活泼有意思。又因能顺全天性，不遭压抑；加以自然界的陶冶：故趣味比较纯正。也有太随便的地方，如有几个人上课时喜欢谈闲天，有几个人喜欢吐痰在地板上，但这些总容易矫正的。春晖给我的第二件礼物是真诚，一致的真诚。

春晖是在极幽静的乡村地方，往往终日看不见一个外人！寂寞是小事；在学生的修养上却有了问题。现在的生活中心，是城市而非乡村。乡村生活的修养能否适应城市的生活，这是一个问题。此地所说适应，只指两种意思：一是抵抗诱惑，二是应付环境——明白些说，就是应付人，应付物。乡村诱惑少，不能养成定力；在乡村是好人的，将来一入城市做事，或者竟抵挡不住。从前某禅师在山中修道，道行甚高；一旦入闹市，"看见粉白黛绿，心便动了"。这话看来有理，但我以为其实无妨。就一般人而论，抵抗诱惑的力量大抵和性格、年龄、学识、经济力等有"相当"的关系。除经济力与年龄外，性格、学识，都可用教育的力量提高它，这样增加抵抗诱惑的力量。提高的意思，说得明白些，便是以高等的趣味替代低等的趣味；养成优良的习惯，使不良的动机不容易有效。用了这种方法，学生达到高中毕业的年龄，也总该有相当的抵抗力了；入城市生活又何妨？（不及初中毕业时者，因初中毕业，仍须续入高中，不必自己挣扎，故不成问题。）有了这种抵抗力，虽还有经济力可以作祟，但也不能有大效。前面那禅师所以不行，一因他过的是孤独的生活，故反动力甚大；一因他只知克制，不知替代，故外力一强，便"虎兕出于柙"了！这岂可与现在这里学生的乡村生活相提并论呢？至于应付环境，我以为应付物是小问题，可以随时指导；而且这与乡村、城市无大关系。我是城市的人，但初到上海，也曾因不会乘电车而跌了一跤，跌得皮破血流；这与乡下诸公又差得几何呢？若说应付人，无非是机心！什么"逢人只说三分话，未可全抛一片心"，便是代表的教训。教育有改善人心的使命；这种机心，有无养成的必要，是一个问题。姑不论这个，要养成这种机心，也非到上海这种地方去不成；普通城市正和乡村一样，是没有什么帮助的。凡以上所说，无非要使大家相信，这里的乡村生活的修养，并不一定不能适应将来城市的生活。况且我们还可以举行旅行，以资调剂呢。况且城市生活的修养，虽自有它的好处；但也有流弊。如诱惑太多，年龄太小或性格未佳的学生，或者转易陷溺——那就不但不能磨炼定力，反早早地将定力丧失了！所以城市生活的修养不一定比乡村生活的修养有效。只有一层，乡村生活足以减少少年人的进取心，这却是真的！

说到我自己，却甚喜欢乡村的生活，更喜欢这里的乡村的生活。我是在狭的笼的城市里生长的人，我要补救这个单调的生活，我现在住在繁嚣的都市里，我要以闲适的境界调和它。我爱春晖的闲适！闲适的生活可说是春晖给我的第三件礼物！

我已说了我的"春晖的一月"；我说的都是我要说的话。或者有人说，赞美多而劝勉少，近乎"戏台里喝彩"！假使这句话是真的，我要切实声明：我的多赞美，必是情不自禁之故，我的少劝勉，或是观察时期太短之故。

1924年4月12日夜作

（原载1924年4月16日《春晖》第27期）

扬州的夏日

从隋炀帝以来,是诗人文士所称道的地方;称道得多了,称道得久了,一般人便也随声附和起来。直到现在,你若向人提起扬州这个名字,他会点头或摇头说:"好地方!好地方!"特别是没去过扬州而念过些唐诗的人,在他心里,扬州真像蜃楼海市一般美丽;他若念过《扬州画舫录》一类书,那更了不得了。但在一个久住扬州像我的人,他却没有那么多美丽的幻想,他的憎恶也许掩住了他的爱好;他也许离开了三四年并不去想它。若是想呢——你说他想什么?女人;不错,这似乎也有名,但怕不是现在的女人吧?——他也只会想着扬州的夏日,虽然与女人仍然不无关系的。

北方和南方一个大不同,在我看,就是北方无水而南方有。诚然,北方今年大雨,永定河、大清河甚至决了堤防,但这并不能算是有水;北平的三海和颐和园虽然有点儿水,但太平衍了,一览而尽,船又那么笨头笨脑的。有水的仍然是南方。扬州的夏日,好处大半便在水上——有人称为"瘦西湖",这个名字真是太"瘦"了,假西湖之名以行,"雅得这样俗",老实说,我是不喜欢的。下船的地方便是护城河,曼衍开去,曲曲折折,直到平山堂——这是你们熟悉的名字——有七八里河道,还有许多杈杈桠桠的支流。这条河其实也没有顶大的好处,只是曲折而有些幽静，和别处不同。

　　沿河最著名的风景是小金山、法海寺、五亭桥；最远的便是平山堂了。金山你们是知道的，小金山却在水中央。在那里望水最好，看月自然也不错——可是我还不曾有过那样福气。"下河"的人十之九是到这儿的，人不免太多些。法海寺有一个塔，和北海的一样，据说是乾隆皇帝下江南，盐商们连夜督促匠人造成的。法海寺著名的自然是这个塔；但还有一桩，你们猜不着，是红烧猪头。夏天吃红烧猪头，在理论上也许不甚相宜；可是在实际上，挥汗吃着，倒也不坏的。五亭桥如名字所示，是有五个亭子的桥。桥是拱形，中一亭最高，两边四亭，参差相称；最宜远看，或看影子，也好。桥洞颇多，乘小船穿来穿去，另有风味。平山堂在蜀冈上。登堂可见江南诸山淡淡的轮廓；"山色有无中"一句话，我看是恰到好处，并不算错。这里游人较少，闲坐在堂上，可以永日。沿路光景，也以闲寂胜。从天宁门或北门下船。蜿蜒的城墙，在水里倒映着苍黝的影子，小船悠然地撑过去，岸上的喧扰像没有似的。

　　船有三种：大船专供宴游之用，可以挟妓或打牌。小时候常跟了父亲去，在船里听着谋得利洋行的唱片。现在这样乘船的大概少了吧？其次是"小划子"，真像一瓣西瓜，由一个男人或女人用竹篙撑着。乘的人多了，便可雇两只，前后用小凳子跨着，这也可算得"方舟"了。后来又有一种"洋划"，比大船小，比"小划子"大，上支布篷，可以遮日遮雨。"洋划"渐渐地多，大船渐渐地少，然而"小划子"总是有人要的。这不独因为价钱最贱，也因为它的伶俐。一个人坐在船中，让一个人站在船尾上用竹篙一下一下地撑着，简直是一首唐诗，或一幅山水画。而有些好事的少年，愿意自己撑船，也非"小划子"不行。"小划子"虽然便宜，却也有些分别。譬如说，你们也可想到的，女人撑船总要贵些；姑娘撑的自然更要贵啰。这些撑船的女子，便是有人说过的"瘦西湖上的船娘"。船娘们的故事大概不少,但我不很知道。据说以乱头粗服、风趣天然为胜;中年而有风趣,也仍然算好。可是起初原是逢场作戏,或尚不伤廉惠;以后居然有了价格,便觉意味索然了。

北门外一带,叫作下街,"茶馆"最多,往往一面临河。船行过时,茶客与乘客可以随便招呼说话。船上人若高兴时,也可以向茶馆中要一壶茶,或一两种"小笼点心",在河中喝着,吃着,谈着。回来时再将茶壶和所谓小笼,连价款一并交给茶馆中人。撑船的都与茶馆相熟,他们不怕你白吃。扬州的小笼点心实在不错:我离开扬州,也走过七八处大大小小的地方,还没有吃过那样好的点心;这其实是值得惦记的。茶馆的地方大致总好,名字也颇有好的。如香影廊、绿杨村、红叶山庄,都是到现在还记得的。绿杨村的幌子,挂在绿杨树上,随风飘展,使人想起"绿杨城郭是扬州"的名句。里面还有小池、丛竹、茅亭,景物最幽。这一带的茶馆布置都历落有致,迥非上海、北平方方正正的茶楼可比。

"下河"总是下午。傍晚回来,在暮霭朦胧中上了岸,将大褂折好搭在腕上,一手微微摇着扇子;这样进了北门或天宁门走回家中。这时候可以念"又得浮生半日闲"那一句诗了。

(原载 1929 年 12 月 11 日《白华旬刊》第 4 期)

看 花

生长在大江北岸一个城市里,那儿的园林本是著名的,但近来却很少;似乎自幼就不曾听见过"我们今天看花去"一类话,可见花事是不盛的。有些爱花的人,大都只是将花栽在盆里,一盆盆搁在架上;架子横放在院子里。院子照例是小小的,只够放下一个架子;架上至多搁二十多盆花罢了。有时院子里依墙筑起一座"花台",台上种一株开花的树;也有在院子里地上种的。但这只是普通的点缀,不算是爱花。

家里人似乎都不甚爱花;父亲只在领我们上街时,偶然和我们到"花房"里去过一两回。但我们住过一所房子,有一座小花园,是房东家的。那里有树,有花架(大约是紫藤花架之类),但我当时还小,不知道那些花木的名字;只记得爬在墙上的是蔷薇而已。园中还有一座太湖石堆成的洞门;现在想来,似乎也还好的。在那时由一个顽皮的少年仆人领了我去,却只知道跑来跑去捉蝴蝶;有时掐下几朵花,也只是随意按弄着,随意丢弃了。至于领略花的趣味,那是以后的事。夏天的早晨,我们那地方有乡下的姑娘在各处街巷,沿门叫着:"卖栀子花来。"栀子花不是什么高品,但我喜欢那白而晕黄的颜色和那肥肥的个儿,正和那些卖花的姑娘有着相似的韵味。栀子花的香,浓而不烈,清而不淡,也是我乐意的。我这样便爱起花来了。也许有人会问:"你爱的不是花吧?"这个我自己其实也已不大弄得清楚,只好存而不论了。

在高小的一个春天,有人提议到城外F寺里吃桃子去,而且预备白吃;不让吃就闹一场,甚至打一架也不在乎。那时虽远在五四运动以前,但我们那里的中学生却常有打进戏园看白戏的事。中学生能白看戏,小学生为什么不能白吃桃子呢?我们都这样想,便由那提议人纠合了十几个同学,浩浩荡荡地向城外而去。到了F寺,气势不凡地呵斥着道人们(我们称寺里的工人为道人),立刻领我们向桃园里去。道人们踌躇着说:"现在桃树刚才开花呢。"但是谁信道人们的话?我们终于到了桃园里。大家都丧了气,原来花是真开着呢!这时提议人P君便去折花。道人们是一直步步跟着的,立刻上前劝阻,而且用起手来。但P君是我们中最不好惹的;"说时迟,那时快",一眨眼,花在他的手里,道人已踉跄在一旁了。那一园子的桃花,想来总该有些可看;我们却谁也没有想着去看。只嚷着:"没有桃子,得沏茶喝!"道人们满肚子委屈地引我们到"方丈"里,大家各喝一大杯茶。这才平了气,谈谈笑笑地进城去。大概我那时还只懂得爱一朵朵的栀子花,对于开在树上的桃花,是并不了然的;所以眼前的机会,便从眼前错过了。

以后渐渐念了些看花的诗,觉得看花颇有些意思。但到北平读了几年书,却只到过崇效寺一次;而去得又嫌早些,那有名的一株绿牡丹还未开呢。北平看花的事很盛,看花的地方也很多;但那时热闹的似乎也只有一班诗人名士,其余还是不相干的。那正是新文学运动的起头,我们这些少年,对于旧诗和那一班诗人名士,实在有些不敬;而看花的地方又都远不可言,我是一个懒人,便干脆地断了那条心了。后来到杭州做事,遇见了Y君,他是新诗人兼旧诗人,看花的兴致很好。我和他常到孤山去看梅花。孤山的梅花是古今有名的,但太少;又没有临水的，人也太多。有一回坐在放鹤亭上喝茶，来了一个方面有须，穿着花缎马褂的人，用湖南口音和人打招呼道："梅花盛开嗒！""盛"字说得特别重，使我吃了一惊；但我吃惊的也只是说在他嘴里"盛"这个声音罢了，花的盛不盛，在我倒并没有什么的。

有一回，Y来说，灵峰寺有三百株梅花；寺在山里，去的人也少。我和Y，还有N君，从西湖边雇船到岳坟，从岳坟入山。曲曲折折走了好一会，又上了许多石级，才到山上寺里。寺甚小，梅花便在大殿西边园中。园也不大，东墙下有三间净室，最宜喝茶看花；北边有座小山，山上有亭，大约叫"望海亭"吧，望海是未必，但钱塘江与西湖是看得见的。梅树确是不少，密密地低低地整列着。那时已是黄昏，寺里只我们三个游人；梅花并没有开，但那珍珠似的繁星似的骨朵儿，已经够可爱了；我们都觉得比孤山上盛开时有味。大殿上正做晚课，送来梵呗的声音，和着梅林中的暗香，真叫我们舍不得回去。在园里徘徊了一会，又在屋里坐了一会，天是黑定了，又没有月色，我们向庙里要了一个旧灯笼，照着下山。路上几乎迷了道，又两次三番地为狗咬；我们的Y诗人确有些窘了，但终于到了岳坟。船夫远远迎上来道："你们来了，我想你们不会冤我呢！"在船上，我们还不离口地说着灵峰的梅花，直到湖边电灯光照到我们的眼。

Y回北平去了，我也到了白马湖。那边是乡下，只有沿湖与杨柳相间着种了一行小桃树，春天花发时，在风里娇媚地笑着。还有山里的杜鹃花也不少。这些日日在我们眼前，从没有人像煞有介事地提议："我们看花去。"但有一位S君，却特别爱养花；他家里几乎是终年不离花的。我们上他家去，总看他在那里不是拿着剪刀修理枝叶，便是提着壶浇水。我们常乐意看着。他院子里一株紫薇花很好，我们在花旁喝酒，不知多少次。白马湖住了不过一年，我却传染了他那爱花的嗜好。但重到北平时，住在花事很盛的清华园里，接连过了三个春，却从未想到去看一回。只在第二年秋天，曾经和孙三先生在园里看过几次菊花。"清华园之菊"是著名的，孙三先生还特地写了一篇文，画了好些画。但那种一盆一干一花的养法，花是好了，总觉没有天然的风趣。直到去年春天，有了些余闲，在花开前，先向人问了些花的名字。一个好朋友是从知道姓名起的，我想看花也正是如此。恰好Y君也常来园中，我们一天三四趟地到那些花下去徘徊。今年Y君忙些，我便一个人去。我爱繁花老干的杏，临风婀娜的小红桃，贴梗累累如珠的紫荆；但最恋恋的是西府海棠。海棠的花繁得好，也淡得好；艳极了，却没有一丝荡意。疏疏的高干子，英气隐隐逼人。可惜没有趁着月色看过；王鹏运有两句词道："只愁淡月朦胧影，难验微波上下潮。"我想月下的海棠花，大约便是这种光景吧。为了海棠，前两天在城里特地冒了大风到中山公园去，看花的人倒也不少；但不知怎的，却忘了畿辅先哲祠。Y告我那里的一株，遮住了大半个院子；别处的都向上长，这一株却是横里伸张的。花的繁没有法说；海棠本无香，昔人常以为恨，这里花太繁了，却酝酿出一种淡淡的香气，使人久闻不倦。Y告我，正是刮了一日还不息的狂风的晚上；他是前一天去的。他说他去时地上已有落花了，这一日一夜的风，准完了。他说北平看花，是要赶着看的：春光太短了，又晴的日子多；今年算是有阴的日子了，但狂风还是逃不了的。我说北平看花，比别处有意思，也正在此。这时候，我似乎不甚菲薄那一班诗人名士了。

1930年4月

（原载1930年5月4日《清华周刊》第33卷第9期文艺专号）

冬 天

说起冬天,忽然想到豆腐。是一"小洋锅"(铝锅)白煮豆腐,热腾腾的。水滚着,像好些鱼眼睛,一小块一小块豆腐养在里面,嫩而滑,仿佛反穿的白狐大衣。锅在"洋炉子"(煤油不打气炉)上,和炉子都熏得乌黑乌黑,越显出豆腐的白。这是晚上,屋子老了,虽点着"洋灯",也还是阴暗。围着桌子坐的是父亲跟我们哥儿三个。"洋炉子"太高了,父亲得常常站起来,微微地仰着脸,觑着眼睛,从氤氲的热气里伸进筷子,夹起豆腐,一一地放在我们的酱油碟里。我们有时也自己动手,但炉子实在太高了,总还是坐享其成的多。这并不是吃饭,只是玩儿。父亲说晚上冷,吃了大家暖和些。我们都喜欢这种白水豆腐;一上桌就眼巴巴望着那锅,等着那热气,等着热气里从父亲筷子上掉下来的豆腐。

又是冬天,记得是阴历十一月十六晚上,跟S君、P君在西湖里坐小划子。S君刚到杭州教书,事先来信说:"我们要游西湖,不管它是冬天。"那晚月色真好,现在想起来还像照在身上。本来前一晚是"月当头";也许十一月的月亮真有些特别吧。那时九点多了,湖上似乎只有我们一只划子。有点风,月光照着软软的水波;当间那一溜儿反光,像新砑的银子。湖上的山只剩了淡淡的影子。山下偶尔有一两星灯火。

S君口占两句诗道："数星灯火认渔村，淡墨轻描远黛痕。"我们都不大说话，只有均匀的桨声。我渐渐地快睡着了。P君"喂"了一下，才抬起眼皮，看见他在微笑。船夫问要不要上净寺去；是阿弥陀佛生日，那边蛮热闹的。到了寺里，殿上灯烛辉煌，满是佛婆念佛的声音，好像醒了一场梦。这已是十多年前的事了，S君还常常通着信，P君听说转变了好几次，前年是在一个特税局里收特税了，以后便没有消息。

在台州过了一个冬天，一家四口子。台州是个山城，可以说在一个大谷里。只有一条二里长的大街。别的路上白天简直不大见人；晚上一片漆黑。偶尔人家窗户里透出一点灯光，还有走路的拿着的火把；但那是少极了。我们住在山脚下。有的是山上松林里的风声，跟天上一只两只的鸟影。夏末到那里，春初便走，却好像老在过着冬天似的；可是即便真冬天也并不冷。我们住在楼上，书房临着大路；路上有人说话，可以清清楚楚地听见。但因为走路的人太少了，间或有点说话的声音，听起来还只当远风送来的，想不到就在窗外。我们是外路人，除上学校去之外，常只在家里坐着。妻也惯了那寂寞，只和我们爷儿们守着。外边虽老是冬天，家里却老是春天。有一回我上街去，回来的时候，楼下厨房的大方窗开着，并排地挨着她们母子三个；三张脸都带着天真微笑地向着我。似乎台州空空的，只有我们四人；天地空空的，也只有我们四人。那时是民国十年，妻刚从家里出来，满自在。现在她死了快四年了，我却还老记着她那微笑的影子。

无论怎么冷，大风大雪，想到这些，我心上总是温暖的。

（原载1933年12月1日《中学生》第40号）

歌 声

昨晚中西音乐歌舞大会里"中西丝竹和唱"的三曲清歌，真令我神迷心醉了。

仿佛一个暮春的早晨，霏霏的毛雨默然洒在我脸上，引起润泽，轻松的感觉。新鲜的微风吹动我的衣袂，像爱人的鼻息吹着我的手一样。我立的一条白矾石的甬道上，经了那细雨，正如涂了一层薄薄的乳油；踏着只觉越发滑腻可爱了。

这是在花园里。群花都还做她们的清梦。那微雨偷偷洗去她们的尘垢，她们的甜软的光泽便自焕发了。在那被洗去的浮艳下，我能看到她们在有日光时所深藏着的恬静的红，冷落的紫，和苦笑的白与绿。以前锦绣般在我眼前的，现在都带了黯淡的颜色。——是愁着芳春的销歇么？是感着芳春的困倦么？

大约也因那蒙蒙的雨，园里没了郁的香气。涓涓的东风只吹来一缕缕饿了似的花香；夹带着些潮湿的草丛的气息和泥土的滋味。园外田亩和沼泽里，又时时送过些新插的秧，少壮的麦，和成荫的柳树的清新的蒸气。这些虽非甜美，却能强烈地刺激我的鼻观，使我有愉快的倦怠之感。

看啊，那都是歌中所有的：我用耳，也用眼，鼻，舌，身，听着；

也用心唱着。我终于被一种健康的麻痹袭取了。于是为歌所有。此后只由歌独自唱着，听着；世界上便只有歌声了。

1921年11月3日，上海
（原载1921年11月5日《时事新报·学灯副刊》）

潭柘寺戒坛寺

早就知道潭柘寺、戒坛寺。在商务印书馆的《北平指南》上，见过潭柘的铜图，小小的一块，模模糊糊的，看了一点没有想去的意思。后来不断地听人说起这两座庙；有时候说路上不平静，有时候说路上红叶好。说红叶好的劝我秋天去；但也有人劝我夏天去。有一回骑驴上八大处，赶驴的问逛过潭柘没有，我说没有。他说潭柘风景好，那儿满是老道，他去过，离八大处七八十里地，坐轿骑驴都成。我不大喜欢老道的装束，尤其是那满蓄着的长头发，看上去啰里啰唆、龌里龌龊的。更不想骑驴走七八十里地，因为我知道驴子与我都受不了。真打动我的倒是"潭柘寺"这个名字。不懂不是？就是不懂的妙。躲懒的人念成"潭拓寺"，那更莫名其妙了。这怕是中国文法的花样；要是来个欧化，说是"潭和柘的寺"，那就用不着咬嚼或吟味了。还有在一部诗话里看见近人咏戒台松的七古，诗腾挪夭矫，想来松也如此。所以去。但是在夏秋之前的春天，而且是早春；北平的早春是没有花的。

这才认真打听去过的人。有的说住潭柘好，有的说住戒坛好。有的人说路太难走，走到了筋疲力尽，再没兴致玩儿；有人说走路有意思。又有人说，去时坐了轿子，半路上前后两个轿夫吵起来，把轿子搁下，直说不抬了。于是心中暗自决定，不坐轿，也不走路；取中道，骑驴子。

又按普通说法，总是潭柘寺在前，戒坛寺在后，想着戒坛寺一定远些；于是决定住潭柘，因为一天回不来，必得住。门头沟下车时，想着人多，怕雇不着许多驴，但是并不然——雇驴的时候，才知道戒坛去便宜一半，那就是说近一半。这时候自己忽然逞起能来，要走路。走吧。

这一段路可够瞧的。像是河床，怎么也挑不出没有石子的地方，脚底下老是绊来绊去的，教人心烦。又没有树木，甚至于没有一根草。这一带原是煤窑，拉煤的大车往来不绝，尘土里饱和着煤屑，变成黯淡的深灰色，教人看了透不出气来。走一点钟光景。自己觉得已经有点办不了，怕没有走到便筋疲力尽；幸而山上下来一头驴，如获至宝似的雇下，骑上去。这一天东风特别大。平常骑驴就不稳，风一大真是祸不单行。山上东西都有路，很窄，下面是斜坡；本来从西边走，驴夫看风势太猛，将驴拉上东路。就这么着，有一回还几乎让风将驴吹倒；若走西边，没有准儿会驴我同归哪。想起从前人画风雪骑驴图，极是雅事；大概那不是上潭柘寺去的。驴背上照例该有些诗意，但是我，下有驴子，上有帽子眼镜，都要照管；又有迎风下泪的毛病，常要掏手巾擦干。当其时真恨不得生出第三只手来才好。

东边山峰渐起，风是过不来了；可是驴也骑不得了，说是坎儿多。坎儿可真多。这时候精神倒好起来了：崎岖的路正可以练腰脚，处处要眼到心到脚到，不像平地上。人多更有点竞赛的心理，总想走上最前头去，再则这儿的山势虽然说不上险，可是突兀、丑怪、巉刻的地方有的是。我们说这才有点儿山的意思；老像八大处那样，真教人气闷闷的。于是一直走到潭柘寺后门；这段坎儿路比风里走过的长一半，小驴毫无用处，驴夫说："咳，这不过给您做个伴儿！"

墙外先看见竹子，且不想进去。又密，又粗，虽然不够绿。北平看竹子，真不易。又想到八大处了，大悲庵殿前那一溜儿，薄得可怜，细得也可怜，比起这儿，真是小巫见大巫了。进去过一道角门，门旁突然亭亭地矗立着两竿粗竹子，在墙上紧紧地挨着；要用批文章的成语，这两竿竹子足称得起"天外飞来之笔"。

正殿屋角上两座琉璃瓦的鸱吻，在台阶下看，值得徘徊一下。神话说殿基本是青龙潭，一夕风雨，顿成平地，涌出两鸱吻。只可惜现在的两座太新鲜，与神话的朦胧幽秘的境界不相称。但是还值得看，为的是大得好，在太阳里嫩黄得好，闪亮得好；那拴着的四条黄铜链子也映衬得好。寺里殿很多，层层折折高上去，走起来已经不平凡，每殿大小又不一样，塑像摆设也各出心裁。看完了，还觉得无穷无尽似的。正殿下延清阁是待客的地方，远处群山像屏障似的。屋子结构甚巧，穿来穿去，不知有多少间，好像一所大宅子。可惜尘封不扫，我们住不着。话说回来，这种屋子原也不是预备给我们这么多人挤着住的。寺门前一道深沟，上有石桥；那时没有水，若是现在去，倚在桥上听潺潺的水声，倒也可以忘我忘世。过桥四株马尾松，枝枝覆盖，叶叶交通，另成一个境界。西边小山上有个古观音洞。洞无可看，但上去时在山坡上看潭柘的侧面，宛如仇十洲的《仙山楼阁图》；往下看是陡峭的沟岸，越显得深深无极，潭柘简直有海上蓬莱的意味了。寺以泉水著名，到处有石槽引水长流，倒也涓涓可爱。只是流觞亭雅得那样俗，在石头上楞刻着蚯蚓般的槽；那样流觞，怕只有孩子们愿意干。现在兰亭的"流觞曲水"也和这儿的一鼻孔出气，不过规模大些。晚上因为带的铺盖薄，冻得睁着眼，却听了一夜的泉声；心里想要不冻着，这泉声够多清雅啊！寺里并无一个老道，但那几个和尚，满身铜臭，满眼势利，教人老不能忘记，倒也麻烦的。

第二天清早，二十多人满雇了牲口，向戒坛而去，颇有浩浩荡荡之势。我的是一匹骡子，据说稳得多。这是第一回，高高兴兴骑上去。这一路要翻罗喉岭。只是土山，可是道儿窄，又曲折，虽不高，老那么凸凸凹凹的。许多处只容得一匹牲口过去。平心说，是险点儿。想起古来用兵,从间道袭敌人,许也是这种光景吧。

　　戒坛在半山上,山门是向东的。一进去就觉得平旷;南面只有一道低低的砖栏,下边是一片平原,平原尽处才是山,与众山屏蔽的潭柘气象便不同。进二门,更觉得空阔疏朗,仰看正殿前的平台,仿佛汪洋千顷。这平台东西很长,是戒坛最胜处,眼界最宽,教人想起"振衣千仞冈"的诗句。三株名松都在这里。"卧龙松"与"抱塔松"同是偃仆的姿势,身躯奇伟,鳞甲苍然,有飞动之意。"九龙松"老干槎枒,如张牙舞爪一般。若在月光底下,森森然的松影当更有可看。此地最宜低回流连,不是匆匆一览所可领略。潭柘以层折胜,戒坛以开朗胜;但潭柘似乎更幽静些。戒坛的和尚,春风满面,却远胜于潭柘的;我们之中颇有悔不该在潭柘的。戒坛后山上也有个观音洞。洞宽大而深,大家点了火把嚷嚷闹闹地下去;半里光景的洞满是油烟,满是声音。洞里有石虎、石龟、上天梯、海眼等等,无非是凑凑人的热闹而已。

　　还是骑骡子。回到长辛店的时候,两条腿几乎不是我的了。

1934年8月3日作

(原载1934年8月6日《清华暑期周刊》第9卷第3、4合刊)

白马湖

今天是个下雨的日子。这使我想起了白马湖；因为我第一回到白马湖，正是微风飘萧的春日。

白马湖在甬绍铁道的驿亭站，是个极小极小的乡下地方。在北方说起这个名字，管保一百个人一百个人不知道。但那却是一个不坏的地方。这名字先就是一个不坏的名字。据说从前（宋时？）有个姓周的骑白马入湖仙去，所以有这个名字。这个故事也是一个不坏的故事。假使你乐意搜集，或也可编成一本小书，交北新书局印去。

白马湖并非圆圆的或方方的一个湖，如你所想到的，这是曲曲折折大大小小许多湖的总名。湖水清极了，如你所能想到的，一点儿不含糊，像镜子。沿铁路的水，再没有比这里清的，这是公论。遇到旱年的夏季，别处湖里都长了草，这里却还是一清如故。白马湖最大的，也是最好的一个，便是我们住过的屋的门前那一个。那个湖不算小，但湖口让两面的山包抄住了。外面只见微微的碧波而已，想不到有那么大的一片。湖的尽里头，有一个三四十户人家的村落，叫作西徐岙，因为姓徐的多。这村落与外面本是不相通的，村里人要出来得撑船。后来春晖中学在湖边造了房子，这才造了两座玲珑的小木桥，筑起一道煤屑路，直通到驿亭车站。那是窄窄的一条人行路，蜿蜒曲折的，路上虽常不见人，走起来却不见寂寞——尤其在微雨的春天，一个初到的来客，他左顾右盼，是只有觉得热闹的。

春晖中学在湖的最胜处，我们住过的屋也相去不远，是半西式。湖光山色从门里从墙头进来，到我们窗前、桌上。我们几家接连着；丏翁的家最讲究。屋里有名人字画，有古瓷，有铜佛，院子里满种着花。屋子里的陈设又常常变换，给人新鲜的受用。他有这样好的屋子，又是好客如命，我们便不时地上他家里喝老酒。丏翁夫人的烹调也极好，每回总是满满的盘碗拿出来，空空的收回去。白马湖最好的时候是黄昏。湖上的山笼着一层青色的薄雾，在水里映着参差的模糊的影子。水光微微地黯淡，像是一面古铜镜。轻风吹来，有一两缕波纹，但随即平静了。天上偶见几只归鸟，我们看着它们越飞越远，直到不见为止。这个时候便是我们喝酒的时候。我们说话很少；上了灯，话才多些，但大家都已微有醉意。是该回家的时候了。若有月光也许还得徘徊一会；若是黑夜，便在暗里摸索醉着回去。

白马湖的春日自然最好。山是青得要滴下来，水是满满的、软软的。小马路的两边，一株间一株地种着小桃与杨柳。小桃上各缀着几朵重瓣的红花，像夜空的疏星。杨柳在暖风里不住地摇曳。在这路上走着，时而听见锐而长的火车的笛声是别有风味的。在春天，不论是晴是雨，是月夜是黑夜，白马湖都好。雨中田里菜花的颜色最早鲜艳；黑夜虽什么不见，但可静静地受用春天的力量。夏夜也有好处，有月时可以在湖里划小船，四面满是青霭。船上望别的村庄，像是蜃楼海市，浮在水上，迷离惝恍的；有时听见人声或犬吠，大有世外之感。若没有月呢，便在田野里看萤火。那萤火不是一星半点的，如你们在城中所见；那是成千成百的萤火。一片儿飞出来，像金线网似的，又像耍着许多火绳似的。只有一层使我愤恨。那里水田多，蚊子太多，而且几乎全闪闪烁烁是疟蚊子。我们一家都染了疟疾，至今三四年了，还有未断根的。蚊子多足以减少露坐夜谈或划船夜游的兴致,这未免是美中不足了。

离开白马湖是三年前的一个冬日。前一晚"别筵"上,有丏翁与云君,我不能忘记丏翁,那是一个真挚豪爽的朋友。但我也不能忘记云君,我应该这样说,那是一个可爱的——孩子。

七月十四日,北平

(原载 1929 年 11 月 1 日《清华周刊》第 32 卷第 3 期)

南 京

  南京是值得流连的地方,虽然我只是来来去去,而且又都在夏天。也想夸说夸说,可惜知道得太少;现在所写的,只是一个旅行人的印象罢了。

  逛南京像逛古董铺子,到处都有些时代侵蚀的遗痕。你可以摩挲,可以凭吊,可以悠然遐想;想到六朝的兴废,王谢的风流,秦淮的艳迹。这些也许只是老调子,不过经过自家一番体贴,便不同了。所以我劝你上鸡鸣寺去,最好选一个微雨天或月夜。在朦胧里,才酝酿着那一缕幽幽的古味。你坐在一排明窗的豁蒙楼上,吃一碗茶,看面前苍然蜿蜒着的台城。台城外明净荒寒的玄武湖就像大涤子的画。豁蒙楼一排窗子安排得最有心思,让你看的一点不多,一点不少。寺后有一口灌园的井,可不是那陈后主和张丽华躲在一堆儿的"胭脂井"。那口胭脂井不在路边,得破费点工夫寻觅。井栏也不在井上;要看,得老远地上明故宫遗址的古物保存所去。

  从寺后的园地,拣着路上台城;没有垛子,真像平台一样。踏在茸茸的草上,说不出的静。夏天白昼有成群的黑蝴蝶,在微风里飞;这些黑蝴蝶上下旋转地飞,远看像一根粗的圆柱子。城上可以望南京的每一角。这时候若有个熟悉历代形势的人,给你指点,隋兵是从这角进来的,湘军是从那角进来的,你可以想象异样装束的队伍,打着异样的旗帜,拿着异样的武器,汹汹涌涌地进来,远远仿佛还有哭喊之声。假如你记得一些金陵怀古的诗词,趁这时候暗诵几回,也可印证印证,许更能领略作者当日的情思。

从前可以从台城爬出去,在玄武湖边;若是月夜,两三个人,两三个零落的影子,歪歪斜斜地挪移下去,够多好。现在可不成了,得出寺,下山,绕着大弯儿出城。七八年前,湖里几乎长满了苇子,一味地荒寒,虽有好月光,也不大能照到水上;船又窄,又小,又漏,教人逛着愁着。这几年大不同了,一出城,看见湖,就有烟水苍茫之意;船也大多了,有藤椅子可以躺着。水中岸上都光光的;亏得湖里有五个洲子点缀着,不然便一览无余了。这里的水是白的,又有波澜,俨然长江大河的气势,与西湖的静绿不同,最宜于看月,一片空蒙,无边无界。若在微醺之后,迎着小风,似睡非睡地躺在藤椅上,听着船底汩汩的波响与不知何方来的箫声,真会教你忘却身在哪里。五个洲子似乎都局促无可看,但长堤宛转相通,却值得走走。湖上的樱桃最出名。据说樱桃熟时,游人在树下现买,现摘,现吃,谈着笑着,多热闹的。

清凉山在一个角落里,似乎人迹不多。扫叶楼的安排与豁蒙楼相仿佛,但窗外的景象不同。这里是滴绿的山环抱着,山下一片滴绿的树;那绿色真是扑到人眉宇上来。若许我再用画来比,这怕像王石谷的手笔了。在豁蒙楼上不容易坐得久,你至少要上台城去看看。在扫叶楼上却不想走;窗外的光景好像满为这座楼而设,一上楼便什么都有了。夏天去确有一股"清凉"味。这里与豁蒙楼全有素面吃,又可口,又贱。

莫愁湖在华严庵里。湖不大,又不能泛舟,夏天却有荷花荷叶,临湖一带屋子,凭栏眺望,也颇有远情。莫愁小像,在胜棋楼下,不知谁画的,大约不很古吧;但脸子开得秀逸之至,衣褶也柔活之至,大有"挥袖凌虚翔"的意思;若让我题,我将毫不踌躇地写上"仙乎仙乎"四字。另有石刻的画像,也在这里,想来许是那一幅画所从出;但生气反而差得多。这里虽也临湖,因为屋子深,显得阴暗些;可是古色古香,阴暗得好。诗文联语当然多,只记得王湘绮的半联云:"莫轻他北地胭脂,看艇子初来,江南儿女无颜色。"气概很不错。所谓胜棋楼,相传是明太祖与徐达下棋,徐达胜了,太祖便赐给他这一所屋子。太祖那样人,居然也会做出这种雅事来了。左手临湖的小阁却敞亮得多,也敞亮得好。有曾国藩画像,忘记是谁横题着"江天小阁坐人豪"一句。我喜欢这个题句,"江天"与"坐人豪",景象阔大,使得这屋子更加开朗起来。

秦淮河我已另有记。但那文里所说的情形,现在已大变了。从前读《桃花扇》《板桥杂记》一类书,颇有沧桑之感;现在想到自己十多年前身历的情形,怕也会有沧桑之感了。前年看见夫子庙前旧日的画舫,那样狼狈的样子,又在老万全酒栈看秦淮河水,差不多全黑了,加上巴掌大,透不出气的所谓秦淮小公园,简直有些厌恶,再别提做什么梦了。贡院原也在秦淮河上,现在早拆得只剩一点儿了。民国五年父亲带我去看过,已经荒凉不堪,号舍里草都长满了。父亲曾经办过江南闱差,熟悉考场的情形,说来头头是道。他说考生入场时,都有送场的,人很多,门口闹嚷嚷的。天不亮就点名,搜夹带。大家都归号。似乎直到晚上,头场题才出来,写在灯牌上,由号军扛着在各号里走。所谓"号",就是一条狭长的胡同,两旁排列着号舍,口儿上写着什么天字号、地字号等等的。每一号舍之大,恰好容一个人坐着;从前人说是像轿子,真不错。几天里吃饭,睡觉,做文章,都在这轿子里;坐的伏的各有一块硬板,如是而已。官号稍好一些,是给达官贵人的子弟预备的,但得补褂朝珠地入场,那时是夏秋之交,天还热,也够受的。父亲又说,乡试时场外有兵巡逻,防备通关节。场内也竖起黑幡,叫鬼魂们有冤报冤,有仇报仇;我听到这里,有点毛骨悚然。现在贡院已变成碎石路;在路上走的人,怕很少想起这些事情的了吧?

明故宫只是一片瓦砾场,在斜阳里看,只感到李太白《忆秦娥》的"西风残照,汉家陵阙"二语的妙。午门还残存着,遥遥直对洪武门的城楼,有万千气象。古物保存所便在这里,可惜规模太小,陈列得也无甚次序。明孝陵道上的石人石马,虽然残缺零乱,还可见泱泱大风;享殿并不巍峨,只陵下的隧道,阴森袭人,夏天在里面待着,凉风沁人肌骨。这陵大概是开国时草创的规模,所以简朴得很;比起长陵,差得真太远了。然而简朴得好。

雨花台的石子,人人皆知;但现在怕也捡不着什么了。那地方毫无可看。记得刘后村的诗云:"昔年讲师何处在,高台犹以'雨花'名。有时宝向泥寻得,一片山无草敢生。"我所感的至多也只如此。还有,前些年南京枪决囚人都在雨花台下,所以洋车夫遇见别的车夫和他争先时,常说:"忙什么!赶雨花台去!"这和从前北京车夫说"赶菜市口儿"一样。现在时移势异,这种话渐渐听不见了。

燕子矶在长江里看,一片绝壁,危亭翼然,的确惊心动魄。但到了上边,逼窄污秽,毫无可以盘桓之处。燕山十二洞,去过三个。只三台洞层层折折,由幽入明,别有匠心,可是也年久失修了。

南京的新名胜,不用说,首推中山陵。中山陵全用青白两色,以象征青天白日,与帝王陵寝用红墙黄瓦的不同。假如红墙黄瓦有富贵气,那青琉璃瓦的享堂、青琉璃瓦的碑亭却有名贵也。从陵门上享堂,白石台阶不知多少级,但爬得够累的;然而你远看,决想不到会有这么多的台阶儿。这是设计的妙处。德国波慈达姆无愁宫前的石阶,也同此妙。享堂进去也不小;可是远处看,简直小得可以,和那白石的飞阶不相称,一点儿压不住,仿佛高个儿戴着小尖帽。近处山角里一座阵亡将士纪念塔,粗粗的,矮矮的,正当着一个青青的小山峰,让两边儿的山紧紧抱着，静极，稳极。谭墓没去过，听说颇有点丘壑。中央运动场也在中山陵近处，全仿外洋的样子。全国运动会时，也不知有多少照相与描写登在报上；现在是时髦的游泳的地方。

若要看旧书，可以上江苏省立图书馆去。这在汉西门龙蟠里，也是一个角落里。这原是江南图书馆，以丁丙的善本书室藏书为底子；词曲的书特别多。此外中央大学图书馆近年来也颇有不少书。中央大学是个散步的好地方。宽大，干净，有树木；黄昏时去兜一个或大或小的圈儿，最有意思。后面有个梅庵，是那会写字的清道人的遗迹。这里只是随宜地用树枝搭成的小小的屋子。庵前有一株六朝松，但据说实在是六朝桧；桧荫遮住了小院子，真是不染一尘。

南京茶馆里干丝很为人所称道。但这些人必没有到过镇江、扬州，那儿的干丝比南京细得多，又从来不那么甜。我倒是觉得芝麻烧饼好，一种长圆的，刚出炉，既香，且酥，又白，大概各茶馆都有。咸板鸭才是南京的名产，要热吃，也是香得好；肉要肥要厚，才有咬嚼。但南京人都说盐水鸭更好，大约取其嫩、其鲜；那是冷吃的，我可不知怎样，老觉得不大得劲儿。

1934年8月12日作

（原载1934年10月1日《中学生》第48号）

第二辑　背影

　　他用两手攀着上面,两脚再向上缩;他肥胖的身子向左微倾,显出努力的样子。这时我看见他的背影,我的泪很快地流下来了。我赶紧拭干了泪,怕他看见,也怕别人看见。

儿 女

我现在已是五个儿女的父亲了。想起圣陶喜欢用的"蜗牛背了壳"的比喻，便觉得不自在。新近一位亲戚嘲笑我说："要剥层皮呢！"更有些悚然了。十年前刚结婚的时候，在胡适之先生的《藏晖室札记》里，见过一条，说世界上有许多伟大的人物是不结婚的；文中并引培根的话，"有妻子者，其命定矣"。当时确吃了一惊，仿佛梦醒一般；但是家里已是不由分说给娶了媳妇，又有什么可说？现在是一个媳妇，跟着来了五个孩子；两个肩头上，加上这么重一副担子，真不知怎样走才好。"命定"是不用说了；从孩子们那一面说，他们该怎样长大，也正是可以忧虑的事。我是个彻头彻尾自私的人，做丈夫已是勉强，做父亲更是不成。自然，"子孙崇拜""儿童本位"的哲理或伦理，我也有些知道；既做着父亲，闭了眼抹杀孩子们的权利，知道是不行的。可惜这只是理论，实际上我是仍旧按照古老的传统，在野蛮地对付着，和普通的父亲一样。近来差不多是中年的人了，才渐渐觉得自己的残酷；想着孩子们受过的体罚和叱责，始终不能辩解——像抚摩着旧创痕那样，我的心酸溜溜的。有一回，读了有岛武郎《与幼小者》的译文，对了那种伟大的、沉挚的态度，我竟流下泪来了。去年父亲来信，问起阿九，那时阿九还在白马湖呢；信上说，"我没有耽误你，你也不要耽误他才好"。我为这句话哭了一场;我为什么不像父亲的仁慈?我不该忘记,父亲怎样待我们来着!人性许真是二元的,我是这样的矛盾;我的心像钟摆似的来去。

你读过鲁迅先生的《幸福的家庭》么?我的便是那一类的"幸福的家庭"!每天午饭和晚饭,就如两次潮水一般。先是孩子们你来他去地在厨房与饭间里查看,一面催我或妻发"开饭"的命令。急促繁碎的脚步,夹着笑和嚷,一阵阵袭来,直到命令发出为止。他们一递一个地跑着喊着,将命令传给厨房里佣人;便立刻抢着回来搬凳子。于是这个说:"我坐这儿!"那个说:"大哥不让我!"大哥却说:"小妹打我!"我给他们调解,说好话。但是他们有时候很固执,我有时候也不耐烦,这便用着叱责了;叱责还不行,不由自主地,我的沉重的手掌便到他们身上了。于是哭的哭,坐的坐,局面才算定了。接着可又你要大碗,他要小碗,你说红筷子好,他说黑筷子好;这个要干饭,那个要稀饭,要茶要汤,要鱼要肉,要豆腐,要萝卜;你说他菜多,他说你菜好。妻是照例安慰着他们,但这显然是太迂缓了。我是个暴躁的人,怎么等得及?不用说,用老法子将他们立刻征服了;虽然有哭的,不久也就抹着泪捧起碗了。吃完了,纷纷爬下凳子,桌上是饭粒呀,汤汁呀,骨头呀,渣滓呀,加上纵横的筷子,欹斜的匙子,就如一块花花绿绿的地图模型。吃饭而外,他们的大事便是游戏。游戏时,大的有大主意,小的有小主意,各自坚持不下,于是争执起来;或者大的欺负了小的,或者小的竟欺负了大的,被欺负的哭着嚷着,到我或妻的面前诉苦;我大抵仍旧要用老法子来判断的,但不理的时候也有。最为难的,是争夺玩具的时候:这一个的与那一个的是同样的东西,却偏要那一个的;而那一个便偏不答应。在这种情形之下,不论如何,终于是非哭了不可的。这些事件自然不至于天天全有,但大致总有好些起。我若坐在家里看书或写什么东西,管保一点钟里要分几回心,或站起来一两次的。若是雨天或礼拜日,孩子们在家的多,那么,摊开书竟看不下一行,提起笔也写不出一个字的事,也有过。我常和妻说:"我们家真是成日地千军万马呀!"有时是不但"成日",连夜里也有兵马在进行着,在有吃乳或生病的孩子的时候!

我结婚那一年,才十九岁。二十一岁,有了阿九;二十三岁,又有了阿菜。那时我正像一匹野马,哪能容忍这些累赘的鞍鞯、辔头和缰绳?摆脱也知是不行的,但不自觉地时时在摆脱着。现在回想起来,那些日子,真苦了这两个孩子;真是难以宽宥的种种暴行呢!阿九才两岁半的样子,我们住在杭州的学校里。不知怎的,这孩子特别爱哭,又特别怕生人。一不见了母亲,或来了客,就哇哇地哭起来了。学校里住着许多人,我不能让他扰着他们,而客人也总是常有的;我懊恼极了,有一回,特地骗出了妻,关了门,将他按在地下打了一顿。这件事,妻到现在说起来,还觉得有些不忍;她说我的手太辣了,到底还是两岁半的孩子!我近年常想着那时的光景,也觉黯然。阿菜在台州,那是更小了;才过了周岁,还不大会走路。也是为了缠着母亲的缘故吧,我将她紧紧地按在墙角里,直哭喊了三四分钟;因此生了好几天病。妻说,那时真寒心呢!但我的苦痛也是真的。我曾给圣陶写信,说孩子们的折磨,实在无法奈何;有时竟觉着还是自杀的好。这虽是气愤的话,但这样的心情,确也有过的。后来孩子是多起来了,磨折也磨折得久了,少年的锋棱渐渐地钝起来了;加以增长的年岁增长了理性的裁制力,我能够忍耐了——觉得从前真是一个"不成材的父亲",如我给另一个朋友信里所说。但我的孩子们在幼小时,确比别人的特别不安静,我至今还觉如此。我想这大约还是由于我们抚育不得法;从前只一味地责备孩子,让他们代我们负起责任,却未免是可耻的残酷了!

正面意义的"幸福",其实也未尝没有。正如谁所说,小的总是可爱,孩子们的小模样、小心眼儿,确有些教人舍不得的。阿毛现在五个月了,你用手指去拨弄她的下巴,或向她做趣脸,她便会张开没牙的嘴格格地笑,笑得像一朵正开的花。她不愿在屋里待着;待久了,便大声儿嚷。妻常说:"姑娘又要出去溜达了。"她说她像鸟儿般,每天总得到外面溜一些时候。闰儿上个月刚过了三岁,笨得很,话还没有学好呢。他只能说三四个字的短语或句子,文法错误,发音模糊,又得费气力说出;我们老是要笑他的。他说"好"字,总变成"小"字;问他"好不好?"他便说"小",或"不小"。我们常常逗着他说这个字玩儿;他似乎有些觉得,近来偶然也能说出正确的"好"字了——特别在我们故意说成"小"字的时候。他有一只搪瓷碗,是一毛来钱买的;买来时,老妈子教给他:"这是一毛钱。"他便记住"一毛"两个字,管那只碗叫"一毛",有时竟省称为"毛"。这在新来的老妈子,是必须翻译了才懂的。他不好意思,或见着生客时,便咧着嘴痴笑;我们常用了土话,叫他作"呆瓜"。他是个小胖子,短短的腿,走起路来,蹒跚可笑;若快走或跑,便更"好看"了。他有时学我,将两手叠在背后,一摇一摆的;那是他自己和我们都要乐的。他的大姊便是阿菜,已是七岁多了,在小学校里念着书。在饭桌上,一定得啰啰唆唆地报告些同学或他们父母的事情;气喘喘地说着,不管你爱听不爱听。说完了总问我:"爸爸认识么?""爸爸知道么?"妻常禁止她吃饭时说话,所以她总是问我。她的问题真多:看电影便问电影里的是不是人?是不是真人?怎么不说话?看照相也是一样。不知谁告诉她,兵是要打人的。她回来便问,兵是人么?为什么打人?近来大约听了先生的话,回来又问张作霖的兵是帮谁的?蒋介石的兵是不是帮我们的?诸如此类的问题,每天短不了,常常闹得我不知怎样答才行。她和闰儿在一处玩儿,一大一小,不很合适,老是吵着哭着。但合适的时候也有,譬如这个往床底下躲，那个便钻进去追着；这个钻出来，那个也跟着——从这个床到那个床，只听见笑着，嚷着，喘着，真如妻所说，像小狗似的。现在在京的，便只有这三个孩子；阿九和转儿是去年北来时，让母亲暂时带回扬州去了。

阿九是欢喜书的孩子。他爱看《水浒》《西游记》《三侠五义》《小朋友》等；没有事便捧着书坐着或躺着看。只不欢喜《红楼梦》，说是没有味儿。是的，《红楼梦》的味儿，一个十岁的孩子，哪里能领略呢？去年我们事实上只能带两个孩子来；因为他大些，而转儿是一直跟着祖母的，便在上海将他俩丢下。我清清楚楚记得那分别的一个早上。我领着阿九从二洋泾桥的旅馆出来，送他到母亲和转儿住着的亲戚家去。妻嘱咐说："买点吃的给他们吧。"我们走过四马路，到一家茶食铺里。阿九说要熏鱼，我给买了；又买了饼干，是给转儿的。便乘电车到海宁路。下车时，看着他的害怕与累赘，很觉恻然。到亲戚家，因为就要回旅馆收拾上船，只说了一两句话便出来；转儿望望我，没说什么，阿九是和祖母说什么去了。我回头看了他们一眼，硬着头皮走了。后来妻告诉我，阿九背地里向她说："我知道爸爸欢喜小妹，不带我上北京去。"其实这是冤枉的。他又曾和我们说："暑假时一定来接我啊！"我们当时答应着；但现在已是第二个暑假了，他们还在迢迢的扬州待着。他们是恨着我们呢？还是惦着我们呢？妻是一年来老放不下这两个，常常独自暗中流泪；但我有什么法子呢！想到"只为家贫成聚散"一句无名的诗，不禁有些凄然。转儿与我较生疏些。但去年离开白马湖时，她也曾用了生硬的扬州话（那时她还没有到过扬州呢），和那特别尖的小嗓子向着我："我要到北京去。"她晓得什么北京，只跟着大孩子们说罢了；但当时听着，现在想着的我，却真是抱歉呢。这兄妹俩离开我，原是常事，离开母亲，虽也有过一回，这回可是太长了；

小小的心儿，知道是怎样忍耐那寂寞来着！

我的朋友大概都是爱孩子的。少谷有一回写信责备我，说儿女的吵闹，也是很有趣的，何至可厌到如我所说；他说他真不解。子恺为他家华瞻写的文章，真是"蔼然仁者之言"。圣陶也常常为孩子操心：小学毕业了，到什么中学好呢？——这样的话，他和我说过两三回了。我对他们只有惭愧！可是近来我也渐渐觉着自己的责任。我想，第一该将孩子们团聚起来，其次便该给他们些力量。我亲眼见过一个爱儿女的人，因为不曾好好地教育他们，便将他们荒废了。他并不是溺爱，只是没有耐心去料理他们，他们便不能成材了。我想我若照现在这样下去，孩子们也便危险了。我得计划着，让他们渐渐知道怎样去做人才行。但是要不要他们像我自己呢？这一层，我在白马湖教初中学生时，也曾从师生的立场上问过丏尊，他毫不踌躇地说："自然啰。"近来与平伯谈起教子，他却答得妙："总不希望比自己坏啰。"是的，只要不"比自己坏"就行，"像"不"像"倒是不在乎的。职业、人生观等，还是由他们自己去定的好；自己顶可贵，只要指导、帮助他们去发展自己，便是极贤明的办法。

予同说："我们得让子女在大学毕了业，才算尽了责任。"SK说："不然，要看我们的经济，他们的材质与志愿；若是中学毕了业，不能或不愿升学，便去做别的事，譬如做工人吧，那也并非不行的。"自然，人的好坏与成败，也不尽靠学校教育；说是非大学毕业不可，也许只是我们的偏见。在这件事上，我现在毫不能有一定的主意；特别是这个变动不居的时代，知道将来怎样？好在孩子们还小，将来的事且等将来吧。目前所能做的，只是培养他们基本的力量——胸襟与眼光；孩子们还是孩子们，自然说不上高的远的，慢慢从近处小处下手便了。这自然也只能先按照我自己的样子："神而明之，存乎其人。"光辉也罢，倒霉也罢，平凡也罢，让他们各尽各的力去。我只希望如我所想的,从此好好地做一回父亲,便自称心满意。想到那"狂人""救救孩子"的呼声,我怎敢不悚然自勉呢?

1928年6月24日晚写毕,北京清华园
(原载1928年10月10日《小说月报》第19卷第10号)

给亡妇

　　谦,日子真快,一眨眼你已经死了三个年头了。这三年里世事不知变化了多少回,但你未必注意这些个,我知道。你第一惦记的是你几个孩子,第二便轮着我。孩子和我平分你的世界,你在日如此;你死后若还有知,想来还如此的。告诉你,我夏天回家来着:迈儿长得结实极了,比我高一个头。闰儿父亲说是最乖,可是没有先前胖了。采芷和转子都好。五儿全家夸她长得好看;却在腿上生了湿疮,整天坐在竹床上不能下来,看了怪可怜的。六儿,我怎么说好,你明白,你临终时也和母亲谈过,这孩子是只可以养着玩儿的,他左挨右挨去年春天,到底没有挨过去。这孩子生了几个月,你的肺病就重起来了。我劝你少亲近他,只监督着老妈子照管就行。你总是忍不住,一会儿提,一会儿抱的。可是你病中为他操的那一份儿心也够瞧的。那一个夏天他病的时候多,你成天儿忙着,汤呀,药呀,冷呀,暖呀,连觉也没有好好儿睡过。哪里有一分一毫想着你自己。瞧着他硬朗点儿你就乐,干枯的笑容在黄蜡般的脸上,我只有暗中叹气而已。

　　从来想不到做母亲的要像你这样。从迈儿起,你总是自己喂乳,一连四个都这样。你起初不知道按钟点儿喂,后来知道了,却又弄不惯;孩子们每夜里几次将你哭醒了,特别是闷热的夏季。我瞧你的觉老没睡足。白天里还得做菜,照料孩子,很少得空儿。你的身子本来坏,四个孩子就累你七八年。到了第五个,你自己实在不成了,又没乳,只好自己喂奶粉,另雇老妈子专管她。但孩子跟老妈子睡,你就没有放过心;夜里一听见哭,就竖起耳朵听,工夫一大就得过去看。十六年初,和你到北京来,将迈儿、转子留在家里;三年多还不能去接他们,可真把你惦记苦了。你并不常提,我却明白。你后来说你的病就是惦记出来的;那个自然也有份儿,不过大半还是养育孩子累的。你的短短的十二年结婚生活,有十一年耗费在孩子们身上;而你一点不厌倦,有多少力量用多少,一直到自己毁灭为止。你对孩子一般儿爱,不问男的女的,大的小的。也不想到什么"养儿防老,积谷防饥",只拼命地爱去。你对于教育老实说有些外行,孩子们只要吃得好玩得好就成了。这也难怪你,你自己便是这样长大的。况且孩子们原都还小,吃和玩本来也要紧的。你病重的时候最放不下的还是孩子。病得只剩皮包着骨头了,总不信自己不会好;老说:"我死了,这一大群孩子可苦了。"后来说送你回家,你想着可以看见迈儿和转子,也愿意;你万没想到会一走不返。我送车的时候,你忍不住哭了,说:"还不知能不能再见?"可怜,你的心我知道,你满想着好好儿带着六个孩子回来见我的。谦,你那时一定这样想,一定的。

除了孩子,你心里只有我。不错,那时你父亲还在;可是你母亲死了,他另有个女人,你老早就觉得隔了一层似的。出嫁后第一年你虽还一心一意依恋着他老人家,到第二年上我和孩子可就将你的心占住,你再没有多少工夫惦记他了。你还记得第一年我在北京,你在家里。家里来信说你待不住,常回娘家去。我动气了,马上写信责备你。你教人写了一封复信,说家里有事,不能不回去。这是你第一次也可以说第末次的抗议,我从此就没给你写信。暑假时带了一肚子主意回去,但见了面,看你一脸笑,也就拉倒了。打这时候起,你渐渐从你父亲的怀里跑到我这儿。你换了金镯子帮助我的学费,叫我以后还你;但直到你死,我没有还你。你在我家受了许多气,又因为我家的缘故受你家里的气,你都忍着。这全为的是我,我知道。那回我从家乡一个中学半途辞职出走。家里人讽你也走。哪里走!只得硬着头皮往你家去。那时你家像个冰窖子,你们在窖里足足住了三个月。好容易我才将你们领出来了,一同上外省去。小家庭这样组织起来了。你虽不是什么阔小姐,可也是自小娇生惯养的,做起主妇来,什么都得干一两手;你居然做下去了,而且高高兴兴地做下去了。菜照例满是你做,可是吃的都是我们;你至多夹上两三筷子就算了。你的菜做得不坏,有一位老在行大大地夸奖过你。你洗衣服也不错,夏天我的绸大褂大概总是你亲自动手。你在家老不乐意闲着;坐前几个"月子",老是四五天就起床,说是躺着,家里事没条没理的。其实你起来也还不是没条理;咱们家么多孩子,哪儿来条理?在浙江住的时候,逃过两回兵难,我都在北平。真亏你领着母亲和一群孩子东藏西躲的;末一回还要走多少里路,翻一道大岭。这两回差不多只靠你一个人。你不但带了母亲和孩子们,还带了我一箱箱的书;你知道我是最爱书的。在短短的十二年里,你操的心比人家一辈子还多;谦,你那样身子怎么经得住!你将我的责任一股脑儿担负了去,压死了你;我如何对得起你!

你为我的劳什子书也费了不少神;第一回让你父亲的男佣人从家乡捎到上海去。他说了几句闲话,你气得在你父亲面前哭了。第二回是带着逃难,别人都说你傻子。你有你的想头:"没有书怎么教书?况且他又爱这个玩意儿。"其实你没有晓得,那些书丢了也并不可惜;不过教你怎么晓得,我平常从来没和你谈过这些个!总而言之,你的心是可感谢的。这十二年里你为我吃的苦真不少,可是没有过几天好日子。我们在一起住,算来也还不到五个年头。无论日子怎么坏,无论是离是合,你从来没对我发过脾气,连一句怨言也没有——别说怨我,就是怨命也没有过。老实说，我的脾气可不大好，迁怒的事儿有的是。那些时候你往往抽噎着流眼泪，从不回嘴，也不号啕。不过我也只信得过你一个人，有些话我只和你一个人说，因为世界上只你一个人真关心我，真同情我。你不但为我吃苦，更为我分苦；我之有我现在的精神，大半是你给我培养着的。这些年来我很少生病。但我最不耐烦生病，生了病就呻吟不绝，闹那伺候病的人。你是领教过一回的，那回只一两点钟，可是也够麻烦了。你常生病，却总不开口，挣扎着起来；一来怕搅我，二来怕没人做你那份儿事。我有一个坏脾气，怕听人生病，也是真的。后来你天天发烧，自己还以为是南方带来的疟疾，一直瞒着我。明明躺着，听见我的脚步，一骨碌就坐起来。我渐渐有些奇怪，让大夫一瞧，这可糟了，你的一个肺已烂了一个大窟窿了！大夫劝你到西山去静养，你丢不下孩子，又舍不得钱；劝你在家里躺着，你也丢不下那份儿家务。越看越不行了，这才送你回去。明知凶多吉少，想不到只一个月工夫你就完了！本来盼望还见得着你，这一来可拉倒了。你也何尝想到这个？父亲告诉我，你回家独住着一所小住宅，还嫌没有客厅，怕我回去不便哪。

前年夏天回家，上你坟上去了。你睡在祖父母的下首，想来还不孤单的。只是当年祖父母的坟太小了，你正睡在圹底下。这叫作"抗圹"，在生人看来是不安心的；等着想办法哪。那时圹上圹下密密地长着青草，朝露浸湿了我的布鞋。你刚埋了半年多，只圹下多出一块土，别的全然看不出新坟的样子。我和隐今夏回去，本想到你的坟上来；因为她病了没来成。我们想告诉你，五个孩子都好，我们一定尽心教养他们，让他们对得起死了的母亲——你！谦，好好儿放心安睡吧，你。

1932年10月11日作

（原载1933年1月1日《东方杂志》第30卷第1号）

一封信

在北京住了两年多了,一切平平常常地过去。要说福气,这也是福气了。因为平平常常,正像"糊涂"一样"难得",特别是在"这年头"。但不知怎的,总不时想着在那儿过了五六年转徙无常的生活的南方。转徙无常,诚然算不得好日子;但要说到人生味,怕倒比平平常常时候容易深切地感着。现在终日看见一样的脸板板的天,灰蓬蓬的地;大柳高槐,只是大柳高槐而已。于是木木然,心上什么也没有;有的只是自己,自己的家。我想着我的渺小,有些战栗起来;清福究竟也不容易享的。

这几天似乎有些异样。像一叶扁舟在无边的大海上,像一个猎人在无尽的森林里。走路、说话,都要费很大的力气;还不能如意。心里是一团乱麻,也可说是一团火。似乎在挣扎着,要明白些什么,但似乎什么也没有明白。"一部《十七史》,从何处说起",正可借来作近日的我的注脚。昨天忽然有人提起《我的南方》的诗。这是两年前初到北京,在一个村店里,喝了两杯"莲花白"以后,信笔涂出来的。于今想起那情景,似乎有些渺茫;至于诗中所说的,那更是遥遥乎远哉了,但是事情是这样凑巧:今天吃了午饭,偶然抽一本旧杂志来消遣,却翻着了三年前给S的一封信。信里说着台州,在上海、杭州、宁波之南的台州。这真是"我的南方"了。我正苦于想不出,这却指引我一条路,虽然只是"一条"路而已。

我不忘记台州的山水,台州的紫藤花,台州的春日,我也不能忘记S。他从前欢喜喝酒,欢喜骂人;但他是个有天真的人。他待朋友真不错。L从湖南到宁波去找他,不名一文;他陪L喝了半年酒才分手。他去年结了婚。为结婚的事烦恼了几个整年的他,这算是叶落归根了;但他也与我一样,已快上那"中年"的线了吧。结婚后我们见过一次,匆匆的一次。我想,他也和一切人一样,结了婚终于是结了婚的样子了吧。但我老只是记着他那喝醉了酒,很妩媚的骂人的意态,这在他或已懊悔着了。

南方这一年的变动,是人的意想所赶不上的。我起初还知道他的踪迹;这半年是什么也不知道了。他到底是怎样地过着这狂风似的日子呢?我所沉吟的正在此。我说过大海,他正是大海上的一个小浪;我说过森林,他正是森林里的一只小鸟。恕我,恕我,我向哪里去找你?

这封信曾印在台州师范学校的《绿丝》上。我现在重印在这里;这是我眼前一个很好的自慰的法子。

九月二十七日记

S兄:

　　……

我对于台州,永远不能忘记!我第一日到六师校时,系由埠头坐了轿子去的。轿子走的都是僻路;使我诧异,为什么堂堂一个府城,竟会这样冷静!那时正是春天,而因天气的薄阴和道路的幽寂,使我宛然如入了秋之国土。约摸到了卖冲桥边,我看见那清绿的北固山,下面点缀着几带朴实的洋房子,心胸顿然开朗,仿佛微微的风拂过我的面孔似的。到了校里,登楼一望,见远山之上,都幂着白云。四面全无人声，也无人影；天上的鸟也无一只。只背后山上谡谡的松风略略可听而已。那时我真脱却人间烟火气而飘飘欲仙了！后来我虽然发现了那座楼实在太坏了：柱子如鸡骨，地板如鸡皮！但自然的宽大使我忘记了那房屋的狭窄。我于是曾好几次爬到北固山的顶上，去领略那飕飕的高风，看那低低的、小小的、绿绿的田亩。这是我最高兴的。

来信说起紫藤花，我真爱那紫藤花！在那样朴陋——现在大概不那样朴陋了吧——的房子里，庭院中，竟有那样雄伟、那样繁华的紫藤花，真令我十二分惊诧！她的雄伟与繁华遮住了那朴陋，使人一对照，反觉朴陋倒是不可少似的，使人幻想"美好的昔日"！我也曾几度在花下徘徊：那时学生都上课去了，只剩我一人。暖和的晴日，鲜艳的花色，嗡嗡的蜜蜂，酝酿着一庭的春意。我自己如浮在茫茫的春之海里，不知怎么是好！那花真好看：苍老虬劲的枝干，这么粗这么粗的枝干，宛转腾挪而上；谁知她的纤指会那样嫩，那样艳丽呢？那花真好看：一缕缕垂垂的细丝，将她们悬在那皴裂的臂上，临风婀娜，真像嘻嘻哈哈的小姑娘，真像凝妆的少妇，像两颊又像双臂，像胭脂又像粉……我在他们下课的时候，又曾几度在楼头眺望，那丰姿更是撩人：云哟，霞哟，仙女哟！我离开台州以后，永远没见过那样好的紫藤花，我真惦记她，我真妒羡你们！

此外，南山殿望江楼上看浮桥（现在早已没有了），看憧憧的人在长长的桥上往来着；东湖水阁上，九折桥上看柳色和水光，看钓鱼的人；府后山沿路看田野，看天；南门外看梨花——再回到北固山，冬天在医院前看山上的雪；都是我喜欢的。说来可笑，我还记得我从前住过的旧仓头杨姓的房子里的一张画桌；那是一张红漆的，一丈光景长而狭的画桌，我放它在我楼上的窗前，在上面读书，和人谈话，过了我半年的生活。现在想已搁起来无人用了吧？唉！

台州一般的人真是和自然一样朴实；我一年里只见过三个上海装

束的流氓！学生中我颇有记得的。前些时有位 P 君写信给我，我虽未有工夫作复，但心中很感谢！乘此机会请你为我转告一句。

我写的已多了；这些胡乱的话，不知可附载在《绿丝》的末尾，使它和我的旧友见见面么？

弟自清
1927 年 9 月 27 日

我所见的叶圣陶

我第一次与圣陶见面是在民国十年的秋天。那时刘延陵兄介绍我到吴淞炮台湾中国公学教书。到了那边,他就和我说:"叶圣陶也在这儿。"我们都念过圣陶的小说,所以他这样告我。我好奇地问道:"怎样一个人?"出乎我的意外,他回答我:"一位老先生哩。"但是延陵和我去访问圣陶的时候,我觉得他的年纪并不老,只那朴实的服色和沉默的风度与我们平日所想象的苏州少年文人叶圣陶不甚符合罢了。

记得见面的那一天是一个阴天。我见了生人照例说不出话;圣陶似乎也如此。我们只谈了几句关于作品的泛泛的意见,便告辞了。延陵告诉我每星期六圣陶总回甪直去;他很爱他的家。他在校时常邀延陵出去散步;我因与他不熟,只独自坐在屋里。不久,中国公学忽然起了风潮。我向延陵说起一个强硬的办法;——实在是一个笨而无聊的办法!——我说只怕叶圣陶未必赞成。但是出乎我的意外,他居然赞成了!后来细想他许是有意优容我们吧;这真是老大哥的态度呢。我们的办法天然是失败了,风潮延宕下去;于是大家都住到上海来。我和圣陶差不多天天见面;同时又认识了西谛,予同诸兄。这样经过了一个月;这一个月实在是我的很好的日子。

我看出圣陶始终是个寡言的人。大家聚谈的时候,他总是坐在那里听着。他却并不是喜欢孤独,他似乎老是那么有味地听着。至于与人独对的时候,自然多少要说些话;但辩论是不来的。他觉得辩论要开始了,往往微笑着说:"这个弄不大清楚了。"这样就过去了。他又是个极和易的人,轻易看不见他的怒色。他辛辛苦苦保存着的《晨报》副张,上面有他自己的文字的,特地从家里捎来给我看;让我随便放在一个书架上,给散失了。当他和我同时发现这件事时,他只略露惋惜的颜色,随即说:"由他去末哉,由他去末哉!"我是至今惭愧着,因为我知道他作文是不留稿的。他的和易出于天性,并非阅历世故,矫揉造作而成。他对于世间妥协的精神是极厌恨的。在这一月中,我看见他发过一次怒;——始终我只看见他发过这一次怒——那便是对于风潮的妥协论者的蔑视。

  风潮结束了,我到杭州教书。那边学校当局要我约圣陶去。圣陶来信说:"我们要痛痛快快游西湖,不管这是冬天。"他来了,教我上车站去接。我知道他到了车站这一类地方,是会觉得寂寞的。他的家实在太好了,他的衣着,一向都是家里管。我常想,他好像一个小孩子;像小孩子的天真,也像小孩子的离不开家里人。必须离开家里人时,他也得找些熟朋友伴着;孤独在他简直是有些可怕的。所以他到校时,本来是独住一屋的,却愿意将那间屋做我们两人的卧室,而将我那间做书室。这样可以常常相伴;我自然也乐意,我们不时到西湖边去;有时下湖,有时只喝喝酒。在校时各据一桌,我只预备功课,他却老是写小说和童话。初到时,学校当局来看过他。第二天,我问他:"要不要去看看他们?"他皱眉道:"一定要去么?等一天吧。"后来始终没有去。他是最反对形式主义的。

  那时他小说的材料,是旧日的储积;童话的材料有时却是片刻的感兴。如《稻草人》中《大喉咙》一篇便是。那天早上,我们都醒在床上,听见工厂的汽笛;他便说:"今天又有一篇了,我已经想好了,来得真快呵。"那篇的艺术很巧,谁想他只是片刻的构思呢!他写文字时,往往拈笔伸纸,便手不停挥地写下去,开始及中间,停笔踌躇时绝少。他的稿子极清楚,每页至多只有三五个涂改的字。他说他从来是这样的。每篇写毕,我自然先睹为快;他往往称述结尾的适宜,他说对于结尾是有些把握的。看完,他立即封寄《小说月报》;照例用平信寄。我总劝他挂号;但他说:"我老是这样的。"他在杭州不过两个月,写的真不少,教人羡慕不已。《火灾》里从《饭》起到《风潮》这七篇,还有《稻草人》中一部分,都是那时我亲眼看他写的。

在杭州待了两个月,放寒假前,他便匆匆地回去了;他实在离不开家,临去时让我告诉学校当局,无论如何不回来了。但他却到北平住了半年,也是朋友拉去的。我前些日子偶翻十一年的《晨报副刊》,看见他那时途中思家的小诗,重念了两遍,觉得怪有意思。北平回去不久,便入了商务印书馆编译部,家也搬到上海。从此在上海待下去,直到现在——中间又被朋友拉到福州一次,有一篇《将离》抒写那回的别恨,是缠绵悱恻的文字。这些日子,我在浙江乱跑,有时到上海小住,他常请了假和我各处玩儿或喝酒。有一回,我便住在他家,但我到上海,总爱出门,因此他老说没有能畅谈;他写信给我,老说这回来要畅谈几天才行。

十六年一月,我接眷北来,路过上海,许多熟朋友和我饯行,圣陶也在。那晚我们痛快地喝酒,发议论;他是照例地默着。酒喝完了,又去乱走,他也跟着。到了一处,朋友们和他开了个小玩笑;他脸上略露窘意,但仍微笑地默着。圣陶不是个浪漫的人;在一种意义上,他正是延陵所说的"老先生"。但他能了解别人,能谅解别人,他自己也能"作达",所以仍然——也许格外——是可亲的。那晚快夜半了,走过爱多亚路,他向我诵周美成的词:"酒已都醒,如何消夜永!"我没有说什么;那时的心情,大约也不能说什么的。我们到一品香又消磨了半夜。这一回特别对不起圣陶；他是不能少睡觉的人。他家虽住在上海，而起居还依着乡居的日子；早七点起，晚九点睡。有一回我九点十分去，他家已熄了灯，关好门了。这种自然的，有秩序的生活是对的。那晚上伯祥说："圣兄明天要不舒服了。"想起来真是不知要怎样感谢才好。

第二天我便上船走了，一眨眼三年半，没有上南方去。信也很少，却全是我的懒。我只能从圣陶的小说里看出他心境的迁变；这个我要留在另一文中说。圣陶这几年里似乎到十字街头走过一趟，但现在怎么样呢？我却不甚了然。他从前晚饭时总喝点酒，"以半醺为度"；近来不大能喝酒了，却学了吹笛——前些日子说已会一出《八阳》，现在该又会了别的了吧。他本来喜欢看看电影，现在又喜欢听听昆曲了。但这些都不是"厌世"，如或人所说的；圣陶是不会厌世的，我知道。又，他虽会喝酒，加上吹笛，却不曾抽什么"上等的纸烟"，也不曾住过什么"小小别墅"，如或人所想的，这个我也知道。

1930年7月，北平清华园

背　影

我与父亲不相见已二年余了，我最不能忘记的是他的背影。那年冬天，祖母死了，父亲的差使也交卸了，正是祸不单行的日子，我从北京到徐州，打算跟着父亲奔丧回家。到徐州见着父亲，看见满院狼藉的东西，又想起祖母，不禁簌簌地流下眼泪。父亲说："事已如此，不必难过，好在天无绝人之路！"

回家变卖典质，父亲还了亏空；又借钱办了丧事。这些日子，家中光景很是惨淡，一半为了丧事，一半为了父亲赋闲。丧事完毕，父亲要到南京谋事，我也要回北京念书，我们便同行。

到南京时，有朋友约去游逛，勾留了一日；第二日上午便须渡江到浦口，下午上车北去。父亲因为事忙，本已说定不送我，叫旅馆里一个熟识的茶房陪我同去。他再三嘱咐茶房，甚是仔细。但他终于不放心，怕茶房不妥帖；颇踌躇了一会。其实我那年已二十岁，北京已来往过两三次，是没有什么要紧的了。他踌躇了一会，终于决定还是自己送我去。我两三回劝他不必去；他只说："不要紧，他们去不好！"

我们过了江，进了车站。我买票，他忙着照看行李。行李太多了，得向脚夫行些小费，才可过去。他便又忙着和他们讲价钱。我那时真是聪明过分，总觉他说话不大漂亮，非自己插嘴不可。但他终于讲定了价钱;就送我上车。他给我拣定了靠车门的一张椅子;我将他给我做的紫毛大衣铺好座位。他嘱我路上小心,夜里警醒些,不要受凉。又嘱托茶房好好照应我。我心里暗笑他的迂;他们只认得钱,托他们直是白托!而且我这样大年纪的人,难道还不能料理自己么?唉,我现在想想,那时真是太聪明了!

我说道:"爸爸,你走吧。"他望车外看了看,说:"我买几个橘子去。你就在此地,不要走动。"我看那边月台的栅栏外有几个卖东西的等着顾客。走到那边月台,须穿过铁道,须跳下去又爬上去。父亲是一个胖子,走过去自然要费事些。我本来要去的,他不肯,只好让他去。我看见他戴着黑布小帽,穿着黑布大马褂、深青布棉袍,蹒跚地走到铁道边,慢慢探身下去,尚不大难。可是他穿过铁道,要爬上那边月台,就不容易了。他用两手攀着上面,两脚再向上缩;他肥胖的身子向左微倾,显出努力的样子。这时我看见他的背影,我的泪很快地流下来了。我赶紧拭干了泪,怕他看见,也怕别人看见。我再向外看时,他已抱了朱红的橘子往回走了。过铁道时,他先将橘子散放在地上,自己慢慢爬下,再抱起橘子走。到这边时,我赶紧去搀他。他和我走到车上,将橘子一股脑儿放在我的皮大衣上。于是扑扑衣上的泥土,心里很轻松似的,过一会说:"我走了;到那边来信!"我望着他走出去。他走了几步,回过头看见我,说:"进去吧,里边没人。"等他的背影混入来来往往的人里,再找不着了,我便进来坐下,我的眼泪又来了。

近几年来,父亲和我都是东奔西走,家中光景是一日不如一日。他少年出外谋生,独力支持,做了许多大事。哪知老境却如此颓唐!他触目伤怀,自然情不能自已。情郁于中,自然要发之于外;家庭琐屑便往往触他之怒。他待我渐渐不同往日。但最近两年的不见,他终于忘却我的不好,只是惦记着我,惦记着我的儿子。我北来后,他写了一信给我，信中说道："我身体平安，唯膀子疼痛利害，举箸提笔，诸多不便，大约大去之期不远矣。"我读到此处，在晶莹的泪光中，又看见那肥胖的，青布棉袍、黑布马褂的背影。唉！我不知何时再能与他相见！

1925年10月在北京

（原载1925年11月22日《文学周报》第200期）

女　人

　　白水是个老实人，又是个有趣的人。他能在谈天的时候，滔滔不绝地发出长篇大论。这回听勉子说，日本某杂志上有《女？》一文，是几个文人以"女"为题的桌话的记录。他说："这倒有趣，我们何不也来一下？"我们说："你先来！"他搔了搔头发道："好！就是我先来；你们可别临阵脱逃才好。"我们知道他照例是开口不能自休的。果然，一番话费了这多时候，以致别人只有补充的工夫，没有自叙的余裕。那时我被指定为临时书记，曾将桌上所说，拉杂写下。现在整理出来，便是以下一文。因为十之八是白水的意见，便用了第一人称，作为他自述的模样；我想，白水大概不至于不承认吧？

　　老实说，我是个欢喜女人的人；从国民学校时代直到现在，我总一贯地欢喜着女人。虽然不曾受着什么"女难"，而女人的力量，我确是常常领略到的。女人就是磁石，我就是一块软铁；为了一个虚构的或实际的女人，呆呆地想了一两点钟，乃至想了一两个星期，真有不知肉味光景——这种事是屡屡有的。在路上走，远远地有女人来了，我的眼睛便像蜜蜂们嗅着花香一般，直攫过去。但是我很知足，普通的女人，大概看一两眼也就够了，至多再掉一回头。像我的一位同学那样，遇见了异性，就立正——向左或向右转，仔细用他那两只近视眼，从眼镜下面紧紧追出去半日半日，然后看不见，然后开步走——我是用不着的。我们地方有句土话说："乖子望一眼，呆子望到晚！"我大约总在"乖子"一边了。我到无论什么地方，第一总是用我的眼睛去寻找女人。在火车里，我必走遍几辆车去发现女人；在轮船里，我必走遍全船去发现女人。我若找不到女人时，我便逛游戏场去，赶庙会去——我大胆地加一句——参观女学校去；这些都是女人多的地方。于是我的眼睛更忙了！我拖着两只脚跟着她们走，往往直到疲倦为止。

　　我所追寻的女人是什么呢？我所发现的女人是什么呢？这是艺术的女人。从前人将女人比作花，比作鸟，比作羔羊；他们只是说，女人是自然手里创造出来的艺术，使人们欢喜赞叹——正如艺术的儿童是自然的创作，使人们欢喜赞叹一样。不独男人欢喜赞叹，女人也欢喜赞叹；而"妒"便是欢喜赞叹的另一面，正如"爱"是欢喜赞叹的一面一样。受欢喜赞叹的，又不独是女人，男人也有。"此柳风流可爱，似张绪当年"，便是好例；而"美丰仪"一语，尤为"史不绝书"。但男人的艺术气分，似乎总要少些；贾宝玉说得好：男人的骨头是泥做的，女人的骨头是水做的。这是天命呢？还是人事呢？我现在还不得而知；只觉得事实是如此罢了。你看，目下学绘画的"人体习作"的时候，谁不用了女人做他的模特儿呢？这不是因为女人的曲线更为可爱么？我们说，自有历史以来，女人是比男人更其艺术的；这句话总该不会错吧？所以我说，艺术的女人。所谓艺术的女人，有三种意思：是女人中最为艺术的，是女人的艺术的一面，是我们以艺术的眼去看女人。我说女人比男人更其艺术的，是一般的说法；说女人中最为艺术的，是个别的说法。而"艺术"一词，我用它的狭义，专指眼睛的艺术而言，与绘画、雕刻、跳舞同其范类。艺术的女人便是有着美好的颜色和轮廓和动作的女人，便是她的容貌、身材、姿态，使我们看了感到"自己圆满"的女人。这里有一块天然的界碑，我所说的只是处女,少妇、中年妇人、那些老太太们,为她们的年岁所侵蚀,已上了凋零与枯萎的路途,在这一件上,已是落伍者了。女人的圆满相,只是她的"人的诸相"之一;她可以有大才能、大智慧、大仁慈、大勇毅、大贞洁等等,但都无碍于这一相。诸相可以帮助这一相,使其更臻于充实;这一相也可帮助诸相,分其圆满于它们,有时更能遮盖它们的缺处。我们之看女人,若被她的圆满相所吸引,便会不顾自己,不顾她的一切,而只陶醉于其中;这个陶醉是刹那的,无关心的,而且在沉默之中的。

我们之看女人,是欢喜而决不是恋爱。恋爱是全般的,欢喜是部分的。恋爱是整个"自我"与整个"自我"的融合,故坚深而久长;欢喜是"自我"间断片的融合,故轻浅而飘忽。这两者都是生命的趣味,生命的姿态。但恋爱是对人的,欢喜却兼人与物而言。此外本还有"仁爱",便是"民胞物与"之怀;再进一步,"天地与我并生,万物与我为一",便是"神爱""大爱"了。这种无分物我的爱,非我所要论;但在此又须立一界碑,凡伟大庄严之像,无论属人属物,足以吸引人心者,必为这种爱;而优美艳丽的光景则始在"欢喜"的阈中。至于恋爱,以人格的吸引为骨子,有极强的占有性,又与二者不同。Y君以人与物平分恋爱与欢喜,以为"喜"仅属物,"爱"乃属人;若对人言"喜",便是蔑视他的人格了。现在有许多人也以为将女人比花,比鸟,比羔羊,便是侮辱女人;赞颂女人的体态,也是侮辱女人。所以者何?便是蔑视她们的人格了!但我觉得我们若不能将"体态的美"排斥于人格之外,我们便要慢慢地说这句话!而美若是一种价值,人格若是建筑于价值的基石上,我们又何能排斥那"体态的美"呢?所以我以为只须将女人的艺术的一面作为艺术而鉴赏它,与鉴赏其他优美的自然一样;艺术与自然是"非人格"的,当然便说不上"蔑视"与否。在这样的立场上,将人比物,欢喜赞叹,自与因袭的玩弄的态度相差十万八千里，当可告无罪于天下。只有将女人看作"玩物"，才真是蔑视呢；即使是在所谓的"恋爱"之中。艺术的女人，是的，艺术的女人！我们要用惊异的眼去看她，那是一种奇迹！

我之看女人，十六年于兹了，我发现了一件事，就是将女人作为艺术而鉴赏时，切不可使她知道；无论是生疏的，还是较熟悉的。因为这要引起她性的自卫的羞耻心或他种嫌恶心，她的艺术味便要变稀薄了；而我们因她的羞耻或嫌恶而关心，也就不能静观自得了。所以我们只好秘密地鉴赏；艺术原来是秘密的呀，自然的创作原来是秘密的呀。但是我所欢喜的艺术的女人，究竟是怎样的呢？您得问了。让我告诉您：我见过西洋女人，日本女人，江南江北两个女人，城内的女人，名闻浙东西的女人；但我的眼光究竟太狭了，我只见过不到半打的艺术的女人！而且其中只有一个西洋人，没有一个日本人！那西洋的处女是在Y城里一条僻巷的拐角上遇着的，惊鸿一瞥似的便过去了。其余有两个是在两次火车里遇着的，一个看了半天，一个看了两天；还有一个是在乡村里遇着的，足足看了三个月。我以为艺术的女人第一是有她的温柔的空气；使人如听着箫管的悠扬，如嗅着玫瑰花的芬芳，如躺着在天鹅绒的厚毯上。她是如水的密，如烟的轻，笼罩着我们；我们怎能不欢喜赞叹呢？这是由她的动作而来的；她的一举步，一伸腰，一掠鬓，一转眼，一低头，乃至衣袂的微扬，裙幅的轻舞，都如蜜的流，风的微漾；我们怎能不欢喜赞叹呢？最可爱的是那软软的腰儿；从前人说临风的垂柳，《红楼梦》里说晴雯的"水蛇腰儿"，都是说腰肢的细软的；但我所欢喜的腰呀，简直和苏州的牛皮糖一样，使我满舌头的甜，满牙齿的软呀。腰是这般软了，手足自也有飘逸不凡之概。你瞧她的足胫多么丰满呢！从膝关节以下，渐渐地隆起，像新蒸的面包一样；后来又渐渐渐渐地缓下去了。这足胫上正罩着丝袜，淡青的？或者白的？拉得紧紧的，一些儿皱纹没有，更将那丰满的曲线显得丰满了；而那闪闪的鲜嫩的光，简直可以照出人的影子。你再往上瞧，她的两肩又多么亭匀呢！像双生的小羊似的，又像两座玉峰似的；正是秋山那般瘦，秋水那般平呀。肩以上，便到了一般人讴歌颂赞所集的"面目"了。我最不能忘记的，是她那双鸽子般的眼睛，伶俐到像要立刻和人说话。在惺忪微倦的时候，尤其可喜，因为正像一对睡了的褐色小鸽子。和那润泽而微红的双颊，苹果般照耀着的，恰如曙色之与夕阳，巧妙地相映衬着。再加上那覆额的，稠密而蓬松的发，像天空的乱云一般，点缀得更有情趣了。而她那甜蜜的微笑也是可爱的东西；微笑是半开的花朵，里面流溢着诗与画与无声的音乐。是的，我说得已多了；我不必将我所见的，一个人一个人分别说给你，我只将她们融合成一个 Sketch 给你看——这就是我的惊异的型，就是我所谓艺术的女子的型。但我的眼光究竟太狭了！我的眼光究竟太狭了！

在女人的聚会里，有时也有一种温柔的空气；但只是笼统的空气，没有详细的节目。所以这是要由远观而鉴赏的，与个别的看法不同；若近观时，那笼统的空气也许会消失了的。说起这艺术的"女人的聚会"，我却想着数年前的事了，云烟一般，好惹人怅惘的。在 P 城一个礼拜日的早晨，我到一所宏大的教堂里去做礼拜；听说那边女人多，我是礼拜女人去的。那教堂是男女分坐的。我去的时候，女座还空着，似乎颇遥遥的；我的遐想便去充满了每个空座里。忽然眼睛有些花了，在薄薄的香泽当中，一群白上衣、黑背心、黑裙子的女人，默默地，远远地走进来了。我现在不曾看见上帝，却看见了带着翼子的这些安琪儿了！另一回在傍晚的湖上，暮霭四合的时候，一只插着小红花的游艇里，坐着八九个雪白雪白的白衣的姑娘；湖风舞弄着她们的衣裳，便成一片浑然的白。我想她们是湖之女神，以游戏三昧，暂现色相于人间的呢！第三回在湖中的一座桥上，淡月微云之下，倚着十来个，也是姑娘,朦朦胧胧地与月一齐白着。在抖荡的歌喉里,我又遇着月姊儿的化身了!这些是我所发现的又一型。

是的,艺术的女人,那是一种奇迹!

1925年2月15日,白马湖

择偶记

　　自己是长子长孙，所以不到十一岁就说起媳妇来了。那时对于媳妇这件事简直茫然，不知怎么一来，就已经说上了。是曾祖母娘家人，在江苏北部一个小县份的乡下住着。家里人都在那里住过很久，大概也带着我；只是太笨了，记忆里没有留下一点影子。祖母常常躺在烟榻上讲那边的事，提着这个那个乡下人的名字。起初一切都像只在那白腾腾的烟气里。日子久了，不知不觉熟悉起来了，亲昵起来了。除了住的地方，当时觉得那叫作"花园庄"的乡下实在是最有趣的地方了。因此听说媳妇就定在那里，倒也仿佛理所当然，毫无意见。每年那边田上有人来，蓝布短打扮，衔着旱烟管，带好些大麦粉、白薯干儿之类。他们偶然也和家里人提到那位小姐，大概比我大四岁，个儿高，小脚；但是那时我热心的其实还是那些大麦粉和白薯干儿。

　　记得是十二岁上，那边捎信来，说小姐痨病死了。家里并没有人叹惜；大约他们看见她时她还小，年代一多，也就想不清是怎样一个人了。父亲其时在外省做官，母亲颇为我亲事着急，便托了常来做衣服的裁缝做媒。为的是裁缝走的人家多，而且可以看见太太、小姐。主意并没有错，裁缝来说一家人家，有钱，两位小姐，一位是姨太太生的；他给说的是正太太生的大小姐。他说那边要相亲。母亲答应了，定下日子,由裁缝带我上茶馆。记得那是冬天,到日子母亲让我穿上枣红宁绸袍子,黑宁绸马褂,戴上红帽结儿的黑缎瓜皮小帽,又叮嘱自己留心些。茶馆里遇见那位相亲的先生,方面大耳,同我现在年纪差不多,布袍布马褂,像是给谁穿着孝。这个人倒是慈祥的样子,不住地打量我,也问了些念什么书一类的话。回来裁缝说人家看得很细:说我的"人中"长,不是短寿的样子,又看我走路,怕脚上有毛病。总算让人家看中了,该我们看人家了。母亲派亲信的老妈子去。老妈子的报告是,大小姐个儿比我大得多,坐下去满满一圈椅;二小姐倒苗苗条条的。母亲说胖了不能生育,像亲戚里谁谁谁;教裁缝说二小姐。那边似乎生了气,不答应,事情就摧了。

母亲在牌桌上遇见一位太太,她有个女儿,透着聪明伶俐。母亲有了心,回家说那姑娘和我同年,跳来跳去的,还是个孩子。隔了些日子,便托人探探那边口气。那边做的官似乎比父亲的更小,那时正是光复的前年,还讲究这些,所以他们乐意做这门亲。事情已到九成九,忽然出了岔子。本家叔祖母用的一个寡妇老妈子熟悉这家子的事,不知怎么教母亲打听着了。叫她来问,她的话遮遮掩掩的。到底问出来了,原来那小姑娘是抱来的,可是她一家很宠她,和亲生的一样。母亲心冷了。过了两年,听说她已生了痨病,吸上鸦片烟了。母亲说,幸亏当时没有定下来。我已懂得一些事了,也这么想着。

光复那年,父亲生伤寒病,请了许多医生看。最后请着一位武先生,那便是我后来的岳父。有一天,常去请医生的听差回来说,医生家有位小姐。父亲既然病着,母亲自然更该担心我的事。一听这话,便追问下去。听差原只顺口谈天,也说不出个所以然。母亲便在医生来时,教人问他轿夫,那位小姐是不是他家的。轿夫说是的。母亲便和父亲商量,托舅舅问医生的意思。那天我正在父亲病榻旁,听见他们的对话。舅舅问明了小姐还没有人家,便说,像×翁这样人家怎么样?医生说,很好呀。话到此为止，接着便是相亲；还是母亲那个亲信的老妈子去。这回报告不坏，说就是脚大些。事情这样定局，母亲教轿夫回去说，让小姐裹上点儿脚。妻嫁过来后，说相亲的时候早躲开了，看见的是另一个人。至于轿夫捎的信儿，却引起了一段小小风波。岳父对岳母说，早教你给她裹脚，你不信；瞧，人家怎么说来着！岳母说，偏偏不裹，看他家怎么样！可是到底采取了折中的办法，直到妻嫁过来的时候。

1934 年 3 月作

（原载 1934 年《女青年》第 13 卷第 3 期）

房东太太

歇卜士太太（Mrs.Hibbs）没有来过中国，也并不怎样喜欢中国，可是我们看，她有中国那老味儿。她说人家笑她母女是维多利亚时代的人，那是老古板的意思；但她承认她们是的，她不在乎这个。

真的，圣诞节下午到了她那间黯淡的饭厅里，那家具，那人物，那谈话，都是古气盎然，不像在现代。这时候她还住在伦敦北郊芬乞来路（Finchley Road）。那是一条阔人家的路；可是她的房子已经抵押满期，经理人已经在她门口路边上立了一座木牌，标价招买，不过半年多还没人过问罢了。那座木牌，和篮球架子差不多大，只是低些；一走到门前，准看见。晚餐桌上，听见厨房里尖叫了一声，她忙去看了，回来说，火鸡烤枯了一点，可惜，二十二磅重，还是卖了几件家具买的呢。她可惜的是火鸡，倒不是家具；但我们一点没吃着那烤枯了的地方。

她爱说话，也会说话，一开口滔滔不绝；押房子、卖家具等等，都会告诉你。但是只高高兴兴地告诉你，至少也平平淡淡地告诉你，决不垂头丧气，决不唉声叹气。她说话是个趣味，我们听话也是个趣味（在她的话里，她死了的丈夫和儿子都是活的，她的一些住客也是活的）；所以后来虽然听了四个多月，倒并不觉得厌倦。有一回早餐时候，她说有一首诗，忘记是谁的，可以作她的墓铭，诗云：

> 这儿一个可怜的女人,
> 她在世永没有住过嘴。
> 上帝说她会复活,
> 我们希望她永不会。
> 其实我们倒是希望她会的。

道地的贤妻良母,她是;这里可以看见中国那老味儿。她原是个阔小姐,从小送到比利时受教育,学法文,学钢琴。钢琴大约还熟,法文可生疏了。她说街上如有法国人向她问话,她想起答话的时候,那人怕已经拐了弯儿了。结婚时得着她姑母一大笔遗产;靠着这笔遗产,她支持了这个家庭二十多年。歇卜士先生在剑桥大学毕业,一心想作诗人,成天住在云里雾里。他二十年只在家里待着,偶然教几个学生。他的诗送到剑桥的刊物上去,原稿却寄回了,附着一封客气的信。他又自己花钱印了一小本诗集,封面上注明,希望出版家采纳印行,但是并没有什么回响。太太常劝先生删诗行,譬如说,四行中可以删去三行罢;但是他不肯割爱,于是乎只好敝帚自珍了。

歇卜士先生却会说好几国话。大战后太太带了先生小姐,还有一个朋友去逛意大利;住旅馆、雇船等等,全交给诗人的先生办,因为他会说意大利话。幸而没出错儿。临上火车,到了站台上,他却不见了。眼见车就要开了,太太这一急非同小可,又不会说给别人,只好教小姐去张看,却不许她远走。好容易先生钻出来了,从从容容的,原来他上"更衣室"来着。

太太最伤心她的儿子。他也是大学生,长得一表人才。大战时去从军;训练的时候偶然回家,非常爱惜那庄严的制服,从不教它有一个折儿。大战快完的时候,却来了恶消息,他尽了他的职务了。太太最伤心的是这个时候的这种消息,她在举世庆祝休战声中,迷迷糊糊过了好些日子。后来逛意大利,便是解闷儿去的。她那时甚至于该领的恤金,无心也不忍去领——等到限期已过,即使要领,可也不成了。

小姐现在是她唯一的亲人;她就为这个女孩子活着。早晨一块儿拾掇拾掇屋子,吃完了早饭,一块儿上街散步,回来便坐在饭厅里,说说话,看看通俗小说,就过了一天。晚上睡在一屋里。一星期也同出去看一两回电影。小姐有二十四五了,高个儿,总在五英尺十寸左右;蟹壳脸,露牙齿,脸上倒是和和气气的。爱笑,说话也天真得像个十二三岁小姑娘。先生死后,他的学生爱利斯(Ellis)很爱歇卜士太太,几次想和她结婚,她不肯。爱利斯是个传记家,有点小名气。那回诗人德拉梅在伦敦大学院讲文学的创造,曾经提到他的书。他很高兴,在歇卜士太太晚餐桌上特意说起这个。但是太太说他的书干燥无味,他送来,她们只翻了三五页就搁在一边儿了。她说最恨猫怕狗,连书上印的狗都怕,爱利斯却养着一大堆。她女儿最爱电影,爱利斯却瞧不起电影。她的不嫁,怎么穷也不嫁,一半为了女儿。

这房子招徕住客,远在歇卜士先生在世时候。那时只收一个人,每日供早晚两餐,连宿费每星期五镑钱,合八九十元,够贵的。广告登出了,第一个来的是日本人,他们答应下了。第二天又来了个西班牙人,却只好谢绝了。从此住这所房的总是日本人多;先生死了,住客多了,后来竟有"日本房"的名字。这些日本人有一两个在外边有女人,有一个还让女人骗了,他们都回来在饭桌上报告,太太也同情地听着。有一回,一个人忽然在饭桌上谈论自由恋爱,而且似乎是冲着小姐说的。这一来太太可动了气。饭后就告诉那个人,请他另外找房住。这个人走了,可是日本人有个俱乐部,他大约在俱乐部里报告了些什么,以后日本人来住的便越过越少了。房间老是空着,太太的积蓄早完了;还只能在房子上打主意,这才抵押了出去。那时自然盼望赎回来,可是日子一天一天过去,情形并不见好。房子终于标卖,而且圣诞节后不久，便卖给一个犹太人了。她想着年头不景气，房子且没人要呢，哪知犹太人到底有钱，竟要了去，经理人限期让房。快到期了，她直说来不及。经理人又向法院告诉，法院出传票教她去。她去了，女儿搀扶着；她从来没上过堂，法官说欠钱不让房，是要坐牢的。她又气又怕，几乎昏倒在堂上；结果只得答应了加紧找房。这种种也都是为了女儿，她可一点儿不悔。

她家里先后也住过一个意大利人、一个西班牙人，都和小姐做过爱；那西班牙人并且和小姐订过婚，后来不知怎样解了约。小姐倒还惦着他，说是："身架真好看！"太太却说："那是个坏家伙！"后来似乎还有个"坏家伙"，那是太太搬到金树台的房子里才来住的。他是英国人，叫凯德，四十多了。先是作公司兜售员，沿门兜售电气扫除器为生。有一天撞到太太旧宅里去了，他要表演扫除器给太太看，太太拦住他，说不必，她没有钱；她正要卖一批家具，老卖不出去，烦着呢。凯德说可以介绍一家公司来买；那一晚太太很高兴，想着他定是个大学毕业生。没两天，果然介绍了一家公司，将家具买去了。他本来住在他姊姊家，却搬到太太家来了。他没有薪水，全靠兜售的佣金；而电气扫除器那东西价钱很大，不容易脱手。所以便干搁起来了。这个人只是个买卖人，不是大学毕业生。大约穷了不止一天，他有个太太，在法国给人家看孩子，没钱，接不回来；住在姊姊家，也因为穷，让人家给请出来了。搬到金树台来，起初整付了一回房饭钱，后来便零碎地半欠半付，后来索性付不出了。不但不付钱，有时连午饭也要叨光。如是者两个多月，太太只得将他赶了出去。回国后接着太太的信，才知道小姐却有点喜欢凯德这个"坏蛋"，大约还跟他来往着。太太最担心这件事，小姐是她的命，她的命决不能交在一个"坏蛋"手里。

小姐在芬乞来路时，教着一个日本太太英文。那时这位日本太太似乎非常关心歇卜士家住着的日本先生们，老是问这个问那个的；见了他们，也很亲热似的。歇卜士太太瞧着不大顺眼，她想着这女人有点儿轻狂。凯德的外甥女有一回来了，一个摩登少女。她照例将手绢披在袜带子上，拿出来用时，让太太看在眼里。后来背地里议论道："这多不雅相！"太太在小事情上是很敏锐的。有一晚那爱尔兰女仆端菜到饭厅，没有戴白帽檐儿。太太很不高兴，告诉我们，这个侮辱了主人，也侮辱了客人。但那女仆是个"社会主义"的贪婪的人，也许匆忙中没想起戴帽檐儿；压根儿她怕就觉得戴不戴都是无所谓的。记得那回这女仆带了男朋友到金树台来，是个失业的工人。当时刚搬了家，好些零碎事正得一个人。太太便让这工人帮帮忙，每天给点钱。这原是一举两得，各厢情愿的。不料女仆却当面说太太揩了穷小子的油。太太听说，简直有点莫名其妙。

太太不上教堂去，可是迷信。她虽是新教徒，可是有一回丢了东西，却照人家传给的法子，在家点上一支蜡，一条腿跪着，口诵安东尼圣名，说是这么着东西就出来了。拜圣者是旧教的花样，她却不管。每回做梦，早餐时总翻翻占梦书。她有三本占梦书；有时她笑自己：三本书说的都不一样，甚至还相反呢。喝碗茶，碗里的茶叶，她也爱看；看像什么字头，便知是姓什么的来了。她并不盼望访客，她是在盼望住客啊。到金树台时，前任房东太太介绍一位英国住客继续住下。但这位半老的住客却嫌客人太少，女客更少，又嫌饭桌上没有笑，没有笑话，只看歇卜士太太的独角戏，老母亲似的唠唠叨叨，总是那一套。他终于托故走了，搬到别处去了。我们不久也离开英国，房子于是乎空空的。去年接到歇卜士太太来信，她和女儿已经作了人家管家老妈了；"维多利亚时代"的上流妇人，这世界已经不是她的了。

1937年4月27—28日作

（原载1937年6月1日《文学杂志》第1卷第2期）

乞 丐

"外国也有乞丐",是的;但他们的丐道或丐术不大一样。近些年在上海常见的,马路旁水门汀上用粉笔写着一大堆困难情形,求人帮助,粉笔字一边就坐着那写字的人。北平也见过这种乞丐,但路旁没有水门汀,便只能写在纸上或布上——却和外国乞丐相像;这办法不知是"来路货"呢,还是"此心同,此理同"呢?

伦敦乞丐在路旁画画的多,写字的却少。只在特拉伐加方场附近见过一个长须老者(外国长须的不多),在水门汀上端坐着,面前几行潦草的白粉字。说自己是大学出身,现在一寒至此,大学又有何用,这几句牢骚话似乎颇打动了一些来来往往的人,加上老者那炯炯的双眼,不露半星儿可怜相,也教人有点肃然。他右首放着一只小提箱,打开了,预备人往里扔钱。那地方本是四通八达的闹市,扔钱的果然不少。箱子内外都撒的铜子儿(便士);别的乞丐却似乎没有这么好的运气。

画画的大半用各色粉笔,也有用颜料的。见到的有三种花样。或双钩 To Live(求生)二字,每一个字母约一英尺见方,在双钩的轮廓里精细地作画。字母整齐匀净,通体一笔不苟。或双钩 Good Luck(好运)二字,也有只用 Luck(运气)一字的。"求生"是自道;"好运""运气"是为过客颂祷之辞。或画着四五方风景,每方大小也在一英尺左右。通常画者坐在画的一头,那一头将他那旧帽子翻过来放着,铜子儿就扔在里面。

这些画丐有些在艺术学校受过正式训练,有些平日爱画两笔,算是"玩意儿"。到没了落儿,便只好在水门汀上动起手来了。一九三二年五月十日,这些人还来了一回展览会。那天的晚报(The Evening News)上选印了几幅,有两幅是彩绣的。绣的人诨名"牛津街开特尔老大",拳乱时做水手,来过中国,他还记得那时情形。这两幅画绣在帆布(画布)上,每幅下了八万针。他绣过英王爱德华像,据说颇为当今王后所赏识;那是他生平最得意的时候。现在却只在牛津街上浪荡着。

晚报上还记着一个人。他在杂戏馆(Halls)干过三十五年,名字常大书在海报上。三年前还领了一个杂戏班子游行各处,他扮演主要的角色。英伦三岛的城市都到过;大陆上到过百来处,美国也到过十来处。也认识贾波林。可是时运不济,"老伦敦"却没一个子儿。他想起从前朋友们说过静物写生多么有意思,自己也曾学着玩儿;到了此时,说不得只好凭着这点"玩意儿"在泰晤士河长堤上混混了。但是他怕认得他的人太多,老是背向着路中,用大帽檐遮了脸儿。他说在水门汀上作画颇不容易;最怕下雨,几分钟的雨也许毁了整天的工作。他说总想有朝一日再到戏台上去。

画丐外有乐丐。牛津街见过一个,开着话匣子,似乎是坐在三轮自行车上;记得颇有些堂哉皇也的神气。复活节星期五在冷街中却见过一群,似乎一人推着风琴,一人按着,一人高唱《颂圣歌》——那推琴的也和着。这群人样子却就狼狈了。据说话匣子等等都是赁来;他们大概总有得赚的。另一条冷街上见过一个男的带着两个女的,穿着得像刚从垃圾堆里出来似的。一个女的还抹着胭脂,简直是一块块红土!男的奏乐,女的乱七八糟地跳舞,在刚下完雨泥滑滑的马路上。这种女乞丐像很少。又见过一个拉小提琴的人，似乎很年轻，很文雅，向着步道上的过客站着。右手本来抱着个小猴儿；拉琴时先把它抱在左肩头蹲着。拉了没几弓子，猴儿尿了；他只若无其事，让衣服上淋淋漓漓的。

牛津街上还见过一个，那真狼狈不堪。他大概赁话匣子等等的力量都没有；只找了块板儿，三四尺长，五六寸宽，上面安上条弦子，用只玻璃水杯将弦子绷起来。把板儿放在街沿下，便蹲着，两只手穿梭般弹奏着。那是明灯初上的时候，步道上人川流不息；一双双脚从他身边匆匆地跨过去，看见他的似乎不多。街上汽车声脚步声谈话声混成一片，他那独弦的细声细气，怕也不容易让人听见。可是他还是埋着头弹他那一手。

几年前一个朋友还见过背诵迭更斯小说的。大家正在戏园门口排着班等买票；这个人在旁背起《块肉余生述》来，一边念，一边还做着。这该能够多找几个子儿，因为比那些话匣子等等该有趣些。

警察禁止空手空口的乞丐，乞丐便都得变作卖艺人。若是无艺可卖，手里也得拿点东西，如火柴、皮鞋带之类。路角落里常有男人或女人拿着这类东西默默站着，脸上大都是黯淡的。其实卖艺、卖物，大半也是幌子；不过到底教人知道自尊些，不许不做事白讨钱。只有瞎子，可以白讨钱。他们站着或坐着；胸前有时挂一面纸牌子，写着"盲人"。又有一种人，在乞丐非乞丐之间。有一回找一家杂耍场不着，请教路角上一个老者。他殷勤领着走，一面说刚失业，没钱花，要我帮个忙儿。给了五个便士（约合中国三毛钱），算是酬劳，他还争呢。其实只有两三百步路罢了。跟着走，诉苦，白讨钱的，只遇着一次；那里街灯很暗，没有警察，路上人也少，我又是外国人，他所以厚了脸皮，放了胆子——他自然不是瞎子。

1935 年 10 月 26 日作

（原载 1935 年 12 月 1 日《中学生》第 60 号）

白 采

　　盛暑中写《白采的诗》一文,刚满一页,便因病搁下。这时候薰宇来了一封信,说白采死了,死在香港到上海的船中。他只有一个人;他的遗物暂存在立达学园里。有文稿、旧体诗词稿、笔记稿,有朋友和女人的通信,还有四包女人的头发!我将薰宇的信念了好几遍,茫然若失了一会;觉得白采虽于生死无所容心,但这样地死在了将到吴淞口的船中,也未免太残酷了些——这是我们后死者所难堪的。

　　白采是一个不可捉摸的人。他的历史,他的性格,现在虽从遗物中略知梗概,但在他生前,是绝少人知道的;他也绝口不向人说,你问他,他只支吾而已。他赋性既这样遗世绝俗,自然是落落寡合了;但我们却能够看出他是一个好朋友,他是一个有真心的人。

　　"不打不成相识",我是这样地知道了白采的。这是为学生李芳诗集的事。李芳将他的诗集交我删改,并嘱我作序。那时我在温州,他在上海。我因事忙,一搁就是半年;而李芳已因不知名的急病死在上海。我很懊悔我的需缓,赶紧抽了空给他工作。正在这时,平伯转来白采的信,短短的两行,催我设法将李芳的诗出版;又附了登在《觉悟》上的小说《作诗的儿子》,让我看看——里面颇有讥讽我的话。我当时觉得不应得这种讥讽,便写了一封近两千字的长信,详述事件首尾,向他辩解。信去了便等回信;但是杳无消息。等到我已不希望了,他才来了一张明信片;在我看来,只是几句半冷半热的话而已。我只能以"岂能尽如人意,但求无愧我心"自解,听之而已。

但平伯因转信的关系,却和他常通函札。平伯来信,屡屡说起他,说是一个有趣的人。有一回平伯到白马湖看我。我和他同往宁波的时候,他在火车中将白采的诗稿《羸疾者的爱》给我看。我在车身不住的动摇中,读了一遍,觉得大有意思。我于是承认平伯的话,他是一个有趣的人。我又和平伯说,他这篇诗似乎是受了尼采的影响。后来平伯来信,说已将此语函告白采,他颇以为然。我当时还和平伯说,关于这篇诗,我想写一篇评论;平伯大约也告诉了他。有一回他突然来信说起此事;他盼望早些见着我的文字,让他知道在我眼中的他的诗究竟是怎样的。我回信答应他,就要做的。以后我们常常通信,他常常提及此事。但现在是三年以后了,我才算将此文完篇;他却已经死了,看不见了!他暑假前最后给我的信还说起他的盼望。天啊!我怎样对得起这样一个朋友,我怎样挽回我的过错呢?

平伯和我都不曾见过白采,大家觉得是一件缺憾。有一回我到上海,和平伯到西门林荫路新正兴里五号去访他:这是按着他给我们的通信地址去的。但不幸得很,他已经搬到附近什么地方去了;我们只好嗒然而归。新正兴里五号是朋友延陵君住过的:有一次谈起白采,他说他姓童,在美术专门学校念书;他的夫人和延陵夫人是朋友,延陵夫妇曾借住他们所赁的一间亭子间。那是我看延陵时去过的,床和桌椅都是白漆的;是一间虽小而极洁净的房子,几乎使我忘记了是在上海的西门地方。现在他存着的摄影里,据我看,有好几张是在那间房里照的。又从他的遗札里,推想他那时还未离婚;他离开新正兴里五号,或是正为离婚的缘故,也未可知。这却使我们事后追想,多少感着些悲剧味了。但平伯终于未见着白采,我竟得和他见了一面。那是在立达学园我预备上火车去上海前的五分钟。这一天,学园的朋友说白采要搬来了;我从早上等了好久,还没有音信。正预备上车站,白采从门口进来了。他说着江西话,似乎很老成了,是饱经世变的样子。我因上海还有约会,只匆匆一谈,便握手作别。他后来有信给平伯说我"短小精悍",却是一句有趣的话。这是我们最初的一面,但谁知也就是最后的一面呢!

去年年底,我在北京时,他要去集美作教;他听说我有南归之意,因不能等我一面,便寄了一张小影给我。这是他立在露台上远望的背影,他说是聊寄仁盼之意。我得此小影,反复把玩而不忍释,觉得他真是一个好朋友。这回来到立达学园,偶然翻阅《白采的小说》,《作诗的儿子》一篇中讥讽我的话,已经删改;而薰宇告我,我最初给他的那封长信,他还留在箱子里。这使我惭愧从前的猜想,我真是小气的人哪!但是他现在死了,我又能怎样呢?我只相信,如爱默生的话,他在许多朋友的心里是不死的!

上海,江湾,立达学园

(原载 1926 年 10 月 5 日《一般》第 10 号第 2 期)

飘 零

一个秋夜，我和P坐在他的小书房里，在晕黄的电灯光下，谈到W的小说。

"他还在河南吧？C大学那边很好吧？"我随便问着。

"不，他上美国去了。"

"美国？做什么去？"

"你觉得很奇怪吧？——波定谟约翰郝勃金医院打电报约他做助手去。"

"哦！就是他研究心理学的地方！他在那边成绩总很好？——这回去他很愿意吧？"

"不见得愿意。他动身前到北京来过，我请他在启新吃饭；他很不高兴的样子。"

"这又为什么呢？"

"他觉得中国没有他做事的地方。"

"他回来才一年呢。C大学那边没有钱吧？"

"不但没有钱，他们说他是疯子！"

"疯子！"

我们默然相对，暂时无话可说。

我想起第一回认识W的名字,是在《新生》杂志上。那时我在P大学读书,W也在那里。我在《新生》上看见的是他的小说;但一个朋友告诉我,他心理学的书读得真多;P大学图书馆里所有的,他都读了。文学书他也读得不少。他说他是无一刻不读书的。我第一次见他的面,是在P大学宿舍的走道上;他正和朋友走着。有人告诉我,这就是W了。微曲的背,小而黑的脸,长头发和近视眼,这就是W了。以后我常常看他的文字,记起他这样一个人。有一回我拿一篇心理学的译文,托一个朋友请他看看。他逐一给我改正了好几十条,不曾放松一个字。永远的惭愧和感谢留在我心里。

我又想到杭州那一晚上。他突然来看我了。他说和P游了三日,明早就要到上海去。他原是山东人;这回来上海,是要上美国去的。我问起哥伦比亚大学的《心理学、哲学与科学方法》杂志,我知道那是有名的杂志。但他说里面往往一年没有一篇好文章,没有什么意思。他说近来各心理学家在英国开了一个会,有几个人的话有味。他又用铅笔随便地在桌上一本簿子的后面,写了《哲学的科学》一个书名与其出版处,说是新书,可以看看。他说要走了。我送他到旅馆里。见他床上摊着一本《人生与地理》,随便拿过来翻着。他说这本小书很著名,很好的。我们在晕黄的电灯光下,默然相对了一会,又问答了几句简单的话;我就走了。直到现在,还不曾再见过他。

他到美国去后,初时还写了些文字,后来就没有了。他的名字,在一般人心里,已如远处的云烟了。我倒还记着他。两三年以后,才又在《文学日报》上见到他一篇诗,是写一种情趣的。我只念过他这一篇诗。他的小说我却念过不少;最使我不能忘记的是那篇《雨夜》,是写北京人力车夫的生活的。W是学科学的人,应该很冷静,但他的小说却又很热很热的。这就是W了。

P也上美国去,但不久就回来了。他在波定谟住了些日子,W是常常见着的。他回国后,有一个热天,和我在南京清凉山上谈起 W 的事。他说 W 在研究行为派的心理学。他几乎终日在实验室里;他解剖过许多老鼠,研究它们的行为。P 说自己本来也愿意学心理学的;但看了老鼠临终的颤动,他执刀的手便战战地放不下去了。因此只好改行。而 W 是"奏刀騞然","踌躇满志",P 觉得那是不可及的。P 又说 W 研究动物行为既久,看明它们所有的生活,只是那几种生理的欲望,如食欲、性欲,所玩的把戏,毫无什么大道理存乎其间。因而推想人的生活,也未必别有何种高贵的动机;我们第一要承认我们是动物,这便是真人。W 的确是如此做人的。P 说他也相信 W 的话;真的,P 回国后的态度是大大地不同了。W 只管做他自己的人,却得着 P 这样一个信徒,他自己也未必料得着的。

　　P 又告诉我 W 恋爱的故事。是的,恋爱的故事!P 说这是一个日本人,和 W 一同研究的,但后来走了,这件事也就完了。P 说得如此冷淡,毫不像我们所想的恋爱的故事!P 又曾指出《来日》上 W 的一篇《月光》给我看。这是一篇小说,叙述一对男女趁着月光在河边一只空船里密谈。那女的是个有夫之妇。这时四无人迹,他俩谈得亲热极了。但 P 说 W 的胆子太小了,所以这一回密谈之后,便撒了手。这篇文字是 W 自己写的,虽没有如火如荼的热闹,但却别有一种意思。科学与文学,科学与恋爱,这就是 W 了。

　　"'疯子'!"我这时忽然似乎彻悟了说,"也许是的吧?我想。一个人冷而又热,是会变疯子的。"

　　"唔。"P 点头。

　　"他其实大可以不必管什么中国不中国了;偏偏又恋恋不舍的!"

　　"是啰。W 这回真不高兴。K 在美国借了他的钱。这回他到北京,特地老远地跑去和 K 要钱。K 的没钱,他也知道;他也并不指望这笔钱用。只想借此去骂他一顿罢了,据说拍了桌子大骂呢!"

"这与他的写小说一样的道理呀!唉,这就是W了。"

P无语,我却想起一件事:

"W到美国后有信来么?"

"长远了,没有信。"

我们于是都又默然。

1926年7月20日,白马湖

(原载1926年8月1日《文学周报》第236期)

怀魏握青君

两年前差不多也是这些日子吧，我邀了几个熟朋友，在雪香斋给握青送行。雪香斋以绍酒著名。这几个人多半是浙江人，握青也是的，而又有一两个是酒徒，所以便拣了这地方。说到酒，莲花白太腻，白干太烈；一是北方的佳人，一是关西的大汉，都不宜于浅斟低酌。只有黄酒，如温旧书，如对故友，真是醰醰有味。只可惜雪香斋的酒还上了色；若是"竹叶青"，那就更妙了。握青是到美国留学去，要住上三年；这么远的路，这么多的日子，大家确有些惜别，所以那晚酒都喝得不少。出门分手，握青又要我去中天看电影。我坐下直觉头晕。握青说电影如何如何，我只糊糊涂涂听着；几回想张眼看，却什么也看不出。终于支持不住，出其不意，哇地吐出来了。观众都吃一惊，附近的人全堵上了鼻子；这真有些惶恐。握青扶我回到旅馆，他也吐了。但我们心里都觉得这一晚很痛快。我想握青该还记得那种狼狈的光景吧？

我与握青相识，是在东南大学。那时正是暑假，中华教育改进社借那儿开会。我与方光焘君去旁听，偶然遇着握青；方君是他的同乡，一向认识，便给我们介绍了。那时我只知道他很活动，会交际而已。匆匆一面，便未再见。三年前，我北来作教，恰好与他同事。我初到，许多事都不知怎样做好；他给了我许多帮助。我们同住在一个院子里，吃饭也在一处。因此常和他谈论。我渐渐知道他不只是很活动,会交际;他有他的真心,他有他的锐眼,他也有他的傻样子。许多朋友都以为他是个傻小子,大家都叫他老魏,连听差背地里也是这样叫他;这个太亲昵的称呼,只有他有。

但他决不如我们所想的那么"傻",他是个玩世不恭的人——至少我在北京见着他是如此。那时他已一度受过人生的戒,从前所有多或少的严肃气氛,暂时都隐藏起来了;剩下的只是那冷然的玩弄一切的态度。我们知道这种剑锋般的态度,若赤裸裸地露出,便是自己矛盾,所以总得用了什么法子盖藏着。他用的是一副傻子的面具。我有时要揭开他这副面具,他便说我是《语丝》派。但他知道我,并不比我知道他少。他能由我一个短语,知道全篇的故事。他对于别人,也能知道;但只默喻着,不大肯说出。他的玩世,在有些事情上,也许太随便些。但以或种意义说,他要复仇;人总是人,又有什么办法呢?至少我是原谅他的。

以上其实也只说得他的一面;他有时也能为人尽心竭力。他曾为我决定一件极为难的事。我们沿着墙根,走了不知多少趟;他源源本本,条分缕析地将形势剖解给我听。你想,这岂是傻子所能做的?幸亏有这一面,他还能高高兴兴过日子;不然,没有笑,没有泪,只有冷脸,只有"鬼脸",岂不郁郁地闷煞人

我最不能忘的,是他动身前不多时的一个月夜。电灯灭后,月光照了满院,柏树森森地竦立着。屋内人都睡了;我们站在月光里,柏树旁,看着自己的影子。他轻轻地诉说他生平冒险的故事。说一会,静默一会。这是一个幽奇的境界。他叙述时,脸上隐约浮着微笑,就是他心地平静时常浮在他脸上的微笑;一面偏着头,老像发问似的。这种月光,这种院子,这种柏树,这种谈话,都很可珍贵;就由握青自己再来一次,怕也不一样的。

他走之前,很愿我做些文字送他;但又用玩世的态度说:"怕不肯吧?我晓得,你不肯的。"我说:"一定做,而且一定写成一幅横披——只是字不行些。"但是我惭愧我的懒,那"一定"早已几乎变成"不肯"了!而且他来了两封信,我竟未复只字。这叫我怎样说好呢?我实在有种坏脾气,觉得路太遥远,竟有些渺茫一般,什么便都因循下来了。好在他的成绩很好,我是知道的;只此就很够了。别的,反正他明年就回来,我们再好好地谈几次,这是要紧的。我想,握青也许不那么玩世了吧。

1928年5月25日夜

我是扬州人

有些国语教科书里选的有我的文章，注解里或说我是浙江绍兴人，或说我是江苏江都人——就是扬州人。有人疑心江苏江都人是错了，特地老远地写信托人来问我。我说两个籍贯都不算错，但是若打官话，我得算浙江绍兴人。浙江绍兴是我的祖籍或原籍，我从进小学就填的这个籍贯；直到现在，在学校里服务快三十年了，还是报的这个籍贯。不过绍兴我只去过两回，每回只住了一天；而我家里除先母外，没一个人会说绍兴话。

我家是从先祖才到江苏东海做小官。东海就是海州，现在是陇海路的终点。我就生在海州。四岁的时候先父又到邵伯镇做小官，将我们接到那里。海州的情形我全不记得了，只对海州话还有亲热感，因为父亲的扬州话里夹着不少海州口音。在邵伯住了差不多两年，是住在万寿宫里。万寿宫的院子很大，很静；门口就是运河。河坎很高，我常向河里扔瓦片玩儿。邵伯有个铁牛湾，那儿有一头铁牛镇压着。父亲的当差常抱我去看它，骑它，抚摩它。镇里的情形我也差不多忘记了。只记住在镇里一家人家的私塾里读过书，在那里认识了一个好朋友叫江家振。我常到他家玩儿，傍晚和他坐在他家荒园里一根横倒的枯树干上说着话，依依不舍，不想回家。这是我第一个好朋友，可惜他未成年就死了；记得他瘦得很，也许是肺病罢？

六岁那一年父亲将全家搬到扬州。后来又迎养先祖父和先祖母。父亲曾到江西做过几年官，我和二弟也曾去过江西一年；但是老家一直在扬州住着。我在扬州读初等小学，没毕业；读高等小学，毕了业；读中学，也毕了业。我的英文得力于高等小学里一位黄先生，他已经过世了。还有陈春台先生，他现在是北平著名的数学教师。这两位先生讲解英文真清楚，启发了我学习的兴趣；只恨我始终没有将英文学好，愧对这两位老师。还有一位戴子秋先生，也早过世了，我的国文是跟他老人家学着做通了的，那是辛亥革命之后在他家夜塾里的时候。中学毕业，我是十八岁，那年就考进了北京大学预科，从此就不常在扬州了。

就在十八岁那年冬天，父亲母亲给我在扬州完了婚。内人武钟谦女士是杭州籍，其实也是在扬州长成的。她从不曾去过杭州；后来同我去是第一次。她后来因为肺病死在扬州，我曾为她写过一篇《给亡妇》。我和她结婚的时候，祖父已死了好几年了。结婚后一年祖母也死了。他们两老都葬在扬州，我家于是有祖茔在扬州了。后来亡妇也葬在这祖茔里。母亲在抗战前两年过去，父亲在胜利前四个月过去，遗憾的是我都不在扬州；他们也葬在那祖茔里。这中间叫我痛心的是死了第二个女儿！她性情好，爱读书，做事负责任，待朋友最好。已经成人了，不知什么病，一天半就完了！她也葬在祖茔里。我有九个孩子。除第二个女儿外，还有一个男孩不到一岁就死在扬州；其余亡妻生的四个孩子都曾在扬州老家住过多少年。这个老家直到今年夏初才解散了，但是还留着一位老年的庶母在那里。

我家跟扬州的关系，大概够得上古人说的"生于斯，死于斯，歌哭于斯"了。现在亡妻生的四个孩子都已自称为扬州人了；我比起他们更算是在扬州长成的，天然更该算是扬州人了。但是从前一直马马虎虎地骑在墙上，并且自称浙江人的时候还多些，又为了什么呢？这一半因为报的是浙江籍,求其一致;一半也还有些别的道理。这些道理第一桩就是籍贯是无所谓的。那时要做一个世界人,连国籍都觉得狭小,不用说省籍和县籍了。那时在大学里觉得同乡会最没有意思。我同住的和我来往的自然差不多都是扬州人,自己却因为浙江籍,不去参加江苏或扬州同乡会。可是虽然是浙江绍兴籍,却又没跟一个道地浙江人来往,因此也就没人拉我去开浙江同乡会,更不用说绍兴同乡会了。这也许是两栖或骑墙的好处罢?然而出了学校以后到底常常会到道地绍兴人了。我既然不会说绍兴话,并且除了花雕和兰亭外几乎不知道绍兴的别的情形,于是乎往往只好自己承认是假绍兴人。那虽然一半是玩笑,可也有点儿窘的。

还有一桩道理就是我有些讨厌扬州人;我讨厌扬州人的小气和虚气。小是眼光如豆,虚是虚张声势,小气无须举例。虚气例如已故的扬州某中央委员,坐包车在街上走,除拉车的外,又跟上四个人在车子边推着跑着。我曾经写过一篇短文,指出扬州人这些毛病。后来要将这篇文收入散文集《你我》里,商务印书馆不肯,怕再闹出"闲话扬州"的案子。这当然也因为他们总以为我是浙江人,而浙江人骂扬州人是会得罪扬州人的。但是我也并不抹杀扬州的好处,曾经写过一篇《扬州的夏日》,还有在《看花》里也提起扬州福缘庵的桃花。再说现在年纪大些了,觉得小气和虚气都可以算是地方气,绝不只是扬州人如此。从前自己常答应人说自己是绍兴人,一半又因为绍兴人有些戆气,而扬州人似乎太聪明。其实扬州人也未尝没戆气,我的朋友任中敏(二北)先生,办了这么多年汉民中学,不管人家理会不理会,难道还不够"戆"的!绍兴人固然有戆气,但是也许还有别的气我讨厌的,不过我不深知罢了。这也许是阿Q的想法罢?然而我对于扬州的确渐渐亲热起来了。

扬州真像有些人说的,不折不扣是个有名的地方。不用远说,李斗《扬州画舫录》里的扬州就够羡慕的。可是现在衰落了,经济上是一日千丈地衰落了，只看那些没精打采的盐商家就知道。扬州人在上海被称为江北佬，这名字总而言之表示低等的人。江北佬在上海是受欺负的，他们于是学些不三不四的上海话来冒充上海人。到了这地步他们可竟会忘其所以地欺负起那些新来的江北佬了。这就养成了扬州人的自卑心理。抗战以来许多扬州人来到西南，大半都自称为上海人，就靠着那一点不三不四的上海话；甚至连这一点都没有，也还自称为上海人。其实扬州人在本地也有他们的骄傲的。他们称徐州以北的人为侉子，那些人说的是侉话。他们笑镇江人说话土气，南京人说话大舌头，尽管这两个地方都在江南。英语他们称为蛮话，说这种话的当然是蛮子了。然而这些话只好关着门在家里说，到上海一看，立刻就会矮上半截，缩起舌头不敢哼一声了。扬州真是衰落得可以啊！

我也是一个江北佬，一大堆扬州口音就是招牌，但是我却不愿做上海人；上海人太狡猾了。况且上海对我太生疏，生疏的程度跟绍兴对我也差不多；因为我知道上海虽然也许比知道绍兴多些，但是绍兴究竟是我的祖籍，上海是和我水米无干的。然而年纪大起来了，世界人到底做不成，我要一个故乡。俞平伯先生有一行诗，说"把故乡掉了"。其实他掉了故乡又找到了一个故乡；他诗文里提到苏州那一股亲热，是可羡慕的，苏州就算是他的故乡了。他在苏州度过他的童年，所以提起来一点一滴都亲亲热热的，童年的记忆最单纯最真切，影响最深最久；种种悲欢离合，回想起来最有意思。"青灯有味似儿时"，其实不止青灯，儿时的一切都是有味的。这样看，在那儿度过童年，就算那儿是故乡，大概差不多罢？这样看，就只有扬州可以算是我的故乡了。何况我的家又是"生于斯，死于斯，歌哭于斯"呢？所以扬州好也罢，歹也罢，我总该算是扬州人的。

1946 年 9 月 25 日作

（原载 1946 年 10 月 1 日《人物》第 1 卷第 10 期）

第三辑　生命的价格

　　将一条生命的自由和七枚小银元各放在天平的一个盘里，您将发现，正如九头牛与一根牛毛一样，两个盘儿的重量相差实在太远了！

航船中的文明

第一次乘夜航船,从绍兴府桥到西兴渡口。

绍兴到西兴本有汽油船。我因急于来杭,又因年来逐逐于火车轮船之中,也想"回到"航船里,领略先代生活的异样的趣味;所以不顾亲戚们的坚留和劝说(他们说航船里是很苦的),毅然决然地于下午六时左右下了船。有了"物质文明"的汽油船,却又有"精神文明"的航船,使我们徘徊其间,左右顾而乐之,真是二十世纪中国人的幸福了!

航船中的乘客大都是小商人;两个军弁是例外。满船没有一个士大夫;我区区或者可充个数儿——因为我曾读过几年书,又忝为大夫之后——但也是例外之例外!真的,那班士大夫到哪里去了呢?这不消说得,都到了轮船里去了!士大夫虽也擎着大旗拥护精神文明,但千虑不免一失,竟为那物质文明的孙儿,满身洋油气的小玩意儿骗得定定的,忍心害理地撇了那老相好。于是航船虽然照常行驶,而光彩已减少许多!这确是一件可以慨叹的事;而"国粹将亡"的呼声,似也不是徒然的了。呜呼,是谁之咎欤?

既然来到这"精神文明"的航船里,正可将船里的精神文明考察一番,才不虚此一行。但从哪里下手呢?这可有些为难,踌躇之间,恰好来了一个女人。我说"来了",仿佛亲眼看见,而孰知不然;我知道她"来了",是在听见她尖锐的语音的时候。至于她的面貌,我至今还没有看见呢。这第一要怪我的近视眼,第二要怪那袭人的暮色,第三要怪——哼——要怪那"男女分坐"的精神文明了。女人坐在前面,男人坐在后面;那女人离我至少有两丈远,所以便不可见其脸了。且慢,这样左怪右怪,"其词若有憾焉",你们或者猜想那女人怎样美呢。而孰知又大大的不然!我也曾"约略地"看来,都是乡下的黄面婆而已。至于尖锐的语音,那是少年的妇女所常有的,倒也不足为奇。然而这一次,那来了的女人的尖锐的语音竟致劳动区区的执笔者,却又另有缘故。在那语音里,表示出对于航船里精神文明的抗议;她说:"男人女人都是人!"她要坐到后面来(因前面太挤,实无他故,合并声明),而航船里的"规矩"是不许的。船家拦住她,她仗着她不是姑娘了,便老了脸皮,大着胆子,慢慢地说了那句话。她随即坐在原处,而"批评家"的议论繁然了。一个船家在船沿上走着,随便地说:"男人女人都是人,是的,不错。做秤钩的也是铁,做秤锤的也是铁,做铁锚的也是铁,都是铁呀!"这一段批评大约十分巧妙,说出诸位"批评家"所要说的,于是众喙都息,这便成了定论。至于那女人,事实上早已坐下了;"孤掌难鸣",或者她饱饫了诸位"批评家"的宏论,也不要鸣了罢。"是非之心",虽然"人皆有之",而撑船经商者流,对于名教之大防,竟能剖辨得这样"详明",也着实亏他们了。中国毕竟是礼义之邦,文明之古国呀!我悔不该乱怪那"男女分坐"的精神文明了!

"祸不单行",凑巧又来了一个女人。她是带着男人来的。呀,带着男人!正是;所以才"祸不单行"呀!说得满口好绍兴的杭州话,在黑暗里隐隐露着一张白脸;带着五六分城市气。船家照他们的"规矩",要将这一对儿生剌剌地分开;男人不好意思作声,女的却抢着说:"我们是'一堆生'的！"太亲热的字眼，竟在"规规矩矩的"航船里说了！于是船家命令地嚷道："我们有我们的规矩，不管你'一堆生'不'一堆生'的！"大家都微笑了。有的沉吟地说："一堆生的？"有的惊奇地说："一'堆'生的！"有的嘲讽地说："哼，一堆生的！"在这四面楚歌里，凭你怎样伶牙俐齿，也只得服从了！"妇者，服也"，这原是她的本行呀。只看她毫不置辩，毫不懊恼，还是若无其事地和人攀谈，便知她确乎是"服也"了。这不能不感谢船家和乘客诸公"卫道"之功；而论功行赏，船家尤当首屈一指。呜呼，可以风矣！

在黑暗里征服了两个女人，这正是我们的光荣；而航船中的精神文明，也粲然可见了——于是乎书。

1924年5月3日

白种人——上帝的骄子!

去年暑假到上海,在一路电车的头等里,见一个大西洋人带着一个小西洋人,相并地坐着。我不能确说他俩是英国人或美国人;我只猜他们是父与子。那小西洋人,那白种的孩子,不过十一二岁光景,看去是个可爱的小孩,引我久长的注意。他戴着平顶硬草帽,帽檐下端正地露着长圆的小脸。白中透红的面颊,眼睛上有着金黄的长睫毛,显出和平与秀美。我向来有种癖气:见了有趣的小孩,总想和他亲热,做好同伴;若不能亲热,便随时亲近亲近也好。在高等小学时,附设的初等里,有一个养着乌黑的西发的刘君,真是依人的小鸟一般;牵着他的手问他的话时,他只静静地微仰着头,小声儿回答——我不常看见他的笑容,他的脸老是那么幽静和真诚,皮下却烧着亲热的火把。我屡次让他到我家来,他总不肯;后来两年不见,他便死了。我不能忘记他!我牵过他的小手,又摸过他的圆下巴。但若遇着陌生的小孩,我自然不能这么做,那可有些窘了;不过也不要紧,我可用我的眼睛看他——一回,两回,十回,几十回!孩子大概不很注意人的眼睛,所以尽可自由地看,和看女人要遮遮掩掩的不同。我凝视过许多初会面的孩子,他们都不曾向我抗议;至多拉着同在的母亲的手,或倚着她的膝头,将眼看她两看罢了。所以我胆子很大。这回在电车里又发了老癖气,我两次三番地看那白种的孩子,小西洋人!

初时他不注意或者不理会我,让我自由地看他。但看了不几回,那父亲站起来了,儿子也站起来了,他们将到站了。这时意外的事来了。那小西洋人本坐在我的对面;走近我时,突然将脸尽力地伸过来了,两只蓝眼睛大大地睁着,那好看的睫毛已看不见了,两颊的红也已褪了不少。和平、秀美的脸一变而为粗俗、凶恶的脸了!他的眼睛里有话:"咄!黄种人,黄种的支那人,你——你看吧!你配看我!"他已失了天真的稚气,脸上满布着横秋的老气了!我因此宁愿称他为"小西洋人"。他伸着脸向我足有两秒钟;电车停了,这才胜利地掉过头,牵着那大西洋人的手走了。大西洋人比儿子似乎要高出一半;这时正注目窗外,不曾看见下面的事。儿子也不去告诉他,只独断独行地伸他的脸;伸了脸之后,便又若无其事地,始终不发一言——在沉默中得着胜利,凯旋而去。不用说,这在我自然是一种袭击,"出其不意,攻其不备"的袭击!

这突然的袭击使我张皇失措;我的心空虚了,四面的压迫很严重,使我呼吸不能自由。我曾在N城的一座桥上,遇见一个女人;我偶然地看她时,她却垂下了长长的黑睫毛,露出老练和鄙夷的神色。那时我也感着压迫和空虚,但比起这一次,就稀薄多了:

我在那小西洋人两颗枪弹似的眼光之下,茫然地觉着有被吞食的危险,于是身子不知不觉地缩小——大有在奇境中的阿丽思的劲儿!我木木然目送那父与子下了电车,在马路上开步走;那小西洋人竟未一回头,断然地去了。我这时有了迫切的国家之感!我做着黄种的中国人,而现在还是白种人的世界,他们的骄傲与践踏当然会来的;我所以张皇失措而觉着恐怖者,因为那骄傲我的,践踏我的,不是别人,只是一个十来岁的"白种的"孩子,竟是一个十来岁的白种的"孩子"!我向来总觉得孩子应该是世界的,不应该是一种,一国,一乡,一家的。我因此不能容忍中国的孩子叫西洋人为"洋鬼子"。但这个十来岁的白种的孩子，竟已被搦入人种与国家的两种定型里了。他已懂得凭着人种的优势和国家的强力，伸着脸袭击我了。这一次袭击实是许多次袭击的小影，他的脸上便缩印着一部中国的外交史。他之来上海，或无多日，或已长久，耳濡目染，他的父亲、亲长、先生、父执，乃至同国、同种，都以骄傲践踏对付中国人；而他的读物也推波助澜，将中国编排得一无是处，以长他自己的威风。所以他向我伸脸，决非偶然而已。

这是袭击，也是侮蔑，大大的侮蔑！我因了自尊，一面感着空虚，一面却又感着愤怒；于是有了迫切的国家之念。我要诅咒这小小的人！但我立刻恐怖起来了：这到底只是十来岁的孩子呢，却已被传统所埋葬；我们所日夜想望着的"赤子之心"，世界之世界（非某种人的世界，更非某国人的世界！），眼见得在正来的一代，还是毫无信息的！这是你的损失，我的损失，他的损失，世界的损失；虽然是怎样渺小的一个孩子！但这孩子却也有可敬的地方：他的从容，他的沉默，他的独断独行，他的一去不回头，都是力的表现，都是强者适者的表现。决不婆婆妈妈的，决不粘粘搭搭的，一针见血，一刀两断，这正是白种人之所以为白种人。

我真是一个矛盾的人。无论如何，我们最要紧的还是看看自己，看看自己的孩子！谁也是上帝之骄子；这和昔日的王侯将相一样，是没有种的！

1925 年 6 月 19 日夜

（原载 1925 年 7 月 5 日《文学周报》第 180 期）

执政府大屠杀记

三月十八是一个怎样可怕的日子！我们永远不应该忘记这个日子！

这一日，执政府的卫队，大举屠杀北京市民——十分之九是学生！死者四十余人，伤者约二百人！这在北京是第一回大屠杀！

这一次的屠杀，我也在场，幸而直到出场时不曾遭着一颗弹子；请我的远方的朋友们安心！第二天看报，觉得除一两家报纸外，各报记载多有与事实不符之处。究竟是访闻失实，还是安着别的心眼儿，我可不得而知，也不愿细论。我只说我当场眼见和后来耳闻的情形，请大家看看这阴惨惨的二十世纪二十六年三月十八日的中国！——十九日《京报》所载几位当场逃出的人的报告，颇是翔实，可以参看。

我先说游行队。我自天安门出发后，曾将游行队从头至尾看了一回。全数约二千人；工人有两队，至多五十人；广东外交代表团一队，约十余人；国民党北京特别市党部一队，约二三十人；留日归国学生团一队，约二十人，其余便多是北京的学生了，内有女学生三队。拿木棍的并不多，而且都是学生，不过十余人；工人拿木棍的，我不曾见。木棍约三尺长，一端削尖了，上贴书有口号的纸，做成旗帜的样子。至于"有铁钉的木棍"我却不曾见！

我后来和清华学校的队伍同行，在大队的最后。我们到执政府前空场上时，大队已散开在满场了。这时府门前站着约莫两百个卫队，分两边排着；领章一律是红地，上面"府卫"两个黄铜字，确是执政府的卫队。他们都背着枪，悠然地站着；毫无紧张的颜色。而且枪上不曾上刺刀，更不显出什么威武。这时有一个人爬在石狮子头上照相。那边府里正面楼上，栏杆上伏满了人，而且拥挤着，大约是看热闹的。在这一点上，执政府颇像寻常的人家，而不像堂堂的"执政府"了。照相的下了石狮子，南边有了报告的声音："他们说是一个人没有，我们怎么样？"这大约已是五代表被拒以后了；我们因走进来晚，故未知前事——但在这时以前，群众的嚷声是决没有的。到这时才有一两处的嚷声了："回去是不行的！""吉兆胡同！""……"忽然队势散动了，许多人纷纷往外退走；有人连声大呼："大家不要走，没有什么事！"一面还扬起了手，我们清华队的指挥也扬起手叫道："清华的同学不要走，没有事！"这其间，人众稍稍聚拢，但立刻即又散开；清华的指挥第二次叫声刚完，我看见众人纷纷逃避时，一个卫队已装完子弹了！我赶忙向前跑了几步，向一堆人旁边睡下；但没等我睡下，我的上面和后面各来了一个人，紧紧地挨着我。我不能动了，只好蜷曲着。

　　这时已听到劈劈啪啪的枪声了；我生平是第一次听枪声，起初还以为是空枪呢（这时已忘记了看见装子弹的事）。但一两分钟后，有鲜红的热血从上面滴到我的手背上、马褂上了，我立刻明白屠杀已在进行！这时并不害怕，只静静地注意自己的运命，其余什么都忘记。全场除劈啪的枪声外，也是一片大静默，绝无一些人声；什么"哭声震天"，只是记者先生们的"想当然耳"罢了。我上面流血的那一位，虽滴滴地流着血，直到第一次枪声稍歇，我们爬起来逃走的时候，他也不则一声。这正是死的袭来，沉默便是死的消息。事后想起，实在有些悚然。在我上面的不知是谁？我因为不能动转，不能看见他；而且也想不到看他——我真是个自私的人！后来逃跑的时候，才又知道掉在地下的我的帽子和我的头上，也滴了许多血，全是他的！他足流了两分钟以上的血，都流在我身上，我想他总吃了大亏，愿神保佑他平安！第一次枪声约经过五分钟，共放了好几排枪；司令的是用警笛；警笛一鸣，便是一排枪，警笛一声接着一声，枪声就跟着密了，那警笛声甚凄厉，但有几乎一定的节拍，足见司令者的从容！后来听别的目睹者说，司令者那时还用指挥刀指示方向，总是向人多的地方射击！又有目睹者说，那时执政府楼上还有人手舞足蹈的大乐呢！

我现在缓叙第一次枪声稍歇后的故事，且追述些开枪时的情形。我们进场距开枪时，至多四分钟；这其间有照相有报告，有一两处的嚷声，我都已说过了。我记得，我确实记得，最后的嚷声距开枪只有一分余钟；这时候，群众散而稍聚，稍聚而复纷散，枪声便开始了。这也是我说过的。但"稍聚"的时候，阵势已散，而且大家存了观望的心，颇多趑趄不前的，所谓"进攻"的事是决没有的！至于第一次纷散之故，我想是大家看见卫队从背上取下枪来装子弹而惊骇了；因为第二次纷散时，我已看见一个卫队（其余自然也是如此，他们是依命令动作的）装完子弹了。在第一次纷散之前，群众与卫队有何冲突，我没有看见，不得而知。但后来据一个受伤的说，他看见有一部分人——有些是拿木棍的——想要冲进府去。这事我想来也是有的；不过这决不是卫队开枪的缘由，至多只是他们的借口。他们的荷枪挟弹与不上刺刀（故示镇静）与放群众自由入辕门内（便于射击），都是表示他们"聚而歼旃"的决心，冲进去不冲进去是没有多大关系的。证以后来东门口的拦门射击，更是显明！原来先逃出的人，出东门时，以为总可得着生路；那知迎头还有一支兵，——据某一种报上说，是从吉兆胡同来的手枪队，不用说，自然也是杀人不眨眼的府卫队了！——开枪痛击。那时前后都有枪弹，人多门狭，前面的枪又极近，死亡枕藉！

这是事后一个学生告诉我的;他说他前后两个人都死了,他躲闪了一下,总算幸免。这种间不容发的生死之际也够人深长思了。

照这种种情形,就是不在场的诸君,大约也不至于相信群众先以手枪轰击卫队了吧。而且轰击必有声音,我站的地方,离开卫队不过二十余步,在第二次纷散之前,却绝未听到枪声。其实这只要看政府巧电的含糊其辞,也就够证明了。至于所谓当场夺获的手枪,虽然像煞有介事地举出号数,使人相信,但我总奇怪;夺获的这些支手枪,竟没有一支曾经当场发过一响,以证明他们自己的存在。——难道拿手枪的人都是些傻子么?还有,现在很有人从容地问:"开枪之前,有警告么?"我现在只能说,我看见的一个卫队,他的枪口是正对着我们的,不过那是刚装完子弹的时候。而在我上面的那位可怜的朋友,他流血是在开枪之后约一两分钟时。我不知卫队的第一排枪是不是朝天放的,但即使是朝天放的,也不算是警告;因为未开枪时,群众已经纷散,放一排朝天枪(假定如此)后,第一次听枪声的群众,当然是不会回来的了(这不是一个人胆力的事,我们也无须假充硬汉),何用接二连三地放平枪呢!即使怕一排枪不够驱散众人,尽放朝天枪好了,何用放平枪呢!所以即使卫队曾放了一排朝天枪,也决不足做他们丝毫的辩解;况且还有后来的拦门痛击呢,这难道还要问:"有无超过必要程度?"

第一次枪声稍歇后,我茫然地随着众人奔逃出去。我刚发脚的时候,便看见旁边有两个同伴已经躺下了!我来不及看清他们的面貌,只见前面一个,右乳部有一大块殷红的伤痕,我想他是不能活了!那红色我永远不忘记!同时还听见一声低缓的呻吟,想是另一位的,那呻吟我也永远不忘记!我不忍从他们身上跨过去,只得绕了道弯着腰向前跑,觉得通身懈弛得很;后面来了一个人,立刻将我撞了一跤。我爬了两步,站起来仍是弯着腰跑。这时当路有一副金丝圆眼镜,好好地直放着；又有两架自行车，颇挡我们的路，大家都很艰难地从上面踏过去。我不自主地跟着众人向北躲入马号里。我们偃卧在东墙角的马粪堆上。马粪堆很高，有人想爬墙过去。墙外就是通路。我看着一个人站着，一个人正向他肩上爬上去；我自己觉得决没有越墙的气力，便也不去看他们。而且里面枪声早又密了，我还得注意运命的转变。这时听见墙边有人问："是学生不是？"下文不知如何，我猜是墙外的兵问的。那两个爬墙的人，我看见，似乎不是学生，我想他们或者得了兵的允许而下去了。若我猜的不大错，从这一句简单的问语里，我们可以看出卫队乃至政府对于学生海样深的仇恨！而且可以看出，这一次的屠杀确是有意这样"整顿学风"的；我后来知道，这时有几个清华学生和我同在马粪堆上。有一个告诉我，他旁边有一位女学生曾喊他救命，但是他没有法子，这真是可遗憾的事，她以后不知如何了！我们偃卧马粪堆上，不过两分钟，忽然看见对面马厩里有一个兵拿着枪，正装好子弹，似乎就要向我们放。我们立刻起来，仍弯着腰逃走；这时场里还有疏散的枪声，我们也顾不得了。走出马路，就到了东门口。

　　这时枪声未歇，东门口拥塞得几乎水泄不通。我隐约看见底下蜷缩地蹲着许多人，我们便推推搡搡，拥挤着，挣扎着，从他们身上踏上去。那时理性真失了作用，竟恬然不以为怪似的。我被挤得往后仰了几回，终于只好竭全身之力，向前而进。在我前面的一个人，脑后大约被枪弹擦伤，汩汩地流着血；他也同样地一歪一倒地挣扎着。但他一会儿便不见了，我想他是平安的下去了。我还在人堆上走。这个门是平安与危险的界线，是生死之门，故大家都不敢放松一步。这时希望充满在我心里。后面稀疏的弹子，倒觉不十分在意。前一次的奔逃，但求不即死而已，这回却求生了；在人堆上的众人，都积极地显出生之努力。但仍是一味的静；大家在这千钧一发的关头，哪有闲心情和闲工夫来说话呢？我努力的结果，终于从人堆上滚了下来，我的运命这才算定了局。那时门口只剩两个卫队，在那儿闲谈，侥幸得很，手枪队已不见了！后来知道门口人堆里实在有些是死尸，就是被手枪队当门打死的！现在想着死尸上越过的事，真是不寒而栗呵！

我真不中用，出了门口，一面走，一面只是喘息！后面有两个女学生，有一个我真佩服她；她还能微笑着对她的同伴说："他们也是中国人哪！"这令我惭愧了！我想人处这种境地，若能从怕的心情转为兴奋的心情，才真是能救人的人。苦只一味的怕，"斯亦不足畏也已！"我呢，这回是由怕而归于木木然，实是很可耻的！但我希望我的经验能使我的胆力逐渐增大！这回在场中有两件事很值得纪念：一是清华同学韦杰三君（他现在已离开我们了！）受伤倒地的时候，别的两位同学冒死将他抬了出来；一是一位女学生曾经帮助两个男学生脱险。这都是我后来知道的。这都是侠义的行为，值得我们永远敬佩的！

我和那两个女学生出门沿着墙往南而行。那时还有枪声，我极想躲入胡同里，以免危险；她们大约也如此的，走不上几步，便到了一个胡同口；我们便想拐弯进去。这时墙角上立着一个穿短衣的看闲的人，他向我们轻轻地说："别进这个胡同！"我们莫名其妙地依从了他，走到第二个胡同进去；这才真脱险了！后来知道卫队有抢劫的事（不仅报载，有人亲见），又有用枪柄，木棍，大刀，打人，砍人的事，我想他们一定就在我们没走进的那条胡同里做那些事！感谢那位看闲的人！卫队既在场内和门外放枪，还觉杀的不痛快，更拦着路邀击；其泄忿之道，真是无所不用其极了！区区一条生命，在他们眼里，正和一根草，一堆马粪一般，是满不在乎的！所以有些人虽幸免于枪弹，仍是被木棍，枪柄打伤，大刀砍伤；而魏士毅女士竟死于木棍之下，这真是永久的战栗啊！据燕大的人说，魏女士是于逃出门时被一个卫兵从后面用有楞的粗大棍儿兜头一下，打得脑浆迸裂而死！我不知她出的是哪一个门，我想大约是西门吧。因为那天我在西直门的电车上，遇见一个高工的学生,他告诉我,他从西门出来,共经过三道门(就是海军部的西辕门和陆军部的东西辕门),每道门皆有卫队用枪柄,木棍和大刀向逃出的人猛烈地打击。他的左臂被打好几次,已不能动弹了。我的一位同事的儿子,后脑被打平了,现在已全然失了记忆;我猜也是木棍打的。受这种打击而致重伤或死的,报纸上自然有记载;致轻伤的就无可稽考,但必不少。所以我想这次受伤的还不止二百人!卫队不但打人,行劫,最可怕的是剥死人的衣服,无论男女,往往剥到只剩一条裤为止;这只要看看前几天《世界日报》的照相就知道了。就是不谈什么"人道",难道连国家的体统,"临时执政"的面子都不顾了么;段祺瑞你自己想想吧!听说事后执政府乘人不知,已将死尸掩埋了些,以图遮掩耳目。这是我的一个朋友从执政府里听来的;若是的确,那一定将那打得最血肉模糊的先掩埋了。免得激动人心。但一手岂能尽掩天下耳目呢?我不知道现在,那天去执政府的人还有失踪的没有?若有,这个消息真是很可怕的!

　　这回的屠杀,死伤之多,过于五卅事件,而且是"同胞的枪弹",我们将何以间执别人之口!而且在首都的堂堂执政府之前,光天化日之下,屠杀之不足,继之以抢劫,剥尸,这种种兽行,段祺瑞等固可行之而不恤,但我们国民有此无脸的政府,又何以自容于世界!——这正是世界的耻辱呀!我们也想想吧!此事发生后,警察总监李鸣钟匆匆来到执政府,说"死了这么多人,叫我怎么办?"他这是局外的说话,只觉得无善法以调停两间而已。我们现在局中,不能如他的从容,我们也得问一问:

　　"死了这么多人,我们该怎么办?"

1926年3月23日作屠杀后五天写完

生命的价格——七毛钱

生命本来不应该有价格的；而竟有了价格！人贩子，老鸨，以至近来的绑票土匪，都就他们的所有物，标上参差的价格，出卖于人；我想将来许还有公开的人市场呢！在种种"人货"里，价格最高的，自然是土匪们的票了，少则成千，多则成万；大约是有历史以来，"人货"的最高的行情了。其次是老鸨们所有的妓女，由数百元到数千元，是常常听到的。最贱的要算是人贩子的货色！他们所有的，只是些男女小孩，只是些"生货"，所以便卖不起价钱了。

人贩子只是"仲买人"，他们还得取给于"厂家"，便是出卖孩子们的人家。"厂家"的价格才真是道地呢！《青光》里曾有一段记载，说三块钱买了一个丫头；那是移让过来的，但价格之低，也就够令人惊诧了！"厂家"的价格，却还有更低的！三百钱、五百钱买一个孩子，在灾荒时不算难事！但我不曾见过。我亲眼看见的一条最贱的生命，是七毛钱买来的！这是一个五岁的女孩子。一个五岁的"女孩子"卖七毛钱，也许不能算是最贱；但请您细看：将一条生命的自由和七枚小银元各放在天平的一个盘里，您将发现，正如九头牛与一根牛毛一样，两个盘儿的重量相差实在太远了！

我见这个女孩，是在房东家里。那时我正和孩子们吃饭；妻走来叫我看一件奇事，七毛钱买来的孩子！孩子端端正正地坐在条凳上；面孔黄黑色，但还丰润；衣帽也还整洁可看。我看了几眼，觉得和我们的孩子也没有什么差异；我看不出她的低贱的生命的符记——如我们看低贱的货色时所容易发现的符记。我回到自己的饭桌上，看看阿九和阿菜，始终觉得和那个女孩没有什么不同！但是，我毕竟发现真理了！我们的孩子所以高贵，正因为我们不曾出卖他们，而那个女孩所以低贱，正因为她是被出卖的；这就是她只值七毛钱的缘故了！呀，聪明的真理！

　　妻告诉我这孩子没有父母，她哥嫂将她卖给房东家姑爷开的银匠店里的伙计，便是带着她吃饭的那个人。他似乎没有老婆，手头很窘的，而且喜欢喝酒，是一个糊涂的人！我想这孩子父母若还在世，或者还舍不得卖她，至少也要迟几年卖她；因为她究竟是可怜可怜的小羔羊。到了哥嫂的手里，情形便不同了！家里总不宽裕，多一张嘴吃饭，多费些布做衣，是显而易见的。将来人大了，由哥嫂卖出，究竟是为难的；说不定还得找补些儿，才能送出去。这可多么冤呀！不如趁小的时候，谁也不注意，做个人情，送了干净！您想，温州不算十分穷苦的地方，也没碰着大荒年，干什么得了七个小毛钱，就心甘情愿地将自己的小妹子捧给人家呢？说等钱用？谁也不信！七毛钱了得什么急事！温州又不是没人买的！大约买卖两方本来相知，那边恰要个孩子玩儿，这边也乐得出脱出脱，便半送半卖地含糊定了交易。我猜想那时伙计向袋里一摸一股脑儿掏了出来，只有七毛钱！哥哥原也不指望着这笔钱用，也就大大方方收了完事。于是财货两交，那女孩便归伙计管业了！

　　这一笔交易的将来，自然是在运命手里；女儿本姓"碰"，由她去碰罢了！但可知的，运命决不加惠于她！第一幕的戏已启示于我们了！照妻所说，那伙计必无这样耐心，抚养她成人长大！他将像豢养小猪一样，等到相当地肥壮的时候，便卖给屠户，任他宰割去；这其间他得了赚头,是理所当然的!但屠户是谁呢?在她卖做丫头的时候,便是主人!"仁慈的"主人只宰割她相当的劳力,如养羊而剪它的毛一样。到了相当的年纪,便将她配人。能够这样,她虽然被撇在丫头坯里,却还算不幸中之幸哩。但在目下这钱世界里,如此大方的人究竟是少的;我们所见的,十有六七是刻薄人!她若卖到这种人手里,他们必掯榨她过量的劳力。供不应求时,便骂也来了,打也来了!等她成熟时,却又好转卖给人家作妾;平常掯榨得不够,这儿又找补一个尾子!偏生这孩子模样儿又不好;入门不能得丈夫的欢心,容易遭大妇的凌虐,又是显然的!她的一生,将消磨于眼泪中了!也有些主人自己收婢作妾的;但红颜白发,也只空断送了她的一生!和前例相较,只是五十步与百步而已。更可危的,她若被那伙计卖在妓院里,老鸨才真是个令人肉颤的屠户呢!我们可以想到:她怎样逼她学弹学唱,怎样驱遣她去做粗活!怎样用藤筋打她,用针刺她!怎样督责她承欢卖笑!她怎样吃残羹冷饭!怎样打熬着不得睡觉!怎样终于生了一身毒疮!她的相貌使她只能做下等妓女;她的沦落风尘是终生的!她的悲剧也是终生的!唉!七毛钱竟买了你的全生命——你的血肉之躯竟抵不上区区七个小银元么!生命真太贱了!生命真太贱了!

因此想到自己的孩子的运命,真有些胆寒!钱世界里的生命市场存在一日,都是我们孩子的危险!都是我们孩子的侮辱!您有孩子的人呀,想想看,这是谁之罪呢?这是谁之责呢?

4月9日,宁波作
(原载《我们的七月》)

阿 河

　　我这一回寒假,因为养病,住到一家亲戚的别墅里去。那别墅是在乡下。前面偏左的地方,是一片淡蓝的湖水,对岸环拥着不尽的青山。山的影子倒映在水里,越显得清清朗朗的。水面常如镜子一般。风起时,微有皱痕;像少女们皱她们的眉头,过一会子就好了。湖的余势束成一条小港,缓缓地不声不响地流过别墅的门前。门前有一条小石桥,桥那边尽是田亩。这边沿岸一带,相间地栽着桃树和柳树,春来当有一番热闹的梦。别墅外面缭绕着短短的竹篱,篱外是小小的路。里边一座向南的楼,背后便倚着山。西边是三间平屋,我便住在这里。院子里有两块草地,上面随便放着两三块石头。另外的隙地上,或罗列着盆栽,或种莳着花草。篱边还有几株枝干盘曲的大树,有一株几乎要伸到水里去了。

　　我的亲戚韦君只有夫妇二人和一个女儿。她在外边念书,这时也刚回到家里。她邀来三位同学,同到她家过这个寒假;两位是亲戚,一位是朋友。她们住着楼上的两间屋子。韦君夫妇也住在楼上。楼下正中是客厅,常是闲着,西间是吃饭的地方;东间便是韦君的书房,我们谈天,喝茶,看报,都在这里。我吃了饭,便是一个人,也要到这里来闲坐一回。我来的第二天,韦小姐告诉我,她母亲要给她们找一个好好的女用人;长工阿齐说有一个表妹,母亲叫他明天就带来做做看呢。她似乎很高兴的样子,我只是不经意地答应。

平屋与楼屋之间,是一个小小的厨房。我住的是东面的屋子,从窗子里可以看见厨房里人的来往。这一天午饭前,我偶然向外看看,见一个面生的女用人,两手提着两把白铁壶,正往厨房里走;韦家的李妈在她前面领着,不知在和她说什么话。她的头发乱蓬蓬的,像冬天的枯草一样。身上穿着镶边的黑布棉袄和夹裤,黑里已泛出黄色;棉袄长与膝齐,夹裤也直拖到脚背上。脚倒是双天足,穿着尖头的黑布鞋,后跟还带着两片同色的"叶拔儿"。想这就是阿齐带来的女用人了;想完了就坐下看书。晚饭后,韦小姐告诉我,女用人来了,她的名字叫"阿河"。我说:"名字很好,只是人土些;还能做么?"她说:"别看她土,很聪明呢。"我说"哦",便接着看手中的报了。

以后每天早上,中上,晚上,我常常看见阿河挈着水壶来往;她的眼似乎总是往前看的。两个礼拜匆匆地过去了。韦小姐忽然和我说:"你别看阿河土,她的志气很好,她是个可怜的人。我和娘说,把我前年在家穿的那身棉袄裤给了她吧。我嫌那两件衣服太花,给了她正好。娘先不肯,说她来了没有几天;后来也肯了。今天拿出来让她穿,正合适呢。我们教给她打绒绳鞋,她真聪明,一学就会了。她说拿到工钱,也要打一双穿呢。我等几天再和娘说去。"

"她这样爱好!怪不得头发光得多了,原来都是你们教她的。好!你们尽教她讲究,她将来怕不愿回家去呢。"大家都笑了。

旧新年是过去了。因为江浙的兵事,我们的学校一时还不能开学。我们大家都乐得在别墅里多住些日子。这时阿河如换了一个人。她穿着宝蓝色挑着小花儿的布棉袄裤;脚下是嫩蓝色毛绳鞋,鞋口还缀着两个半蓝半白的小绒球儿。我想这一定是她的小姐们给帮忙的。古语说得好,"人要衣裳马要鞍",阿河这一打扮,真有些楚楚可怜了。

她的头发早已是刷得光光的，覆额的刘海儿也梳得十分服帖。一张小小的圆脸，如正开的桃李花；脸上并没有笑，却隐隐地含着春日的光辉，像花房里充了蜜一般。这在我几乎是一个奇迹；我现在是常站在窗前看她了。我觉得在深山里发现了一粒猫儿眼；这样精纯的猫儿眼，是我生平所仅见！我觉得我们相识已太长久，极愿和她说一句话——极平淡的话，一句也好。但我怎好平白地和她攀谈呢？这样郁郁了一礼拜。

这是元宵节的前一晚上。我吃了饭，在屋里坐了一会，觉得有些无聊，便信步走到那书房里。拿起报来，想再细看一回。忽然门钮一响，阿河进来了。她手里拿着三四支颜色铅笔；出乎意料地走近了我。她站在我面前了，静静地微笑着说："白先生，你知道铅笔刨在哪里？"一面将拿着的铅笔给我看。我不自主地立起来，匆忙地应道："在这里。"我用手指着南边柱子。但我立刻觉得这是不够的。我领她走近了柱子。这时我像闪电似的踌躇了一下，便说："我……我……"她一声不响地已将一支铅笔交给我。我放进刨子里刨给她看。刨了两下，便想交给她；但终于刨完了一支，交还了她。她接了笔略看一看，仍仰着脸向我。我窘极了。刹那间念头转了好几个圈子；到底硬着头皮搭讪着说："就这样刨好了。"我赶紧向门外一瞥，就走回原处看报去。但我的头刚低下，我的眼已抬起来了。于是远远地从容地问道："你会么？"她不曾掉过头来，只"嘤"了一声，也不说话。我看了她背影一会，觉得应该低下头了。等我再抬起头来时，她已默默地向外走了。她似乎总是往前看的；我想再问她一句话，但终于不曾出口。我撇下了报，站起来走了一会，便回到自己屋里。我一直想着些什么，但什么也没有想出。

第二天早上看见她往厨房里走时，我发愿我的眼将老跟着她的影子！她的影子真好。她那几步路走得又敏捷，又匀称，又苗条，正如一只可爱的小猫。她两手各提着一只水壶，又令我想到在一条细细的索儿上抖擞精神走着的女子。这全由于她的腰；她的腰真太软了，用白水的话说，真是软到使我如吃苏州的牛皮糖一样。不止她的腰，我的日记里说得好："她有一套和云霞比美、水月争灵的曲线，织成大大的一张迷惑的网！"而那两颊的曲线，尤其甜蜜可人。她两颊是白中透着微红，润泽如玉。她的皮肤，嫩得可以掐出水来；我的日记里说："我很想去掐她一下呀！"她的眼像一双小燕子，老是在滟滟的春水上打着圈儿。她的笑最使我记住，像一朵花漂浮在我的脑海里。我不是说过，她的小圆脸像正开的桃花么？那么，她微笑的时候，便是盛开的时候了：花房里充满了蜜，真如要流出来的样子。她的发不甚厚，但黑而有光，柔软而滑，如纯丝一般。只可惜我不曾闻着一些儿香。唉！从前我在窗前看她好多次，所得的真太少了；若不是昨晚一见——虽只几分钟——我真太对不起这样一个人儿了。

午饭后，韦君照例地睡午觉去了，只有我、韦小姐和其他三位小姐在书房里。我有意无意地谈起阿河的事。我说：

"你们怎知道她的志气好呢？"

"那天我们教给她打绒绳鞋，"一位蔡小姐便答道，"看她很聪明，就问她为什么不念书？她被我们一问，就伤心起来了……"

"是的，"韦小姐笑着抢了说，"后来还哭了呢；还有一位傻子陪她淌眼泪呢。"

那边黄小姐可急了，走过来推了她一下。蔡小姐忙拦住道："人家说正经话，你们尽闹着玩儿！让我说完了呀——"

"我代你说啵，"韦小姐仍抢着说，"她说她只有一个爹，没有娘。嫁了一个男人，倒有三十多岁，土头土脑的，脸上满是疱！他是李妈的邻舍，我还看见过呢……"

"好了，底下我说吧。"蔡小姐接着道，"她男人又不要好，尽爱赌钱；她一气，就住到娘家来，有一年多不回去了。"

"她今年几岁?"我问。

"十七不知十八? 前年出嫁的,几个月就回家了。"蔡小姐说。

"不,十八,我知道。"韦小姐改正道。

"哦。你们可曾劝她离婚?"

"怎么不劝?"韦小姐应道,"她说十八回去吃她表哥的喜酒,要和她的爹去说呢。"

"你们教她的好事,该当何罪!"我笑了。

她们也都笑了。

十九的早上,我正在屋里看书,听见外面有嚷嚷的声音;这是从来没有的。我立刻走出来看;只见门外有两个乡下人要走进来,却给阿齐拦住。他们只是央告,阿齐只是不肯。这时韦君已走出院中,向他们道:

"你们回去吧。人在我这里,不要紧的。快回去,不要瞎吵!"

两个人面面相觑,说不出一句话;俄延了一会,只好走了。我问韦君什么事? 他说:

"阿河啰! 还不是瞎吵一回子。"

我想他于男女的事向来是懒得说的,还是回头问他小姐的好;我们便谈到别的事情上去。

吃了饭,我赶紧问韦小姐,她说:

"她是告诉娘的,你问娘去。"

我想这件事有些尴尬,便到西间里问韦太太;她正看着李妈收拾碗碟呢。她见我问,便笑着说:

"你要问这些事做什么? 她昨天回去,原是借了阿桂的衣裳穿了去的,打扮得娇滴滴的,也难怪,被她男人看见了,便约了些不相干的人,将她抢回去过了一夜。今天早上,她骗她男人,说要到此地来拿行李。她男人就会信她,派了两个人跟着。哪知她到了这里,便叫阿齐拦着那跟来的人；她自己便跪在我面前哭诉，说死也不愿回她男人家去。你说我有什么法子。只好让那跟来的人先回去再说。好在没有几天，她们要上学了，我将来交给她的爹吧。唉，现在的人，心眼儿真是越过越大了；一个乡下女人，也会闹出这样惊天动地的事了！"

"可不是，"李妈在旁插嘴道，"太太你不知道；我家三叔前儿来，我还听他说呢。我本不该说的，阿弥陀佛！太太，你想她不愿意回婆家，老愿意住在娘家，是什么道理？家里只有一个单身的老子；你想那该死的老畜生！他舍不得放她回去呀！"

"低些，真的么？"韦太太惊诧地问。

"他们说得千真万确的。我早就想告诉太太了，总有些疑心；今天看她的样子，真有几分对呢。太太，你想现在还成什么世界！"

"这该不至于吧。"我淡淡地插了一句。

"少爷，你哪里知道。"韦太太叹了一口气，"好在没有几天了，让她快些走吧；别将我们的运气带坏了。她的事，我们以后也别谈吧。"

开学的通告来了，我定在二十八走。二十六的晚上，阿河忽然不到厨房里掣水了。韦小姐跑来低低地告诉我："娘叫阿齐将阿河送回去了；我在楼上，都不知道呢。"我应了一声，一句话也没有说。正如每日有三顿饱饭吃的人，忽然绝了粮；却又不能告诉一个人！而且我觉得她的前面是黑洞洞的，此去不定有什么好歹！那一夜我是没有好好地睡，只翻来覆去地做梦，醒来却又一例茫然。这样昏昏沉沉地到了二十八早上，懒懒地向韦君夫妇和韦小姐告别而行，韦君夫妇坚约春假再来住，我只得含糊答应着。出门时，我很想回望厨房儿眼；但许多人都站在门口送我，我怎好回头呢？

到校一打听，老友陆已来了。我不及料理行李，便找着他，将阿河的事一五一十告诉他。他本是个好事的人；听我说时，时而皱眉，时而叹气，时而擦掌。听到她只十八岁时，他突然将舌头一伸，跳起

来道:

"可惜我早有了我那太太!要不然,我准得想法子娶她!"

"你娶她就好了;现在不知鹿死谁手呢?"

我俩默默相对了一会,陆忽然拍着桌子道:

"有了,老汪不是去年失了恋么?他现在还没有主儿,何不给他俩撮合一下。"

我正要答说,他已出去了。过了一会子,他和汪来了,进门就嚷着说:

"我和他说,他不信;要问你呢!"

"事是有的,人呢,也真不错。只是人家的事,我们凭什么去管!"我说。

"想法子呀!"陆嚷着。

"什么法子?你说!"

"好,你们尽和我开玩笑,我才不理会你们呢!"汪笑了。

我们几乎每天都要谈到阿河,但谁也不曾认真去"想法子"。

一转眼已到了春假。我再到韦君别墅的时候,水是绿绿的,桃腮柳眼,着意引人。我却只惦着阿河,不知她怎么样了。那时韦小姐已回来两天。我背地里问她,她说:

"奇得很!阿齐告诉我,说她二月间来求娘来了。她说她男人已死了心,不想她回去;只不肯白白地放掉她。他教她的爹拿出八十块钱来,人就是她的爹的了;他自己也好另娶一房人。可是阿河说她的爹哪有这些钱?她求娘可怜可怜她!娘的脾气你知道。她是个古板的人;她数说了阿河一顿,一个钱也不给!我现在和阿齐说,让他上镇去时,带个信儿给她,我可以给她五块钱。我想你也可以帮她些,我教阿齐一块儿告诉她吧。只可惜她未必肯再上我们这儿来啰!"

"我拿十块钱吧,你告诉阿齐就是。"

我看阿齐空闲了,便又去问阿河的事。他说:

"她的爹正给她东找西找地找主儿呢。只怕难吧,八十块大洋呢!"我忽然觉得不自在起来,不愿再问下去。

过了两天,阿齐从镇上回来,说:

"今天见着阿河了。娘的,齐整起来了。穿起了裙子,做老板娘娘了!据说是自己拣中的;这种年头!"

我立刻觉得,这一来全完了!只怔怔地看着阿齐,似乎想在他脸上找出阿河的影子。咳,我说什么好呢?愿命运之神长远庇护着她吧!

第二天我便托故离开了那别墅;我不愿再见那湖光山色,更不愿再见那间小小的厨房!

1926 年 1 月 11 日作

(原载 1926 年 11 月 22 日《文学周报》第 200 期)

哀韦杰三君

韦杰三君是一个可爱的人；我第一回见他面时就这样想。这一天我正坐在房里，忽然有敲门的声音；进来的是一位温雅的少年。我问他"贵姓"的时候，他将他的姓名写在纸上给我看；说是苏甲荣先生介绍他来的。苏先生是我的同学，他的同乡，他说前一晚已来找过我了，我不在家；所以这回又特地来的。我们闲谈了一会，他说怕耽误我的时间，就告辞走了。是的，我们只谈了一会儿，而且并没有什么重要的话；——我现在已全忘记——但我觉得已懂得他了，我相信他是一个可爱的人。

第二回来访，是在几天之后。那时新生甄别试验刚完，他的国文课是被分在钱子泉先生的班上。他来和我说，要转到我的班上。我和他说，钱先生的学问，是我素来佩服的；在他班上比在我班上一定好。而且已定的局面，因一个人而变动，也不大方便。他应了几声，也没有什么，就走了。从此他就不曾到我这里来。有一回，在三院第一排屋的后门口遇见他，他微笑着向我点头；他本是捧了书及墨盒去上课的，这时却站住了向我说："常想到先生那里，只是功课太忙了，总想去的。"我说："你闲时可以到我这里谈谈。"我们就点首作别。三院离我住的古月堂似乎很远，有时想起来，几乎和前门一样。所以半年以来，我只在上课前，下课后几分钟里，偶然遇着他三四次；除上述一次外，都只匆匆地点头走过，不曾说一句话。但我常是这样想：他是一个可爱的人。

他的同乡苏先生，我还是来京时见过一回，半年来不曾再见。我不曾能和他谈韦君；我也不曾和别人谈韦君，除了钱子泉先生。钱先生有一日告诉我，说韦君总想转到我班上；钱先生又说："他知道不能转时，也很安心的用功了，笔记做得很详细的。"我说，自然还是在钱先生班上好。以后这件事还谈起一两次。直到三月十九日早，有人误报了韦君的死信；钱先生站在我屋外的台阶上惋惜地说："他寒假中来和我谈。我因他常是忧郁的样子，便问他为何这样；是为了我么？他说：'不是，你先生很好的；我是因家境不宽，老是愁烦着。'他说他家里还有一个年老的父亲和未成年的弟弟；他说他弟弟因为家中无钱，已失学了。他又说他历年在外读书的钱，一小半是自己休了学去做教员弄来的，一大半是向人告贷来的。他又说，下半年的学费还没有着落呢。"但他却不愿平白地受人家的钱；我们只看他给大学部学生会起草的请改奖金制为借贷制与工读制的信，便知道他年纪虽轻，做人却有骨气的。

我最后见他，是在三月十八日早上，天安门下电车时。也照平常一样，微笑着向我点头。他的微笑显示他纯洁的心，告诉人，他愿意亲近一切；我是不会忘记的。还有他的静默，我也不会忘记。据陈云豹先生的《行述》，韦君很能说话；但这半年来，我们听见的，却只有他的静默而已。他的静默里含有忧郁，悲苦，坚忍，温雅等等，是最足以引人深长之思和切至之情的。他病中，据陈云豹君在本校追悼会里报告，虽也有一时期，很是躁急，但他终于在离开我们之前，写了那样平静的两句话给校长；他那两句话包蕴着无穷的悲哀，这是静默的悲哀！所以我现在又想，他毕竟是一个可爱的人。

三月十八日晚上，我知道他已危险；第二天早上，听见他死了，叹息而已！但走去看学生会的布告时，知他还在人世，觉得被鼓励似的，忙着将这消息告诉别人。有不信的，我立刻举出学生会布告为证。我二十日进城，到协和医院想去看看他；但不知道医院的规则，去迟了一点钟，不得进去。我很怅惘地在门外徘徊了一会，试问门役道："你知道清华学校有一个韦杰三，死了没有？"他的回答，我原也知道的，是"不知道"三字！那天傍晚回来；二十一日早上，便得着他死的信息——这回他真死了！他死在二十一日上午一时四十八分，就是二十日的夜里，我二十日若早去一点钟，还可见他一面呢。这真是十分遗憾的！二十三日同人及同学入城迎灵，我在城里十二点才见报，已赶不及了。下午回来，在校门外看见杠房里的人，知道柩已来了。我到古月堂一问，知道柩安放在旧礼堂里。我去的时候，正在重殓，韦君已穿好了殓衣在照相了。据说还光着身子照了一张相，是照伤口的。我没有看见他的伤口；但是这种情景，不看见也罢了。照相毕，入殓，我走到柩旁：韦君的脸已变了样子，我几乎不认识了！他的两颧突出，颊肉瘪下，掀唇露齿，哪里还像我初见时的温雅呢？这必是他几日间的痛苦所致的。唉，我们可以想见了！我正在乱想，棺盖已经盖上；唉，韦君，这真是最后一面了！我们从此真无再见之期了！死生之理，我不能懂得，但不能再见是事实，韦君，我们失掉了你，更将从何处觅你呢？

　　韦君现在一个人睡在刚秉庙的一间破屋里，等着他迢迢千里的老父，天气又这样坏；韦君，你的魂也彷徨着吧！

1926 年 4 月 2 日
原载于 1926 年 4 月 9 日《清华周刊》

沉　默

沉默是一种处世哲学，用得好时，又是一种艺术。

谁都知道口是用来吃饭的，有人却说是用来接吻的。我说满没有错儿；但是若统计起来，口的最多的（也许不是最大的）用处，还应该是说话，我相信。按照时下流行的议论，说话大约也算是一种宣传，自我的宣传。所以说话彻头彻尾是为自己的事。若有人一口咬定是为别人，凭了种种神圣的名字；我却也愿意让步，请许我这样说：说话有时的确只是间接地为自己，而直接的算是为别人！

自己以外有别人，所以要说话；别人也有别人的自己，所以又要少说话或不说话。于是乎我们要懂得沉默。你若念过鲁迅先生的《祝福》，一定会立刻明白我的意思。

一般人见生人时，大抵会沉默的，但也有不少例外。常在火车轮船里，看见有些人迫不及待似地到处向人问讯，攀谈，无论那是搭客或茶房，我只有羡慕这些人的健康；因为在中国这样旅行中，竟会不感觉一点儿疲倦！见生人的沉默，大约由于原始的恐惧，但是似乎也还有别的。假如这个生人的名字，你全然不熟悉，你所能做的工作，自然只是有意或无意的防御——像防御一个敌人。沉默便是最安全的防御战略。你不一定要他知道你，更不想让他发现你的可笑的地方——一个人总有些可笑的地方不是？——；你只让他尽量说他所要说的，若他是个爱说的人。末了你恭恭敬敬和他分别。假如这个生人,你愿意和他做朋友,你也还是得沉默。但是得留心听他的话,选出几处,加以简短的,相当的赞词;至少也得表示相当的同意。这就是知己的开场,或说起码的知己也可。假如这个人是你所敬仰的或未必敬仰的大人物,你记住,更不可不沉默!大人物的言语,乃至脸色眼光,都有异样的地方;你最好远远地坐着,让那些勇敢的同伴上前线去。——自然,我说的只是你偶然地遇着或随众访问大人物的时候。若你愿意专诚拜谒,你得另想办法;在我,那却是一件可怕的事。——你看看大人物与非大人物或大人物与大人物间谈话的情形,准可以满足,而不用从牙缝里迸出一个字。说话是一件费神的事,能少说或不说以及应少说或不说的时候,沉默实在是长寿之一道。至于自我宣传,诚哉重要——谁能不承认这是重要呢?——,但对于生人,这是白费的;他不会领略你宣传的旨趣,只暗笑你的宣传热;他会忘记得干干净净,在和你一鞠躬或一握手以后。

　　朋友和生人不同,就在他们能听也肯听你的说话——宣传。这不用说是交换的,但是就是交换的也好。他们在不同的程度下了解你,谅解你;他们对于你有了相当的趣味和礼貌。你的话满足他们的好奇心,他们就趣味地听着;你的话严重或悲哀,他们因为礼貌的缘故,也能暂时跟着你严重或悲哀。在后一种情形里,满足的是你;他们所真感到的怕倒是矜持的气氛。他们知道应该怎样做;这其实是一种牺牲,应该也值得感谢的。但是即使在知己的朋友面前,你的话也还不应该说得太多;同样的故事,情感,和警句,隽语,也不宜重复地说。《祝福》就是一个好榜样。你应该相当的节制自己,不可妄想你的话占领朋友们整个的心——你自己的心,也不会让别人完全占领呀。你更应该知道怎样藏匿你自己。只有不可知,不可得的,才有人去追求;你若将所有的尽给了别人,你对于别人,对于世界,将没有丝毫意义,正和医学生实习解剖时用过的尸体一样。那时是不可思议的孤独,你将不能支持自己,而倾仆到无底的黑暗里去。一个情人常喜欢说:我愿意将所有的都献给你!谁真知道他或她所有的是些什么呢?第一个说这句话的人,只是表示自己的慷慨,至多也只是表示一种理想;以后跟着说的,更只是口头禅而已。所以朋友间,甚至恋人间,沉默还是不可少的。你的话应该像黑夜的星星,不应该像除夕的爆竹——谁稀罕那彻宵的爆竹呢?而沉默有时更有诗意。譬如在下午,在黄昏,在深夜,在大而静的屋子里,短时的沉默,也许远胜于连续不断的倦怠了的谈话。有人称这种境界为无言之美,你瞧,多漂亮的名字!——至于所谓拈花微笑,那更了不起了!

可是沉默也有不行的时候。人多时你容易沉默下去,一主一客时,就不准行。你的过分沉默,也许把你的生客惹恼了,赶跑了!倘使你愿意赶他,当然很好;倘使你不愿意呢,你就得不时地让他喝茶,抽烟,看画片,读报,听话匣子,偶然也和他谈谈天气,时局——只是复述报纸的记载,加上几个不能解决的疑问——总以引他说话为度。于是你点点头,哼哼鼻子,时而叹叹气,听着。他说完了,你再给起个头,照样地听着。但是我的朋友遇见过一个生客,他是一位准大人物,因某种礼貌关系去看我的朋友。他坐下时,将两手笼起,搁在桌上。说了几句话,就止住了,两眼炯炯地直看着我的朋友。我的朋友窘极,好容易陆陆续续地找出一句半句话来敷衍。这自然也是沉默的一种用法,是上司对属僚保持威严用的。用在一般交际里,未免太露骨了;而在上述的情形中,不为主人留一些余地,更属无礼。大人物以及准大人物之可怕,正在此等处。至于应付的方法,其实倒也有,那还是沉默;只消照样笼了手,和他对看起来,他大约也就无可奈何了罢?

(原载1932年11月7日《清华周刊》第38卷第6期)

说　梦

伪《列子》里有一段梦话，说得甚好：

"周之尹氏大治产，其下趣役者，侵晨昏而不息。有老役夫筋力竭矣，而使之弥勤。昼则呻呼而即事，夜则昏惫而熟寐。精神荒散，昔昔梦为国君：居人民之上，总一国之事；游燕宫观，恣意所欲，其乐无比。觉则复役人。……尹氏心营世事，虑钟家业，心形俱疲，夜亦昏惫而寐。昔昔梦为人仆：趋走作役，无不为也；数骂杖挞，无不至也。眠中㖃吒呻呼，彻旦息焉。……"

此文原意是要说出"苦逸之复，数之常也；若欲觉梦兼之，岂可得邪？"这其间大有玄味，我是领略不着的；我只是断章取义地赏识这件故事的自身，所以才老远地引了来。我只觉得梦不是一件坏东西。即真如这件故事所说，也还是很有意思的。因为人生有限，我们若能夜夜有这样清楚的梦，则过了一日，足抵两日，过了五十岁，足抵一百岁；如此便宜的事，真是落得的。至于梦中的"苦乐"，则照我素人的见解，毕竟是"梦中的"苦乐，不必斤斤计较的。若必欲斤斤计较，我要大胆地说一句：他和那些在墙上贴红纸条儿，写着"夜梦不祥，书破大吉"的，同样地不懂得梦！

但庄子说道："至人无梦。"伪《列子》里也说道："古之真人，其觉自忘,其寝不梦。"——张湛注曰:"真人无往不忘,乃当不眠,何梦之有?"可知我们这几位先哲不甚以做梦为然,至少也总以为梦是不大高明的东西。但孔子就与他们不同,他深以"不复梦见周公"为憾;他自然是爱做梦的,至少也是不反对做梦的。——殆所谓时乎做梦则做梦者欤?我觉得"至人","真人",毕竟没有我们的份儿,我们大可不必妄想;只看"乃当不眠"一个条件,你我能做到么?唉,你若主张或实行"八小时睡眠",就别想做"至人""真人"了!但是,也不用担心,还有为我们捎木梢的:我们知道,愚人也无梦!他们是一枕黑甜,哼呵到晓,一些儿梦的影子也找不着的!我们徼幸还会做几个梦,虽因此失了"至人""真人"的资格,却也因此而得免于愚人,未尝不是运气。至于"至人""真人"之无梦和愚人之无梦,究竟有何分别?却是一个难题。我想偷懒,还是摭拾上文说过的话来答吧:"真人……乃当不眠,……"而愚人是"一枕黑甜,哼呵到晓"的!再加一句,此即孔子所谓"上智与下愚不移"也。说到孔子,孔子不反对做梦,难道也做不了"至人""真人"?我说:"唯唯,否否!"孔子是"圣人",自有他的特殊的地位,用不着再来争"至人""真人"的名号了。但得知道,做梦而能梦周公,才能成其所以为圣人;我们也还是够不上格儿的。

我们终于只能做第二流人物。但这中间也还有个高低。高的如我的朋友 P 君:他梦见花,梦见诗,梦见绮丽的衣裳,……真可算得有梦皆甜了。低的如我:我在江南时,本忝在愚人之列,照例是漆黑一团地睡到天光;不过得声明,哼呵是没有的。北来以后,不知怎样,陡然聪明起来,夜夜有梦,而且不一其梦。但我究竟是新升格的,梦尽管做,却做不着一个清清楚楚的梦!成夜地乱梦颠倒,醒来不知所云,恍然若失。最难堪的是每早将醒未醒之际,残梦依人,腻腻不去;忽然双眼一睁,如坠深谷,万象寂然——只有一角日光在墙上痴痴地等着！我此时决不起来，必凝神细想，欲追回梦中滋味于万一；但照例是想不出，只惘惘然茫茫然似乎怀念着些什么而已。虽然如此，有一点是知道的：梦中的天地是自由的，任你徜徉，任你翱翔；一睁眼却就给密密的麻绳绑上了，就大大地不同了！我现在确乎有些精神恍惚，这里所写的就够教你知道。但我不因此诅咒梦；我只怪我做梦的艺术不佳，做不着清楚的梦。若做着清楚的梦，若夜夜做着清楚的梦，我想精神恍惚也无妨的。照现在这样一大串儿糊里糊涂的梦，直是要将这个"我"化成漆黑一团，却有些儿不便。是的，我得学些本事，今夜做他几个好好的梦。我是彻头彻尾赞美梦的，因为我是素人，而且将永远是素人。

(原载1925年10月《清华周刊》第24卷第8号)

论做作

做作就是佯，就是乔，也就是装。苏北方言有装佯的话，乔装更是人人皆知。旧小说里女扮男装是乔装，那需要许多做作。难在装得像。只看坤角儿扮须生的，像的有几个？何况做戏还只在戏台上装，一到后台就可以照自己的样儿，而女扮男装却得成天儿到处那么看！侦探小说里的侦探也常在乔装，装得像也不易，可是自在得多。不过——难也罢，易也罢，人反正有时候得装。其实你细看，不但有时候，人简直就爱点儿装。三分模样七分装是说女人，男人也短不了装，不过不大在模样上罢了。装得像难，装得可爱更难；一番努力往往只落得个矫揉造作！所以装常常不是一个好名儿。

一个做好，一个做歹，小呢逼你出些码头钱，大呢就得让你去做那些不体面的尴尬事儿。这已成了老套子，随处可以看见。那做好的是装做好，那做歹的也装得格外歹些；一松一紧地拉住你，会弄得你啼笑皆非。这一套儿做作够受的。贫和富也可以装。贫寒人怕人小看他，家里尽管有一顿没一顿的，还得穿起好衣服在街上走，说话也满装着阔气，什么都不在乎似的——所谓苏空头。其实空头也不止苏州有——有钱人却又怕人家打他的主意，开口闭口说穷，他能特地去当点儿什么，拿当票给人家看。这都怪可怜见的。还有一些人，人面前老爱论诗文，谈学问,仿佛天生他一副雅骨头。装斯文其实不能算坏,只是未免雅得这样俗罢了。

有能耐的人,有权位的人有时不免装模作样,装腔作势。马上可以答应的,却得考虑考虑;直接可以答应的,却让你绕上几个大弯儿。论地位也只是上不在天,下不在田,而见客就不起身,只点点头儿,答话只喉咙里哼一两声儿。谁教你求他,他就是这么着!笑骂由他笑骂,好官儿什么的我自为之!话说回来,拿身份,摆架子有时也并非全无道理。老爷太太在仆人面前打情骂俏,总不大像样,可不是得装着点儿?可是,得恰到分际,过犹不及。总之别忘了自己是谁!别尽拣高枝爬,一失脚会摔下来的。老想着些自己,谁都装着点儿,也就不觉得谁在装。所谓装模作样,装腔作势。却是特别在装别人的模样,别人的腔和势!为了抬举自己,装别人;装不像别人,又不成其为自己,也怪可怜见的。

不痴不聋,不作阿姑阿翁,有些事大概还是装聋作哑的好。倒不是怕担责任,更不是存着什么坏心眼儿。有些事是阿姑阿翁该问的,值得问的,自然得问;有些是无需他们问的,或值不得他们问的,若不痴不聋,事必躬亲,阿姑阿翁会做不成,至少也会不成其为阿姑阿翁。记得那儿说过美国一家大公司经理,面前八个电话,每天忙累不堪,另一家经理,室内没有电话,倒是从容不迫的。这后一位经理该是能够装聋作哑的人。不闻不问,有时候该是一句好话;充耳不闻,闭目无睹,也许可以作无为而治的一个注脚。其实无为多半也是装出来的。至于装作不知,那更是现代政治家外交家的惯技,报纸上随时看得见。他们却还得勾心斗角地做姿态,大概不装不成其为政治家外交家罢?

装欢笑,装悲泣,装嗔,装恨,装惊慌,装镇静,都很难;固然难在像,有时还难在不像而不失自然。小心陪笑也许能得当局的青睐,但是旁观者在恶心。可是强颜为欢,有心人却领会那欢颜里的一丝苦味。假意虚情的哭泣,像旧小说里妓女向客人那样,尽管一把眼泪一把鼻涕的,也只能引起读者的微笑。倒是那忍泪伴低面,教人老大不忍。佯嗔薄怒是女人的作态,作得恰好是爱娇,所以《乔醋》是一折好戏。爱极翻成恨,尽管恨得人牙痒痒的,可是还不失为爱到极处。假意惊慌似乎是旧小说的常语,事实上那假意往往露出马脚。镇静更不易,秦舞阳心上有气脸就铁青,怎么也装不成,荆轲的事,一半儿败在他的脸上。淝水之战谢安装得够镇静的,可是不觉得意忘形摔折了屐齿。所以一个人喜怒不形于色,真够一辈子半辈子装的。

《乔醋》是戏,其实凡装,凡做作,多少都带点儿戏味——有喜剧,有悲剧。孩子们爱说假装这个,假装那个,戏味儿最厚。他们认真假装,可是悲喜一场,到头儿无所为。成人也都认真地装,戏味儿却淡薄得多;戏是无所为的,至少扮戏中人的可以说是无所为,而人们的做作常常是有所为的。所以戏台上装得像的多,人世间装得像的少。戏台上装得像就有叫好儿的,人世间即使装得像,逗人爱也难。逗人爱的大概是比较的少有所为或只消极的有所为的。前面那些例子,值得我们吟味,而装痴装傻也许是值得重提的一个例子。

作阿姑阿翁得装几分痴,这装是消极的有所为;金殿装疯也有所为,就是积极的。历来才人名士和学者,往往带几分傻气。那傻气多少有点儿装,而从一方面看,那装似乎不大有所为,至多也只是消极的有所为。陶渊明的"我醉欲眠卿且去"说是率真,是自然;可是看魏晋人的行径,能说他不带着几分装?不过装得像,装得自然罢了。阮嗣宗大醉六十日,逃脱了和司马昭做亲家,可不也一半儿醉一半儿装?他正是喜怒不形于色的人,而有一向当时人多说他痴,他大概是颇能做作的罢?

装睡装醉都只是装糊涂。睡了自然不说话,醉了也多半不说话——就是说话,也尽可以装疯装傻的,给他个驴头不对马嘴。郑板桥最能懂得装糊涂,他那"难得糊涂"一个警句,真喝破了千古聪明人的秘密。

还有善忘也往往是装傻，装糊涂；省麻烦最好自然是多忘记，而忘怀又正是一件雅事儿。到此为止，装傻，装糊涂似乎是能以逗人爱的；才人名士和学者之所以成为才人名士和学者，至少有几分就仗着他们那不大在乎的装劲儿能以逗人爱好。可是这些人也良莠不齐，魏晋名士颇有仗着装糊涂自私自利的。这就在乎了，有所为了，这就不再可爱了。在四川话里装糊涂称为装疯迷窍，北平话却带笑带骂的说装蒜，装孙子，可见民众是不大赏识这一套的——他们倒是下的稳着儿。

1942 年 10 月 31 日—11 月 2 日作
（原载 1943 年 1 月 15 日《文学创作》第 1 卷第 4 期）

论诚意

诚伪是品性,却又是态度。从前论人的诚伪,大概就品性而言。诚实,诚笃,至诚,都是君子之德;不诚便是诈伪的小人。品性一半是生成,一半是教养;品性的表现出于自然,是整个儿的为人。说一个人是诚实的君子或诈伪的小人,是就他的行迹总算帐。君子大概总是君子,小人大概总是小人。虽然说气质可以变化,盖了棺才能论定人,那只是些特例。不过一个社会里,这种定型的君子和小人并不太多,一般常人都浮沉在这两界之间。所谓浮沉,是说这些人自己不能把握住自己,不免有诈伪的时候。这也是出于自然。还有一层,这些人对人对事有时候自觉的加减他们的诚意,去适应那局势。这就是态度。态度不一定反映出品性来;一个诚实的朋友到了不得已的时候,也会撒个谎什么的。态度出于必要,出于处世的或社交的必要,常人是免不了这种必要的。这是世故人情的一个项目。有时可以原谅,有时甚至可以容许。态度的变化多,在现代多变的社会里也许更会使人感兴趣些。我们嘴里常说的,笔下常写的诚恳诚意和虚伪等词,大概都是就态度说的。

但是一般人用这几个词似乎太严格了一些。照他们的看法,不诚恳无诚意的人就未免太多。而年轻人看社会上的人和事,除了他们自己以外差不多尽是虚伪的。这样用虚伪那个词,又似乎太宽泛了一些。这些跟老先生们开口闭口说人心不古,世风日下同样犯了笼统的毛病。

一般人似乎将品性和态度混为一谈，年轻人也如此，却又加上了天真纯洁种种幻想。诚实的品性确是不可多得，但人孰无过，不论那方面，完人或圣贤总是很少的。我们恐怕只能宽大些，卑之无甚高论，从态度上着眼。不然无谓的烦恼和纠纷就太多了。至于天真纯洁，似乎只是儿童的本分——老气横秋的儿童实在不顺眼。可是一个人若总是那么天真纯洁下去，他自己也许还没有什么，给别人的麻烦却就太多。有人赞美童心孩子气，那也只限于无关大体的小节目，取其可以调剂调剂平板的氛围气。若是重要关头也如此，那时天真恐怕只是任性，纯洁恐怕只是无知罢了。幸而不诚恳，无诚意，虚伪等等已经成了口头禅，一般人只是跟着大家信口说着，至多皱皱眉，冷笑笑，表示无可奈何的样子就过去了。自然也短不了认真的，那却苦了自己，甚至于苦了别人。年轻人容易认真，容易不满意，他们的不满意往往是社会改革的动力。可是他们也得留心，若是在诚伪的分别上认真得过了分，也许会成为虚无主义者。

　　人与人事与事之间各有分际，言行最难得恰如其分。诚意是少不得的，但是分际不同，无妨斟酌加减点儿。种种礼数或过场就是从这里来的。有人说礼是生活的艺术，礼的本意应该如此。日常生活里所谓客气，也是一种礼数或过场。有些人觉得客气太拘形迹，不见真心，不是诚恳的态度。这些人主张率性自然。率性自然未尝不可，但是得看人去。若是一见生人就如此这般，就有点野了。即使熟人，毫无节制的率性自然也不成。夫妇算是熟透了的，有时还得相敬如宾，别人可想而知。总之，在不同的局势下，率性自然可以表示诚意，客气也可以表示诚意，不过诚意的程度不一样罢了。客气要大方，合身份，不然就是诚意太多；诚意太多，诚意就太贱了。

　　看人，请客，送礼，也都是些过场。有人说这些只是虚伪的俗套，无聊的玩意儿。但是这些其实也是表示诚意的。总得心里有这个人，才会去看他，请他，送他礼，这就有诚意了。至于看望的次数，时间的长短，请作主客或陪客，送礼的情形，只是诚意多少的分别，不是有无的分别。看人又有回看，请客有回请，送礼有回礼，也只是回答诚意。古语说得好，来而不往非礼也，无论古今，人情总是一样的。有一个人送年礼，转来转去，自己送出去的礼物，有一件竟又回到自己手里。他觉得虚伪无聊，当作笑谈。笑谈确乎是的，但是诚意还是有的。又一个人路上遇见一个本不大熟的朋友向他说，我要来看你。这个人告诉别人说，他用不着来看我，我也知道他不会来看我，你瞧这句话才没意思哪！那个朋友的诚意似乎是太多了。凌叔华女士写过一个短篇小说，叫做《外国规矩》，说一位青年留学生陪着一位旧家小姐上公园，尽招呼她这样那样的。她以为让他爱上了，哪里知道他行的只是外国规矩！这喜剧由于那位旧家小姐不明白新礼数，新过场，多估量了那位留学生的诚意。可见诚意确是有分量的。

人为自己活着，也为别人活着。在不伤害自己身份的条件下顾全别人的情感，都得算是诚恳，有诚意。这样宽大的看法也许可以使一些人活得更有兴趣些。西方有句话，人生是做戏。做戏也无妨，只要有心往好里做就成。客气等等一定有人觉得是做戏，可是只要为了大家好，这种戏也值得做的。另一方面，诚恳，诚意也未必不是戏。现在人常说，我很诚恳地告诉你，我是很有诚意的，自己标榜自己的诚恳，诚意，大有卖瓜的说瓜甜的神气，诚实的君子大概不会如此。不过一般人也已习惯自然，知道这只是为了增加诚意的分量，强调自己的态度，跟买卖人的吆喝到底不是一回事儿。常人到底是常人，得跟着局势斟酌加减他们的诚意，变化他们的态度；这就不免沾上了些戏味。西方还有句话，诚实是最好的政策，诚实也只是态度；这似乎也是一句戏词儿。

（原载1941年1月5日《星期评论》第8期）

论雅俗共赏

陶渊明有"奇文共欣赏,疑义相与析"的诗句,那是一些"素心人"的乐事,"素心人"当然是雅人,也就是士大夫。这两句诗后来凝结成"赏奇析疑"一个成语,"赏奇析疑"是一种雅事,俗人的小市民和农家子弟是没有份儿的。然而又出现了"雅俗共赏"这一个成语,"共赏"显然是"共欣赏"的简化,可是这是雅人和俗人或俗人跟雅人一同在欣赏,那欣赏的大概不会还是"奇文"罢。这句成语不知道起于什么时代,从语气看来,似乎雅人多少得理会到甚至迁就着俗人的样子,这大概是在宋朝或者更后罢。

原来唐朝的安史之乱可以说是我们社会变迁的一条分水岭。在这之后,门第迅速的垮了台,社会的等级不像先前那样固定了,"士"和"民"这两个等级的分界不像先前的严格和清楚了,彼此的分子在流通着,上下着。而上去的比下来的多,士人流落民间的究竟少,老百姓加入士流的却渐渐多起来。王侯将相早就没有种了,读书人到了这时候也没有种了;只要家里能够勉强供给一些,自己有些天分,又肯用功,就是个"读书种子";去参加那些公开的考试,考中了就有官做,至少也落个绅士。这种进展经过唐末跟五代的长期的变乱加了速度,到宋朝又加上印刷术的发达,学校多起来了,士人也多起来了,士人的地位加强，责任也加重了。这些士人多数是来自民间的新的分子，他们多少保留着民间的生活方式和生活态度。他们一面学习和享受那些雅的，一面却还不能摆脱或蜕变那些俗的。人既然很多，大家是这样，也就不觉其寒碜；不但不觉其寒碜，还要重新估定价值，至少也得调整那旧来的标准与尺度。"雅俗共赏"似乎就是新提出的尺度或标准，这里并非打倒旧标准，只是要求那些雅士理会到或迁就些俗士的趣味，好让大家打成一片。当然，所谓"提出"和"要求"，都只是不自觉的看来是自然而然的趋势。

中唐的时期，比安史之乱还早些，禅宗的和尚就开始用口语记录大师的说教。用口语为的是求真与化俗，化俗就是争取群众。安史乱后，和尚的口语记录更其流行，于是乎有了"语录"这个名称，"语录"就成为一种著述体了。到了宋朝，道学家讲学，更广泛的留下了许多语录；他们用语录，也还是为了求真与化俗，还是为了争取群众。所谓求真的"真"，一面是如实和直接的意思。禅家认为第一义是不可说的，语言文字都不能表达那无限的可能，所以是虚妄的。然而实际上语言文字究竟是不免要用的一种"方便"，记录的文字自然越近实际的、直接的说话越好。在另一面这"真"又是自然的意思，自然才亲切，才让人容易懂，也就是更能收到化俗的功效，更能获得广大的群众。道学主要的是中国的正统的思想，道学家用了语录做工具，大大的增强了这种新的文体的地位，语录就成为一种传统了。比语录体稍稍晚些，还出现了一种宋朝叫作"笔记"的东西。这种作品记述有趣味的杂事，范围很宽，一方面发表作者自己的意见，所谓议论，也就是批评，这些批评往往也很有趣味。作者写这种书，只当作对客闲谈，并非一本正经，虽然以文言为主，可是很接近说话。这也是给大家看的，看了可以当作"谈助"，增加趣味。宋朝的笔记最发达，当时盛行，流传下来的也很多。目录家将这种笔记归在"小说"项下，近代书店汇印这些笔记，更直题为"笔记小说"；中国古代所谓"小说"，原是指记述杂事的趣味作品而言的。

那里我们得特别提到唐朝的"传奇"。"传奇"据说可以见出作者的"史才、诗、笔、议论"，是唐朝士子在投考进士以前用来送给一些大人先生看，介绍自己，求他们给自己宣传的。其中不外乎灵怪、艳情、剑侠三类故事，显然是以供给"谈助"，引起趣味为主。无论照传统的意念，或现代的意念，这些"传奇"无疑的是小说，一方面也和笔记的写作态度有相类之处。照陈寅恪先生的意见，这种"传奇"大概起于民间，文士是仿作，文字里多口语化的地方。陈先生并且说唐朝的古文运动就是从这儿开始。他指出古文运动的领导者韩愈的《毛颖传》，正是仿"传奇"而作。我们看韩愈的"气盛言宜"的理论和他的参差错落的文句，也正是多多少少在口语化。他的门下的"好难""好易"两派，似乎原来也都是在试验如何口语化。可是"好难"的一派过分强调了自己，过分想出奇制胜，不管一般人能够了解欣赏与否，终于被人看作"诡"和"怪"而失败，于是宋朝的欧阳修继承了"好易"的一派的努力而奠定了古文的基础。——以上说的种种，都是安史乱后几百年间自然的趋势，就是那雅俗共赏的趋势。

宋朝不但古文走上了"雅俗共赏"的路，诗也走向这条路。胡适之先生说宋诗的好处就在"作诗如说话"，一语破的指出了这条路。自然，这条路上还有许多曲折，但是就像不好懂的黄山谷，他也提出了"以俗为雅"的主张，并且点化了许多俗语成为诗句。实践上"以俗为雅"，并不从他开始，梅圣俞、苏东坡都是好手，而苏东坡更胜。据记载梅和苏都说过"以俗为雅"这句话，可是不大靠得住；黄山谷却在《再次杨明叔韵》一诗的"引"里郑重的提出"以俗为雅，以故为新"，说是"举一纲而张万目"。他将"以俗为雅"放在第一，因为这实在可以说是宋诗的一般作风，也正是"雅俗共赏"的路。但是加上"以故为新",路就曲折起来,那是雅人自赏,黄山谷所以终于不好懂了。不过黄山谷虽然不好懂,宋诗却终于回到了"作诗如说话"的路,这"如说话",的确是条大路。

  雅化的诗还不得不回向俗化,刚刚来自民间的词,在当时不用说自然是"雅俗共赏"的。别瞧黄山谷的有些诗不好懂,他的一些小词可够俗的。柳耆卿更是个通俗的词人。词后来虽然渐渐雅化或文人化,可是始终不能雅到诗的地位,它怎么着也只是"诗馀"。词变为曲,不是在文人手里变,是在民间变的;曲又变得比词俗,虽然也经过雅化或文人化,可是还雅不到词的地位,它只是"词馀"。一方面从晚唐和尚的俗讲演变出来的宋朝的"说话"就是说书,乃至后来的平话以及章回小说,还有宋朝的杂剧和诸宫调等等转变成功的元朝的杂剧和戏文,乃至后来的传奇,以及皮簧戏,更多半是些"不登大雅"的"俗文学"。这些除元杂剧和后来的传奇也算是"词馀"以外,在过去的文学传统里简直没有地位;也就是说这些小说和戏剧在过去的文学传统里多半没有地位,有些有点地位,也不是正经地位。可是虽然俗,大体上却"俗不伤雅",虽然没有什么地位,却总是"雅俗共赏"的玩意儿。

  "雅俗共赏"是以雅为主的,从宋人的"以俗为雅"以及常语的"俗不伤雅",更可见出这种宾主之分。起初成群俗士蜂拥而上,固然逼得原来的雅士不得不理会到甚至迁就着他们的趣味,可是这些俗士需要摆脱的更多。他们在学习,在享受,也在蜕变,这样渐渐适应那雅化的传统,于是乎新旧打成一片,传统多多少少变了质继续下去。前面说过的文体和诗风的种种改变,就是新旧双方调整的过程,结果迁就的渐渐不觉其为迁就,学习的也渐渐习惯成了自然,传统的确稍稍变了质,但是还是文言或雅言为主,就算跟民众近了一些,近得也不太多。

至于词曲，算是新起于俗间，实在以音乐为重，文辞原是无关轻重的；"雅俗共赏"，正是那音乐的作用。后来雅士们也曾分别将那些文辞雅化，但是因为音乐性太重，使他们不能完成那种雅化，所以词曲终于不能达到诗的地位。而曲一直配合着音乐，雅化更难，地位也就更低，还低于词一等。可是词曲到了雅化的时期，那"共赏"的人却就雅多而俗少了。真正"雅俗共赏"的是唐、五代、北宋的词，元朝的散曲和杂剧，还有平话和章回小说以及皮簧戏等。皮簧戏也是音乐为主，大家直到现在都还在哼着那些粗俗的戏词，所以雅化难以下手，虽然一二十年来这雅化也已经试着在开始。平话和章回小说，传统里本来没有，雅化没有合式的榜样，进行就不易。《三国演义》虽然用了文言，却是俗化的文言，接近口语的文言，后来的《水浒》《西游记》《红楼梦》等就都用白话了。不能完全雅化的作品在雅化的传统里不能有地位，至少不能有正经的地位。雅化程度的深浅，决定这种地位的高低或有没有，一方面也决定"雅俗共赏"的范围的小和大——雅化越深，"共赏"的人越少，越浅也就越多。所谓多少，主要的是俗人，是小市民和受教育的农家子弟。在传统里没有地位或只有低地位的作品，只算是玩意儿；然而这些才接近民众，接近民众却还能教"雅俗共赏"，雅和俗究竟有共通的地方，不是不相理会的两橛了。

单就玩意儿而论，"雅俗共赏"虽然是以雅化的标准为主，"共赏"者却以俗人为主。固然，这在雅方得降低一些，在俗方也得提高一些，要"俗不伤雅"才成；雅方看来太俗，以至于"俗不可耐"的，是不能"共赏"的。但是在什么条件之下才会让俗人所"赏"的，雅人也能来"共赏"呢？我们想起了"有目共赏"这句话。孟子说过"不知子都之姣者，无目者也"，"有目"是反过来说，"共赏"还是陶诗"共欣赏"的意思。子都的美貌，有眼睛的都容易辨别，自然也就能"共赏"

了。孟子接着说:"口之于味也,有同嗜焉;耳之于声也,有同听焉;目之于色也,有同美焉。"这说的是人之常情,也就是所谓人情不相远。但是这不相远似乎只限于一些具体的、常识的、现实的事物和趣味。譬如北平罢,故宫和颐和园,包括建筑、风景和陈列的工艺品,似乎是"雅俗共赏"的,天桥在雅人的眼中似乎就有些太俗了。说到文章,俗人所能"赏"的也只是常识的,现实的。后汉的王充出身是俗人,他多多少少代表俗人说话,反对难懂而不切实用的辞赋,却赞美公文能手。公文这东西关系雅俗的现实利益,始终是不曾完全雅化了的。再说后来的小说和戏剧,有的雅人说《西厢记》诲淫,《水浒传》诲盗,这是"高论"。实际上这一部戏剧和这一部小说都是"雅俗共赏"的作品。《西厢记》无视了传统的礼教,《水浒传》无视了传统的忠德,然而"男女"是"人之大欲"之一,"官逼民反",也是人之常情,梁山泊的英雄正是被压迫的人民所想望的。俗人固然同情这些,一部分的雅人,跟俗人相距还不太远的,也未尝不高兴这两部书说出了他们想说而不敢说的。这可以说是一种快感,一种趣味,可并不是低级趣味;这是有关系的,也未尝不是有节制的。"诲淫""诲盗"只是代表统治者的利益的说话。

十九世纪二十世纪之交是个新时代,新时代给我们带来了新文化,产生了我们的知识阶级。这知识阶级跟从前的读书人不大一样,包括了更多的从民间来的分子,他们渐渐跟统治者拆伙而走向民间。于是乎有了白话正宗的新文学,词曲和小说戏剧都有了正经的地位。还有种种欧化的新艺术。这种文学和艺术却并不能让小市民来"共赏",不用说农工大众。于是乎有人指出这是新绅士也就是新雅人的欧化,不管一般人能够了解欣赏与否。他们提倡"大众语"运动。但是时机还没有成熟,结果不显著。抗战以来又有"通俗化"运动,这个运动并已经在开始转向大众化。"通俗化"还分别雅俗,还是"雅俗共赏"

的路,大众化却更进一步要达到那没有雅俗之分,只有"共赏"的局面。这大概也会是所谓由量变到质变罢。

1947年10月26日作
(原载1947年11月18日《观察》第3卷第11期)

正　义

人间的正义是在哪里呢？

正义是在我们心里！从明哲的教训和见闻的意义中，我们不是得着大批的正义么？但白白的搁在心里，谁也不去取用，却至少是可惜的事。两石白米堆在屋里，总要吃它干净，两箱衣服堆在屋里，总要轮流穿换，一大堆正义却扔在一旁，满不理会，我们真大方，真舍得！看来正义这东西也真贱，竟抵不上白米的一个尖儿，衣服的一个扣儿。——爽性用它不着，倒也罢了，谁都又装出一副发急的样子，张张皇皇的寻觅着。这个葫芦里卖的什么药？我的聪明的同伴啊，我真想不通了！

我不曾见过正义的面，只见过它的弯曲的影儿——在"自我"的唇边，在"权威"的面前，在"他人"的背后。

正义可以做幌子，一个漂亮的幌子，所以谁都愿意念着它的名字。"我是正经人，我要做正经事"，谁都向他的同伴这样隐隐的自诩着。但是除了用以"自诩"之外，正义对于他还有什么作用呢？他独自一个时，在生人中间时，早忘了它的名字，而去创造"自己的正义"了！他所给予的正义，只是让它的影儿在他的唇边闪烁一番而已。但是，这毕竟不算十分辜负正义，比那凭着正义的名字以行罪恶的，还胜一筹。

可怕的正是这种假名行恶的人。他嘴里唱着正义的名字，手里却满满的握着罪恶；他将这些罪恶送给社会，粘上金碧辉煌的正义的签条送了去。社会凭着他所唱的名字和所粘的签条，欣然受了这份礼；就是明知道是罪恶，也还是欣然受了这份礼！易卜生"社会栋梁"一出戏，就是这种情形。这种人的唇边，虽更频繁的闪烁着正义的弯曲的影儿，但是深藏在他们心底的正义，只怕早已霉了，烂了，且将毁灭了。在这些人里，我见不着正义。

在亲子之间，师傅学徒之间，军官兵士之间，上司属僚之间，似乎有正义可见了，但是也不然。卑幼大抵顺从他们长上的，长上要施行正义于他们，他们诚然是不"能"违抗的——甚至"父教子死，子不得不死"一类话也说出来了。他们发见有形的扑鞭和无形的赏罚在长上们的背后，怎敢去违抗呢？长上们凭着权威的名字施行正义，他们怎敢不遵呢？但是你私下问他们，"信么？服么？"他们必摇摇他们的头，甚至还奋起他们的双拳呢？这正是因为长上们不凭着正义的名字而施行正义的缘故了。这种正义只能由长上行于卑幼，卑幼是不能行于长上的，所以是偏颇的；这种正义只能施与卑幼，而不能施与他人，所以是破碎的；这种正义受着权威的鼓弄，有时不免要扩大到它应有的轮廓之外，那时它又是肥大的。这些依旧只是正义的弯曲的影儿。不凭着正义的名字而施行正义，我在这等人里，仍旧见不着它。

在没有权威的地方，正义的影儿更弯曲了。名位与金钱的面前，正义只剩淡如水的微痕了。他瞧现在一班大人先生见了所谓督军等人的劲儿！他们未必愿意如此的，但是一当了面，估量着对手的名位，就不免心里一软，自然要给他一些面子——于是不知不觉的就敷衍起来了。至于平常的人，偶然见了所谓名流，也不免要吃一惊，那时就是心里有一百二十个不以为然，也只好姑且放下，另做出一番"足恭"的样子，以表倾慕之诚。所以一班达官通人，差不多是正义的化外之民，他们所做的都是合于正义的,乃至他们所做的就是正义了!——在他们实在无所谓正义与否了。呀!这样,正义岂不已经沦亡了?却又不然。须知我只说"面前"是无正义的,"背后"的正义却幸而还保留着。社会的维持,大部分或者就靠着这背后的正义罢。但是背后的正义,力量究竟是有限的,因为隔开一层,不由的就单弱了。一个为富不仁的人,背后虽然免不了人们的指摘,面前却只有恭敬。一个华服翩翩的人,犯了违警律,就是警察也要让他五分。这就是我们的正义了!我们的正义百分之九十九是在背后的,而在极亲近的人间,有时候这个背后的正义也没有!因为太亲近了,什么也可以原谅了,什么也可以马虎了,正义就任怎么弯曲也可以了。背后的正义只有存生疏的人们间。生疏的人们间,没有什么密切的关系,自然可以用上正义这个幌子。至于一定要到背后才叫出正义来,那全是为了情面的缘故。情面的跟柢大概也是一种同情,一种廉价的同情。现在的人们只喜欢廉价的东西,在正义与情面两者中,就尽先取了情面,而将正义放在背后。在极亲近的人间,情面的优先权到了最大限度,正义就几乎等于零,就是在背后也没有了。背后的正义虽也有相当的力量,但是比起前面的正义就大大的不同了,启发与戒惧的功能都如掺了水的薄薄的牛乳似的——于是仍旧只算是一个弯曲的影儿。在这些人里,我更见不着正义!

　　人间的正义究竟是在哪里呢?满藏在我们心里!为什么不取出来呢?它没有优先权!在我们心里,第一个尖儿是自私,其余就是权威,势力,亲疏,情面等等;等到这些角色一一演毕,才轮到我们可怜的正义。你想,时候已经晚了,它还有出台的机会么?没有!所以你要正义出台,你就得排除一切,让它做第一个尖儿。你得凭着它自己的名字叫它出台。你还得抖擞精神,准备一副好身手,因为它是初出台的角儿,捣乱的人必多,你得准备着打——不打不相识啊!打得站住了脚携住了手,那时我们就能从容的瞻仰正义的面目了。

你　我

　　现在受过新式教育的人，见了无论生熟朋友，往往喜欢你我相称。这不是旧来的习惯而是外国语与翻译品的影响。这风气并未十分通行；一般社会还不愿意采纳这种办法——所谓粗人一向你呀我的，却当别论。有一位中等学校校长告诉人，一个旧学生去看他，左一个"你"，右一个"你"，仿佛用指头点着他鼻子，真有些受不了。在他想，只有长辈该称他"你"，只有太太和老朋友配称他"你"。够不上这个份儿，也来"你"呀"你"的，倒像对当差老妈子说话一般，岂不可恼！可不是，从前小说里"弟兄相呼，你我相称"，也得够上那份儿交情才成。而俗语说的"你我不错"，"你我还这样那样"，也是托熟的口气，指出彼此的依赖与信任。

　　同辈你我相称，言下只有你我两个，旁若无人；虽然十目所视，十手所指，视他们的，指他们的，管不着。杨震在你我相对的时候，会想到你我之外的"天知地知"，真是一个玄远的托辞，亏他想得出。常人说话称你我，却只是你说给我，我说给你；别人听见也罢，不听见也罢，反正说话的一点儿没有想着他们那些不相干的。自然也有时候"取瑟而歌"，也有时候"指桑骂槐"，但那是话外的话或话里的话，论口气却只对着那一个"你"。这么着，一说你看，你我便从一群人里除外,单独地相对着。离群是可怕又可怜的,只要想想大野里的独行,黑夜里的独处就明白。你我既甘心离群,彼此便非难解难分不可;否则岂不要吃亏?难解难分就是亲昵;骨肉是亲昵,结交也是个亲昵,所以说只有长辈该称"你",只有太太和老朋友配称"你"。你我相称者,你我相亲而已。然而我们对家里当差老妈子也称"你",对街上的洋车夫也称"你",却不是一个味儿。古来以"尔汝"为轻贱之称;就指的这一类。但轻贱与亲昵有时候也难分,譬如叫孩子为"狗儿",叫情人为"心肝",明明将人比物,却正是亲昵之至。而长辈称晚辈为"你",也夹杂着这两种味道——那些亲谊疏远的称"你",有时候简直毫无亲昵的意思,只显得辈分高罢了。大概轻贱与亲昵有一点相同;就是,都可以随随便便,甚至于动手动脚。

生人相见不称"你"。通称是"先生",有带姓不带姓之分;不带姓好像来者是自己老师,特别客气,用得少些。北平人称"某爷""某几爷",如"冯爷""吴二爷",也是通称,可比"某先生"亲昵些。但不能单称"爷",与"先生"不同。"先生"原是老师,"爷"却是"父亲";尊人为师犹之可,尊人为父未免吃亏太甚。(听说前清的太监有称人为"爷"的时候,那是刑余之人,只算例外。)至于"老爷",多一个"老"字,就不会与父亲相混,所以仆役用以单称他的主人,旧式太太用以单称她的丈夫。女的通称"小姐""太太""师母",却都带姓;"太太""师母"更其如此。因为单称"太太",自己似乎就是老爷,单称"师母",自己似乎就是门生,所以非带姓不可。"太太"是北方的通称,南方人却嫌官僚气;"师母"是南方的通称,北方人却嫌头巾气。女人麻烦多,真是无法奈何。比"先生"亲近些是"某某先生""某某兄","某某"是号或名字;称"兄"取其仿佛一家人。再进一步就以号相称,同时也可称"你"。在正式的聚会里,有时候得称职衔,如"张部长""王经理";也可以不带姓,和"先生"一样;偶尔还得加上一个"贵"字,如"贵公使"。下属对上司也得称职衔。但像科员等小角色却不便称衔，只好屈居在"先生"一辈里。

仆役对主人称"老爷""太太"，或"先生""师母"；与同辈分别的，一律不带姓。他们在同一时期内大概只有一个老爷，太太，或先生，师母，是他们衣食的靠山；不带姓正所以表示只有这一对儿才是他们的主人。对于主人的客，却得一律带姓；即使主人的本家，也得带上号码儿，如"三老爷""五太太"。——大家庭用的人或两家合用的人例外。"先生"本可不带姓，"老爷"本是下对上的称呼，也常不带姓；女仆称"老爷"，虽和旧式太太称丈夫一样，但身份声调既然各别，也就不要紧。仆役称"师母"，决无门生之嫌，不怕尊敬过分；女仆称"太太"，毫无疑义，男仆称"太太"，与女仆称"老爷"同例。晚辈称长辈，有"爸爸""妈妈""伯伯""叔叔"等称。自家人和近亲不带姓，但有时候带号码儿；远亲和父执，母执，都带姓；干亲带"干"字，如"干娘"；父亲的盟兄弟，母亲的盟姊妹，有些人也以自家人论。

这种种称呼，按刘半农先生说，是"名词替代代词"，但也可说是他称替代对称。不称"你"而称"某先生"，是将分明对面的你变成一个别人；于是乎对你说的话，都不过是关于"他"的。这么着，你我间就有了适当的距离，彼此好提防着；生人间说话提防着些，没有错儿。再则一般人都可以称你"某先生"，我也跟着称"某先生"，正见得和他们一块儿，并没有单独挨近你身边去。所以"某先生"一来，就对面无你，旁边有人。这种替代法的效用，因所代的他称广狭而转移。譬如"某先生"，谁对谁都可称，用以代"你"，是十分"敬而远之"；又如"某部长"，只是僚属对同官与长官之称，"老爷"只是仆役对主人之称，敬意过于前者，远意却不及；至于"爸爸""妈妈"，只是弟兄姊妹对父母的称，不像前几个名字可以移用在别人身上，所以虽不用"你",还觉得亲昵,但敬远的意味总免不了有一些;在老人家前头要像在太太或老朋友前头那么自由自在,到底是办不到的。

北方话里有个"您"字,是"你"的尊称,不论亲疏贵贱全可用,方便之至。这个字比那拐弯抹角的替代法干脆多了,只是南方人听不进去,他们觉得和"你"也差不多少。这个字本是闭口音,指众数;"你们"两字就从此出。南方人多用"你们"代"你"。用众数表尊称,原是语言常例。指的既非一个,你旁边便仿佛还有些别人和你亲近的,与说话的相对着;说话的天然不敢侵犯你,也不敢妄想亲近你。这也还是个"敬而远之"。湖北人尊称人为"你家","家"字也表众数,如"人家""大家"可见。

此外还有个方便的法子,就是利用呼位,将他称与对称拉在一块儿。说话的时候先叫声"某先生"或别的,接着再说"你怎样怎样";这么着好像"你"字儿都是对你以外的"某先生"说的,你自己就不会觉得唐突了。这个办法上下一律通行。在上海,有些不三不四的人问路,常叫一声"朋友",再说"你";北平老妈子彼此说话,也常叫声"某姐",再"你"下去——她们觉得这么称呼倒比说"您"亲昵些。但若说"这是兄弟你的事""这是他爸爸你的责任""兄弟""你""他爸爸""你"简直连成一串儿,与用呼位的大不一样。这种口气只能用于亲近的人。第一例的他称意在加重全句的力量,表示虽与你亲如弟兄,这件事却得你自己办,不能推给别人。第二例因"他"而及"你",用他称意在提醒你的身份,也是加重那个句子;好像说你我虽亲近,这件事却该由做他爸爸的你,而不由做自己的朋友的你负责任;所以也不能推给别人。又有对称在前他称在后的;但除了"你先生""你老兄"还有敬远之意以外,别的如"你太太""你小姐""你张三","你这个人""你这家伙""你这位先生""你这该死的""你这没良心的东西",却都是些亲口埋怨或破口大骂的话。"你先生""你老兄"的"你"不重读，别的"你"都是重读的。"你张三"直呼姓名，好像听话的是个远哉遥遥的生人，因为只有毫无关系的人，才能直呼姓名；可是加上"你"字，却变了亲昵与轻贱两可之间。近指形容词"这"，加上量词"个"成为"这个"，都兼指人与物；说"这个人"和说"这个碟子"，一样地带些无视神气在指点着。加上"该死的""没良心的""家伙""东西"，无视的神气更足。只有"你这位先生"稍稍客气些；不但因为那"先生"，并且因为那量词"位"字。"位"指"地位"，用以称人，指那有某种地位的，就与常人有别。至于"你老""你老人家""老人家"是众数，"老"是敬辞——老人常受人尊重。但"你老"用得少些。

最后还有省去对称的办法，却并不如文法书里所说，只限于祈使语气，也不限于上辈对下辈的问语或答语，或熟人间偶然的问答语：如"去么""不去"之类。有人曾遇见一位颇有名望的省议会议长，随意谈天儿。那议长的说话老是这样的：

去过北京么？
在哪儿住？
觉得北京怎么样？
几时回来的？

始终没有用一个对称，也没有用一个呼位的他称，仿佛说到一个不知是谁的人。那听话的觉得自己没有了，只看见俨然的议长。可是偶然要敷衍一两句话，而忘了对面人的姓，单称"先生"又觉不值得的时候，这么办却也可以救眼前之急。

生人相见也不多称"我"。但是单称"我"只不过傲慢，仿佛有点儿瞧不起人，却没有那过分亲昵的味儿，与称你我的时候不一样。

所以自称比对称麻烦少些。若是不随便称"你""我"字尽可麻麻糊糊通用;不过要留心声调与姿态,别显出拍胸脯指鼻尖的神儿。若是还要谨慎些,在北京可以说"咱",说"俺",在南方可以说"我们";"咱"和"俺"原来也都是闭口音,与"我们"同是众数。自称用众数,表示听话的也在内,"我"说话,像是你和我或你我他联合宣言;这么着,我的责任就有人分担,谁也不能说我自以为是了。也有说"自己"的,如"只怪自己不好""自己没主意,怨谁!"但同样的句子用来指你我也成。至于说"我自己",那却是加重的语气,与这个不同。又有说"某人""某某人"的;如张三说:"他们老疑心这是某人做的,其实我一点也不知道。"

这个"某人"就是张三,但得随手用"我"字点明。若说"张某人岂是那样的人!"却容易明白。又有说"人""别人""人家""别人家"的;如,"这可叫人怎么办?""也不管人家死活。"指你我也成。这些都是用他称(单数与众数)替代自称,将自己说成别人;但都不是明确的替代,要靠上下文,加上声调姿态,才能显出作用,不像替代对称那样。而其中如"自己""某人",能替代"我"的时候也不多,可见自称在我的关系多,在人的关系少,老老实实用"我"字也无妨;所以历来并不十分费心思去找替代的名词。

演说称"兄弟""鄙人""个人"或自己名字,会议称"本席",也是他称替代自称,却一听就明白。因为这几个名词,除"兄弟"代"我",平常谈话里还偶然用得着之外,别的差不多都已成了向公众说话专用的自称。"兄弟""鄙人"全是谦词,"兄弟"亲昵些;"个人"就是"自己";称名字不带姓,好像对尊长说话。——称名字的还有仆役与幼儿。仆役称名字兼带姓,如"张顺不敢"。幼儿自称乳名,却因为自我观念还未十分发达,听见人家称自己乳名,也就如法炮制,可教大人听着乐,为的是"像煞有介事"。——"本席"指"本席的人",

原来也该是谦称;但以此自称的人往往有一种施施然的声调姿态,所以反觉得傲慢了。这大约是"本"字作怪,从"本总司令"到"本县长",虽也是以他称替代自称,可都是告诫下属的口气,意在显出自己的身份,让他们知所敬畏。这种自称用的机会却不多。对同辈也偶然有要自称职衔的时候,可不用"本"字而用"敝"字。但"司令"可"敝""县长"可"敝""人"却"敝"不得;"敝人"是凉薄之人,自己骂得未免太苦了些。同辈间也可用"本"字,是在开玩笑的当儿,如"本科员""本书记""本教员",取其气昂昂的,有俯视一切的样子。

他称比"我"更显得傲慢的还有;如"老子""咱老子""大爷我""我某几爷""我某某某"。老子本非同辈相称之词,虽然加上众数的"咱",似乎只是壮声威,并不为的分责任。"大爷""某几爷"也都是尊称,加在"我"上,是增加"我"的气焰的。对同辈自称姓名,表示自己完全是个无关系的陌生人;本不如此,偏取了如此态度,将听话的远远地推开去,再加上"我",更是神气。这些"我"字都是重读的。但除了"我某某某",那几个别的称呼大概是丘八流氓用得多。他称也有比"我"显得亲昵的。如对儿女自称"爸爸""妈",说"爸爸疼你""妈在这儿,别害怕"。对他们称"我"的太多了,对他们称"爸爸""妈"的却只有两个人,他们最亲昵的两个人。所以他们听起来,"爸爸""妈"比"我"鲜明得多。幼儿更是这样;他们既然还不甚懂得什么是"我",用"爸爸""妈"就更要鲜明些。听了这两个名字,不用捉摸,立刻知道是谁而得着安慰;特别在他们正专心一件事或者快要睡觉的时候。若加上"你",说"你爸爸""你妈",没有"我",只有"你的",让大些的孩子听了,亲昵的意味更多。对同辈自称"老某",如"老张",或"兄弟我",如"交给兄弟我办吧,没错儿",也是亲昵的口气。"老某"本是称人之词。单称姓,表示彼此非常之熟,一提到姓就会想起你,再不用别的;同姓的虽然无数,而提到这一姓,却偏偏只想起你。"老"字本是敬辞,但平常说笑惯了的人,忽然敬他一下,只是惊他以取乐罢了;姓上加"老"字,原来怕不过是个玩笑,正和"你老先生""你老人家"有时候用作滑稽的敬语一种。日子久了,不觉得,反变成"熟得很"的意思。于是自称"老张",就是"你熟得很的张",不用说,顶亲昵的。"我"在"兄弟"之下,指的是做兄弟的"我",当然比平常的"我"客气些;但既有他称,还用自称,特别着重那个"我",多少免不了自负的味儿。这个"我"字也是重读的。用"兄弟我"的也以江湖气的人为多。自称常可省去;或因叙述的方便,或因答语的方便,或因避免那傲慢的字。

"他"字也须因人而施,不能随便用。先得看"他"在不在旁边儿。还得看"他"与说话的和听话的关系如何——是长辈,同辈,晚辈,还是不相干的,不相识的?北平有个"怹"字,用以指在旁边的别人与不在旁边的尊长;别人既在旁边听着,用个敬词,自然合式些。这个字本来也是闭口音,与"您"字同是众数,是"他们"所从出。可是不常听见人说;常说的还是"某先生"。也有称职衔,行业,身份,行次,姓名号的。"他"和"你""我"情形不同,在旁边的还可指认,不在旁边的必得有个前词才明白。前词也不外乎这五样儿。职衔如"部长""经理"。行业如店主叫"掌柜的",手艺人叫"某师傅",是通称;做衣服的叫"裁缝",做饭的叫"厨子",是特称。身份如妻称夫为"六斤的爸爸",洋车夫称坐车人为"坐儿",主人称女仆为"张妈""李嫂"。——"妈""嫂""师傅"都是尊长之称,却用于既非尊长,又非同辈的人,也许称"张妈"是借用自己孩子们的口气,称"师傅"是借用他徒弟的口气,只有称"嫂"才是自己的口气,用意都是要亲昵些。借用别人口气表示亲昵的,如媳妇跟着他孩子称婆婆为"奶奶",自己矮下一辈儿;又如跟着熟朋友用同样的称呼称他亲戚,如"舅母""外婆"等,自己近走一步儿;只有"爸爸""妈",假借得极少。对于地位同的既可如此假借，对于地位低的当然更可随便些；反正谁也明白，这些不过说得好听罢了。——行次如称朋友或儿女用"老大""老二"；称男仆也常用"张二""李三"。称号在亲子间，夫妇间，朋友间最多，近亲与师长也常这么称。称姓名往往是不相干的人。有一回政府不让报上直称当局姓名，说应该称衔带姓，想来就是恨这个不相干的劲儿。又有指点似地说"这个人""那个人"的，本是疏远或轻贱之称。可是有时候不愿，不便，或不好意思说出一个人的身份或姓名，也用"那个人"；这里头却有很亲昵的，如要好的男人或女人，都可称"那个人"。至于"这东西""这家伙""那小子"，是更进一步；爱憎同辞，只看怎么说出。又有用泛称的，如"别怪人""别怪人家""一个人别太不知足""人到底是人"。但既是泛称，指你我也未尝不可。又有用虚称的，如"他说某人不好，某人不好"；"某人"虽确有其人，却不定是谁，而两个"某人"所指也非一人。还有"有人"就是"或人"。用这个称呼有四种意思：一是不知其人，如"听说有人译这本书"。二是知其人而不愿明言，如"有人说怎样怎样"，这个人许是个大人物，自己不愿举出他的名字，以免矜夸之嫌。这个人许是个不甚知名的角色，提起来听话的未必知道，乐得不提省事。又如"有人说你的闲话"，却大大不同。三是知其人而不屑明言，如"有人在一家报纸上骂我"。四是其人或他的关系人就在一旁，故意"使子闻之"；如，"有人不乐意，我知道。""我知道，有人恨我，我不怕。"——这么着简直是挑战的态度了。又有前词与"他"字连文的，如"你爸爸他辛苦了一辈子，真是何苦来？"是加重的语气。

　　亲近的及不在旁边的人才用"他"字；但这个字可带有指点的神儿，仿佛说到的就在眼前一样。自然有些古怪，在眼前的尽管用"您"或别的向远处推；不在的却又向近处拉。其实推是为说到的人听着痛快；他既在一旁，听话的当然看得亲切，口头上虽向远处推无妨。拉却是为听话人听着亲切,让他听而如见。因此"他"字虽指你我以外的别人,也有亲昵与轻贱两种情调,并不含含糊糊的"等量齐观"。最亲昵的"他",用不着前词;如流行甚广的"看见她"歌谣里的"她"字——一个多情多义的"她"字。这还是在眼前的。新婚少妇谈到不在眼前的丈夫,也往往没头没脑地说"他如何如何",一面还红着脸儿。但如"管他,你走你的好了""他——他只比死人多口气",就是轻贱的"他"了。不过这种轻贱的神儿若"他"不在一旁却只能从上下文看出;不像说"你"的时候永远可以从听话的一边直接看出。"他"字除人以外,也能用在别的生物及无生物身上;但只在孩子们的话里如此。指猫指狗用"他"是常事;指桌椅指树木也有用"他"的时候。譬如孩子让椅子绊了一跤,哇的哭了;大人可以将椅子打一下,说"别哭。是他不好。我打他"。孩子真会相信,回嗔作喜,甚至于也捏着小拳头帮着捶两下。孩子想着什么都是活的,所以随随便便地"他"呀"他"的,大人可就不成。大人说"他",十回九回指人;别的只称名字,或说"这个""那个""这东西""这件事""那种道理"。但也有例外,像"听他去吧""管他成不成,我就是这么办"。这种"他"有时候指事不指人。还有个"彼"字,口语里已废而不用,除了说"不分彼此""彼此都是一样"。这个"彼"字不是"他"而是与"这个"相对的"那个",已经在"人称"之外。"他"字不能省略,一省就与你我相混;只除了在直接的答语里。

　　代词的三称都可用名词替代,三称的单数都可用众数替代,作用是"敬而远之"。但三称还可互代;如"大难临头,不分你我""他们你看我,我看你,一句话不说""你""我"就是"彼""此"。又如"此公人弃我取""我"是"自己"。又如论别人,"其实你去不去与人无干,我们只是尽朋友之道罢了。""你"实指"他"而言。因为要说得活灵活现,才将三人间变为二人间,让听话的更觉得亲切些。意思既指别人,所以直呼"你""我",无需避忌。这都以自称对称替代他称。又如自己责备自己说:"咳,你真糊涂!"这是化一身为两人。又如批评别人,"凭你说干了嘴唇皮,他听你一句才怪!""你"就是"我",是让你设身处地替自己想。又如,"你只管不动声色地干下去,他们知道我怎么办?""我"就是"你";是自己设身处地替对面人想。这都是着急的口气:我的事要你设想,让你同情我;你的事我代设想,让你亲信我。可不一定亲昵,只在说话当时见得彼此十二分关切就是了。只有"他"字,却不能替代"你""我",因为那么着反把话说远了。

众数指的是一人与一人,一人与众人,或众人与众人,彼此间距离本远,避忌较少。但是也有分别;名词替代,还用得着。如"各位""诸位""诸位先生",都是"你们"的敬词;"各位"是逐指,虽非众数而作用相同。代词名词连文,也用得着。如"你们这些人""你们这班东西",轻重不一样,却都是责备的口吻。又如发牢骚的时候不说"我们"而说"这些人""我们这些人",表示多多少少,是与众不同的人。

但替代"我们"的名词似乎没有。又如不说"他们"而说"人家""那些位""这班东西""那班东西",或"他们这些人"。三称众数的对峙,不像单数那样明白的鼎足而三。"我们""你们""他们"相对的时候并不多;说"我们",常只与"你们""他们"二者之一相对着。这儿的"你们"包括"他们","他们"也包括"你们";所以说"我们"的时候,实在只有两边儿。所谓"你们",有时候不必全都对面,只是与对面的在某些点上相似的人;所谓"我们",也不一定全在身旁,只是与说话的在某些点上相似的人。所以"你们""我们"之中,都有"他们"在内。"他们"之近于"你们"的,就收编在"你们"里;"他们"之近于"我们"的,就收编在"我们"里;于是"他们"就没有了。"我们"与"你们"也有相似的时候,"我们"可以包括"你们""你们"

就没有了；只剩下"他们"和"我们"相对着。演说的时候，对听众可以说"你们"，也可以说"我们"。说"你们"显得自己高出他们之上，在教训着；说"我们"，自己就只在他们之中，在彼此勉励着。听众无疑地是愿意听"我们"的。只有"我们"，永远存在，不会让人家收编了去；因为没有"我们"，就没有了说话的人。"我们"包罗最广，可以指全人类，而与一切生物无生物对峙着。"你们""他们"都只能指人类的一部分；而"他们"除了特别情形，只能指不在眼前的人，所以更狭窄些。

北平自称的众数有"咱们""我们"两个。第一个发见这两个自称的分别的是赵元任先生。他在《阿丽思漫游奇境记》的凡例里说：

"咱们"是对他们说的，听话的人也在内的。

"我们"是对你们或他们说的，听话的人不在内的。

赵先生的意思也许说，"我们"是对你们或（你们和）他们说的。这么着"咱们"就收编了"你们""我们"就收编了"他们"——不能收编的时候，"我们"就与"你们""他们"成鼎足之势。这个分别并非必需，但有了也好玩儿；因为说"咱们"亲昵些，说"我们"疏远些，又多一个花样。北平还有个"俩"字，只能两个，"咱们俩""你们俩""他们俩"，无非显得两个人更亲昵些；不带"们"字也成。还有"大家"是同辈相称或上称下之词，可用在"我们""你们""他们"之下。单用是所有相关的人都在内；加"我们"拉得近些，加"你们"推得远些，加"他们"更远些。至于"诸位大家"，当然是个笑话。

代词三称的领位，也不能随随便便的。生人间还是得用替代，如称自己丈夫为"我们老爷"，称朋友夫人为"你们太太"，称别人父亲为"某先生的父亲"。但向来还有一种简便的尊称与谦称，如"令尊""令堂""尊夫人""令弟""令郎"，以及"家父""家母""内人""舍弟""小儿"等等。"令"字用得最广，不拘那一辈儿都加得上，"尊"字太重，用处就少,"家"字只用于长辈同辈,"舍"字,"小"字只用于晚辈。熟人也有用通称而省去领位的,如自称父母为"老人家",——长辈对晚辈说他父母,也这么称——称朋友家里人为"老太爷""老太太""太太""少爷""小姐";可是没有称人家丈夫为"老爷"或"先生"的,只能称"某先生""你们先生"。此外有称"老伯""伯母""尊夫人"的,为的亲昵些;所省去的却非"你的"而是"我的"。更熟的人可称"我父亲""我弟弟""你学生""你姑娘",却并不大用"的"字。"我的"往往只用于呼位:如"我的妈呀!""我的儿呀!""我的天呀!"被领位若不是人而是事物,却可随便些。"的"字还用于独用的领位,如"你的就是我的""去他的"。领位有了"的"字,显得特别亲昵似的。也许"的"字是齐齿音,听了觉得挨挤着,紧缩着,才有此感。平常领位,所领的若是人,而也用"的"字,就好像有些过火;"我的朋友"差不多成了一句嘲讽的话,一半怕就是为了那个"的"字。众数的领位也少用"的"字。其实真正众数的领位用的机会也少;用的大多是替代单数的。"我家""你家""他家"有时候也可当众数的领位用,如"你家孩子真懂事""你家厨子走了""我家运气不好"。北平还有一种特别称呼,也是关于自称领位的。譬如女的向人说:"你兄弟这样长那样短。""你兄弟"却是她丈夫;男的向人说:"你侄儿这样短,那样长。""你侄儿"却是他儿子。这也算对称替代自称,可是大规模的;用意可以说是"敬而近之"。因为"近",才直称"你"。被领位若是事物,领位除可用替代外,也有用"尊"字的,如"尊行"(行次),"尊寓",但少极;带滑稽味而上"尊"号的却多,如"尊口""尊须""尊靴""尊帽",等等。

外国的影响引我们抄近路,只用"你""我""他""我们""你们""他们",倒也是干脆的办法;好在声调姿态变化是无穷的。"他"分为三,在纸上也还有用,口头上却用不着;读"她"为"丨""它"或"牠"

为"ㄊㄜ",大可不必,也行不开去。"它"或"牠"用得也太洋味儿,真别扭,有些实在可用"这个""那个"。再说代词用得太多,好些重复是不必要的;而领位"的"字也用得太滥点儿。

1933 年 8 月 25 日作

第四辑　旅行杂记

　　远处是水天相接,一片茫茫。这里没有什么煤烟,天空干干净净;在温和的日光中,一切都像透明的。中国人到此,仿佛在江南的水乡;夏初从欧洲北部来的,在这儿还可看见清清楚楚的春天的背影。海水那么绿,那么酽,会带你到梦中去。

松堂游记

去年夏天,我们和S君夫妇在松堂住了三日。难得这三日的闲,我们约好了什么事不管,只玩儿,也带了两本书,却只是预备闲得真没办法时消消遣的。

出发的前夜,忽然雷雨大作。枕上颇为怅怅,难道天公这么不作美么!第二天清早,一看却是个大晴天。上了车,一路树木带着宿雨,绿得发亮,地下只有一些水塘,没有一点尘土,行人也不多。又静,又干净。

想着到还早呢,过了红山头不远,车却停下了。两扇大红门紧闭着,门额是国立清华大学西山牧场。拍了一会门,没人出来,我们正在没奈何,一个过路的孩子说这门上了锁,得走旁门。旁门上挂着牌子,"内有恶犬"。小时候最怕狗,有点越趄。门里有人出来,保护着进去,一面吆喝着汪汪的群犬,一面只是说,"不碍不碍"。

过了两道小门,真是豁然开朗,别有天地。一眼先是亭亭直上,又刚健又婀娜的白皮松。白皮松不算奇,多得好,你挤着我我挤着你也不算奇,疏得好,要像住宅的院子里,四角上各来上一棵,疏不是?谁爱看?这儿就是院子大得好,就是四方八面都来得好。中间便是松堂,原是一座石亭子改造的,这座亭子高大轩敞,对得起那四围的松树,大理石柱，大理石栏杆，都还好好的，白，滑，冷。白皮松没有多少影子，堂中明窗净几，坐下来清清楚楚觉得自己真太小，在这样高的屋顶下。树影子少，可不热，廊下端详那些松树灵秀的姿态，洁白的皮肤，隐隐的一丝儿凉意便袭上心头。

　　堂后一座假山，石头并不好，堆叠得还不算傻瓜。里头藏着个小洞，有神龛，石桌，石凳之类。可是外边看，不仔细看不出。得费点心去发现。假山上满可以爬过去，不顶容易，也不顶难。后山有座无梁殿，红墙，各色琉璃砖瓦，屋脊上三个瓶子，太阳里古艳照人。殿在半山，岿然独立，有俯视八极气象。天坛的无梁殿太小，南京灵谷寺的太黯淡，又都在平地上。山上还残留着些旧碉堡，是乾隆打金川时在西山练健锐云梯营用的，在阴雨天或斜阳中看最有味。又有座白玉石牌坊，和碧云寺塔院前那一座一般，不知怎样，前年春天倒下了，看着怪不好过的。

　　可惜我们来的还不是时候，晚饭后在廊下黑暗里等月亮，月亮老不上，我们什么都谈，又赌背诗词，有时也沉默一会儿。黑暗也有黑暗的好处，松树的长影子阴森森的有点像鬼物拿土。但是这么看的话，松堂的院子还差得远，白皮松也太秀气，我想起郭沫若君《夜步十里松原》那首诗，那才够阴森森的味儿——而且得独自一个人。好了，月亮上来了，却又让云遮去了一半，老远的躲在树缝里，像个乡下姑娘，羞答答的。从前人说："千呼万唤始出来，犹抱琵琶半遮面。"真有点儿！云越来越厚，由他罢，懒得去管了。可是想，若是一个秋夜，刮点西风也好。虽不是真松树，但那奔腾澎湃的"涛"声也该得听吧。

　　西风自然是不会来的。临睡时，我们在堂中点上了两三支洋蜡。怯怯的焰子让大屋顶压着，喘不出气来。我们隔着烛光彼此相看，也像蒙着一层烟雾。外面是连天漫地一片黑，海似的。只有远近几声犬吠，教我们知道还在人间世里。

（原载1935年5月15日《清华周刊》第43卷第1期）

重庆行记

这回暑假到成都看看家里人和一些朋友,路过陪都,停留了四日。每天真是东游西走,几乎车不停轮,脚不停步。重庆真忙,像我这个无事的过客,在那大热天里,也不由自主地好比在旋风里转,可见那忙的程度。这倒是现代生活现代都市该有的快拍子。忙中所见,自然有限,并且模糊而不真切。但是换了地方,换了眼界,自然总觉得新鲜些,这就乘兴记下了一点儿。

飞

我从昆明到重庆是飞的。人们总羡慕海阔天空,以为一片茫茫,无边无界,必然大有可观。因此以为坐海船坐飞机是"不亦快哉"。其实也未必然。晕船晕机之苦且不谈,就是不晕的人或不晕的时候,所见虽大,也未必可观。海洋上见的往往是一片汪洋,水,水,水。当然有浪,但是浪小了无可看,大了无法看——那时得躲进舱里去。船上看浪,远不如岸上,更不如高处。海洋里看浪,也不如江湖里,海洋里只是水,只是浪,显不出那大气力。江湖里有的是遮遮碍碍的,山哪,城哪,什么的,倒容易见出一股劲儿。"江间波浪兼天涌"为的是巫峡勒住了江水;"波撼岳阳城",得有那岳阳城,并且得在那岳阳城楼上看。

不错,海洋里可以看日出和日落,但是得有运气。日出和日落全靠云霞烘托才有意思。不然,一轮呆呆的日头简直是个大傻瓜!云霞烘托虽也常有,但往往淡淡的,懒懒的,那还是没意思。得浓,得变,一眨眼一个花样,层出不穷,才有看头。这是可遇而不可求的。平生只见过两回的落日,都在陆上,不在水里。水里看见的,日出也罢,日落也罢,只是些傻瓜而已。这种奇观若是有意为之,大概白费气力居多。有一次大家在衡山上看日出,起了个大清早等着。出来了,出来了,有些人跳着嚷着。那时一丝云彩没有,日光直射,教人睁不开眼,不知那些人看到了些什么,那么跳跳嚷嚷的,许是在自己催眠吧。自然,海洋上也有美丽的日落和日出,见于记载的也有,但是得有运气,而有运气的并不多。

赞叹海的文学,描摹海的艺术,创作者似乎是在船里的少,在岸上的多。海太大太单调,真正伟大的作家也许可以单刀直入,一般离了岸却掉不出枪花来,像变戏法的离开了道具一样。这些文学和艺术引起未曾航海的人许多幻想,也给予已经航海的人许多失望。天空跟海一样,也大也单调。日月星的、云霞的文学和艺术似乎不少,都是下之视上,说到整个儿天空的却不多。星空、夜空还见点儿,昼空除了"青天""明蓝的晴天"或"阴沉沉的天"一类词儿之外,好像再没有什么说的。但是初次坐飞机的人虽无多少文学艺术的背景帮助他的想象,却总还有那"天宽任鸟飞"的想象;加上别人的经验,上之视下,似乎不只是苍苍而已,也有那翻腾的云海,也有那平铺的锦绣。这就够揣摩的。

但是坐过飞机的人觉得也不过如此,云海飘飘拂拂地弥漫了上下四方,的确奇。可是高山上就可以看见;那可以是云海外看云海,似乎比飞机上云海中看云海还清切些。苏东坡说得好:"不识庐山真面目,只缘身在此山中。"飞机上看云,有时却只像一堆堆破碎的石头,虽也算得天上人间,可是我们还是愿看流云和停云,不愿看那死云,那荒原上的乱石堆。至于锦绣平铺,大概是有的,我却还未眼见。我只见那"亚洲第一大水扬子江"可怜得像条臭水沟似的。城市像地图模型,房屋像儿童玩具,也多少给人滑稽感。自己倒并不觉得怎样藐小,却只不明白自己是什么玩意儿。假如在海船里有时会觉得自己是傻子,在飞机上有时便会觉得自己是丑角吧。然而飞机快是真的,两点半钟,到重庆了,这倒真是个"不亦快哉"!

热

昆明虽然不见得四时皆春,可的确没有一般所谓夏天。今年直到七月初,晚上我还随时穿上衬绒袍。飞机在空中走,一直不觉得热,下了机过渡到岸上,太阳晒着,也还不觉得怎样热。在昆明听到重庆已经很热。记得两年前端午节在重庆一间屋里坐着,什么也不做,直出汗,那是一个时雨时晴的日子。想着一下机必然汗流浃背,可是过渡花了半点钟,满晒在太阳里,汗珠儿也没有沁出一个。后来知道前两天刚下了雨,天气的确清凉些,而感觉既远不如想象之甚,心里也的确清凉些。

滑竿沿着水边一线的泥路走,似乎随时可以滑下江去,然而毕竟上了坡。有一个坡很长,很宽,铺着大石板。来往的人很多,他们穿着各样的短衣,摇着各样的扇子,真够热闹的。片段的颜色和片段的动作混成一幅斑驳陆离的画面,像出于后期印象派之手。我赏识这幅画,可是好笑那些人,尤其是那些扇子。那些扇子似乎只是无所谓地机械地摇着,好像一些无事忙的人。当时我和那些人隔着一层扇子,和重庆也隔着一层扇子,也许是在滑竿儿上坐着,有人代为出力出汗,会那样心地清凉罢。

第二天上街一走，感觉果然不同，我分别了重庆的热了。扇子也买在手里了。穿着成套的西服在大太阳里等大汽车，等到了车，在车里挤着，实在受不住，只好脱了上装，摺起挂在膀子上。有一两回勉强穿起上装站在车里，头上脸上直流汗，手帕子简直揩抹不及，眉毛上、眼镜架上常有汗偷偷地滴下。这偷偷滴下的汗最教人担心，担心它会滴在面前坐着的太太小姐的衣服上、头脸上，就不是太太小姐，而是绅士先生，也够那个的。再说若碰到那脾气躁的人，更是吃不了兜着走。曾在北平一家戏园里见某甲无意中碰翻了一碗茶，泼些在某乙的竹布长衫上，某甲直说好话，某乙却一声不响地拿起茶壶向某甲身上倒下去。碰到这种人，怕会大闹街车，而且是越闹越热，越热越闹，非到宪兵出面不止。

话虽如此，幸而倒没有出什么岔儿，不过为什么偏要白白地将上装挂在膀子上，甚至还要勉强穿上呢？大概是为的绷一手儿罢。在重庆人看来，这一手其实可笑，他们的夏威夷短裤儿照样绷得起，何必要多出汗呢？这儿重庆人和我到底还隔着一个心眼儿。再就说防空洞罢，重庆的防空洞，真是大大有名，死心眼儿地以为防空洞只能防空，想不到也能防热的，我看沿街的防空洞大半开着，洞口横七竖八地安些床铺、马札子、椅子、凳子，横七竖八地坐着、躺着各样衣着的男人、女人。在街心里走过，瞧着那懒散的样子，未免有点儿烦气。这自然是死心眼儿，但是多出汗又好烦气，我似乎倒比重庆人更感到重庆的热了。

行

衣食住行，为什么却从行说起呢？我是行客，写的是行记，自然以为行第一。到了重庆，得办事，得看人，非行不可，若是老在屋里坐着，压根儿我就不会上重庆来了。再说昆明市区小，可以走路；反正住在那儿，这回办不完的事，还可以留着下回办，不妨从从容容的，十分忙或十分懒的时候，才偶尔坐回黄包车、马车或公共汽车。来到重庆可不能这么办，路远、天热、日子少、事情多，只靠两腿怎么也办不了。况这儿的车又相宜、又方便，又何乐而不坐坐呢？

前几年到重庆，似乎坐滑竿最多，其次黄包车，其次才是公共汽车。那时重庆的朋友常劝我坐滑竿，因为重庆东到西长，有一圈儿马路，南到北短，中间却隔着无数层坡儿。滑竿可以爬坡，黄包车只能走马路，往往要兜大圈子。至于公共汽车，常常挤得水泄不通，半路要上下，得费出九牛二虎之力，所以那时我总是起点上终点下的多，回数自然就少。坐滑竿上下坡，一是脚朝天，一是头冲地，有些惊人，但不要紧，滑竿夫倒把得稳。从前黄包车下打铜街那个坡，却真有惊人的招儿，车夫身子向后微仰，两手紧压着车把，不拉车而让车子推着走，脚底下不由自主地忽紧忽慢，看去有时好像不点地似的，但是一个不小心，压不住车把，车子会翻过去，那时真的是脚不点地了，这够险的。所以后来黄包车禁止走那条街，滑竿现在也限制了，只准上坡时坐。可是公共汽车却大进步了。

这回坐公共汽车最多，滑竿最少。重庆的公用汽车分三类，一是特别快车，只停几个大站，一律廿五元，从哪儿坐到哪儿都一样，有些人常拣那候车人少的站口上车，兜个圈子回到原处，再向目的地坐；这样还比走路省时省力，比雇车省时省力省钱。二是专车，只来往政府区的上清寺和商业区的都邮街之间，也只停大站，廿五元。三是公共汽车，站口多，这回没有坐，好像一律十五元，这种车比较慢，行客要的是快，所以我没有坐。慢固然因停得多，更因为等得久。重庆汽车，现在很有秩序了，大家自动地排成单行，依次而进，座位满人，卖票人便宣布还可以挤几个，意思是还可以"站"几个。这时愿意站的可以上前去，不妨越次，但是还得一个跟一个"挤"满了，卖票宣布停止，叫等下次车，便关门吹哨子走了。公共汽车站多价贱，排班老是很长，在腰站上，一次车又往往上不了几个，因此一等就是二三十分钟，行客自然不能那么耐着性儿。

衣

二十七年春初过桂林，看见满街都是穿灰布制服的，长衫极少，女子也只穿灰衣和裙子。那种整齐、利落、朴素的精神，叫人肃然起敬；这是有训练的公众。后来听说外面人去得多了，长衫又多起来了。国民革命以来，中山服渐渐流行，短衣日见其多，抗战后更其盛行。从前看不起军人，看不惯洋人，短衣不愿穿，只有女人才穿两截衣，哪有堂堂男子汉去穿两截衣的。可是时世不同了，男子倒以短装为主，女子反而穿一截衣了。桂林长衫增多，增多的大概是些旧长衫，只算是回光返照。可是这两三年各处却有不少的新长衫出现，这是因为公家发的平价布不能做短服，只能做长衫，是个将就局儿。相信战后材料方便，还要回到短装的，这也是一种现代化。

四川民众苦于多年的省内混战，对于兵字深恶痛绝，特别称为"二尺五"和"棒客"，列为一等人。我们向来有"短衣帮"的名目，是泛指，"二尺五"却是特指，可都是看不起短衣。四川似乎特别看重长衫，乡下人赶场或入市，往往头缠白布，脚蹬草鞋，身上却穿着青布长衫。是粗布，有时很长，又常东补一块，西补一块的，可不含糊是长衫。也许向来是天府之国，衣食足而后知礼义，便特别讲究仪表，至今还留着些流风余韵罢？然而城市中人却早就在赶时髦改短装了。短装原是洋派，但是不必遗憾，赵武灵王不是改了短装强兵强国么？短装至少有好些方便的地方：夏天穿个衬衫短裤就可以大模大样地在街上走，长衫就似乎不成。只有广东天热，又不像四川在意小节，短衫裤可以行街。可是所谓短衫裤原是长裤短衫，广东的短衫又很长，所以还行得通，不过好像不及衬衫短裤的派头。

不过衬衫短裤似乎到底是便装，记得北平有个大学开教授会，有一位教授穿衬衫出入，居然就有人提出风纪问题来。三年前的夏季，在重庆我就见到有穿衬衫赴宴的了，这是一位中年的中级公务员，而那宴会是很正式的，座中还有位老年的参政员。可是那晚的确热，主人自己脱了上装，又请客人宽衣，于是短衫和衬衫围着圆桌子，大家也就一样了。西服的客人大概搭着上装来，到门口穿上，到屋里经主人一声"宽衣"，便又脱下，告辞时还是搭着走。其实真是多此一举，那么热还绷个什么呢？不如衬衫入座倒干脆些。可是中装的却得穿着长衫来去，只在室内才能脱下。西服客人累累赘赘带着上装，倒可以陪他们受点儿小罪，叫他们不至于因为这点不平而对于世道人心长吁短叹。

战时一切从简，衬衫赴宴正是"从简"。"从简"提高了便装的地位，于是乎造成了短便装的风气。先有皮茄克，春秋冬三季（在昆明是四季），大街上到处都见，黄的、黑的、拉链的、扣钮的、收底的、不收底边的、花样繁多。穿的人青年中年不分彼此，只除了六十以上的老头儿。从前穿的人多少带些个"洋"关系，现在不然，我曾在昆明乡下见过一个种地的，穿的正是这皮茄克，虽然旧些。不过还是司机穿得最早，这成了司机文化一个重要项目。皮茄克更是哪儿都可去，昆明我的一位教授朋友，就穿着一件老皮茄克教书、演讲、赴宴、参加典礼；到重庆开会，差不多是皮茄克为记。这位教授穿皮茄克，似乎在学晏子穿狐裘，三十年就靠那一件衣服，他是不是赶时髦，我不能冤枉人，然而皮茄克上了运是真的。

再就是我要说的这两年至少在重庆风行的夏威夷衬衫，简称夏威夷衫，最简称夏威衣。这种衬衫创自夏威夷，就是檀香山，原是一种土风。夏威夷岛在热带，译名虽从音，似乎也兼义。夏威夷衣自然只宜于热天，只宜于有"夏威"的地方，如中国的重庆等。重庆流行夏威衣却似乎只是近一两年的事。去年夏天一位朋友从重庆回到昆明，说是曾看见某首长穿着这种衣服在别墅的路上散步，虽然在黄昏时分，我的这位书生朋友总觉得不大像样子。今年我却看见满街都是的，这就是所谓上行下效罢？

夏威衣翻领像西服的上装，对襟面袖，前后等长，不收底边，不开衩儿，比衬衫短些。除了翻领，简直跟中国的短衫或小衫一般无二。但短衫穿不上街，夏威衣即可堂哉皇哉在重庆市中走来走去。那翻领是具体而微的西服，不缺少洋味，至于凉快，也是有的。夏威衣的确比衬衫通风；而看起来飘飘然，心上也爽利。重庆的夏威衣五光十色，好像白绸子黄咔叽居多，土布也有，绸的便更见其飘飘然，配长裤的好像比配短裤的多一些。在人行道上有时通过持续来了三五件夏威衣，一阵飘过去似的，倒也别有风味，参差零落就差点劲儿。夏威衣在重庆似乎比皮茄克还普遍些，因为便宜得多，但不知也会像皮茄克那样上品否。到了成都时，宴会上遇见一位上海新来的青年衬衫短裤入门，却不喜欢夏威衣（他说上海也有），说是无礼貌。这可是在成都、重庆人大概不会这样想吧？

1944年9月7日作

（原载1944年9月10日、17日、23日、10月1日昆明）

蒙自杂记

我在蒙自住过五个月,我的家也在那里住过两个月。我现在常常想起这个地方,特别是在人事繁忙的时候。

蒙自小得好,人少得好。看惯了大城的人,见了蒙自的城圈儿会觉得像玩具似的,正像坐惯了普通火车的人,乍踏上个碧石小火车,会觉得像玩具似的一样。但是住下来,就渐渐觉得有意思。城里只有一条大街,不消几趟就走熟了。书店、文具店、点心店、电筒店,差不多闭了眼可以找到门儿。城外的名胜去处,南湖、湖里的崧岛、军山、三山公园,一下午便可走遍,怪省力的。不论城里城外,在路上走,有时候会看不见一个人。整个儿天地仿佛是自己的;自我扩展到无穷远,无穷大。这教我想起了台州和白马湖,在那两处住的时候,也有这种静味。

大街上有一家卖糖粥的,带着卖煎粑粑。桌子凳子乃至碗匙等都很干净,又便宜,我们联大师生照顾得特别多。掌柜是个四川人,姓雷,白发苍苍。他脸上常挂着微笑,却并不是巴结顾客的样儿。他爱点古玩什么的,每张桌子上,竹器瓷器占着一半儿;糖粥和粑粑便摆在这些桌子上吃。他家里还藏着些"精品",高兴的时候,会特地去拿来请顾客赏玩一番。老头儿有个老伴儿,带一个伙计,就这么活着,倒也自得其乐。我们管这个铺子叫"雷稀饭",管那掌柜的也叫这名儿;

他的人缘儿是很好的。

城里最可注意的是人家的门对儿。这里许多门对儿都切合着人家的姓。别地方固然也有这么办的，但没有这里的多。散步的时候边看边猜，倒很有意思。但是最多的是抗战的门对儿。昆明也有，不过按比例说，怕不及蒙自的多；多了，就造成一种氛围气，叫在街上走的人不忘记这个时代的这个国家。这似乎也算利用旧形式宣传抗战建国，是值得鼓励的。眼前旧历年就到了，这种抗战春联，大可提倡一下。

蒙自的正式宣传工作，除党部的标语外，教育局的努力，也值得记载。他们将一座旧戏台改为演讲台，又每天张贴油印的广播消息。这都是有益民众的。他们的经费不多，能够逐步做去，是很有希望的。他们又帮忙北大的学生办了一所民众夜校。报名的非常踊跃，但因为教师和座位的关系，只收了二百人。夜校办了两三个月，学生颇认真，成绩相当可观。那时蒙自的联大要搬到昆明来，便只得停了。教育局长向我表示很可惜；看他的态度，他说的是真心话。蒙自的民众相当地乐意接受宣传。联大的学生曾经来过一次灭蝇运动。四五月间蒙自苍蝇真多。有一位朋友在街上笑了一下，一张口便飞进一个去。灭蝇运动之后，街上许多食物铺子，备了冷布罩子，虽然简陋，不能不说是进步。铺子的人常和我们说："这是你们来了之后才有的呀。"可见他们是很虚心的。

蒙自有个火把节，四乡是在阴历六月二十四晚上，城里是二十五晚上。那晚上城里人家都在门口烧着芦秆或树枝，一处处一堆堆熊熊的火光，围着些男男女女大人小孩；孩子们手里更提着烂布浸油的火球儿晃来晃去的，跳着叫着，冷静的城顿然热闹起来。这火是光，是热，是力量，是青年。四乡地方空阔，都用一棵棵小树烧；想象着一片茫茫的大黑暗里涌起一团团的热火，光景够雄伟的。四乡那些夷人，该更享受这个节，他们该更热烈地跳着叫着罢。这也许是个被除节，但暗示着生活力的伟大,是个有意义的风俗;在这抗战时期,需要鼓舞精神的时期,它的意义更是深厚。

南湖在冬春两季水很少,有一半简直干得不剩一点二滴儿。但到了夏季,涨得溶溶滟滟的,真是返老还童一般。湖堤上种了成行的由加利树;高而直的干子,不差什么也有"参天"之势。细而长的叶子,像惯于拂水的垂杨,我一站到堤上禁不住想到北平的什刹海。再加上崧岛那一带田田的荷叶、亭亭的荷花,更像什刹海了。崧岛是个好地方,但我看还不如三山公园曲折幽静。这里只有三个小土堆儿,几个朴素小亭儿。可是回旋起伏,树木掩映,这儿那儿更点缀着一些石桌石墩之类;看上去也罢,走起来也罢,都让人有点余味可以咀嚼似的。这不能不感谢那位李崧军长。南湖上的路都是他的军士筑的,崧岛和军山也是他重新修整的;而这个小小的公园,更见出他的匠心。这一带他写的匾额很多。他自然不是书家,不过笔势瘦硬,颇有些英气。

联大租借了海关和东方汇理银行旧址,是蒙自最好的地方。海关里高大的由加利树,和一片软软的绿草是主要的调子,进了门不但心胸一宽,而且周身觉得润润的。树头上好些白鹭,和北平太庙里的"灰鹤"是一类,北方叫作"老等"。那洁白的羽毛,那伶俐的姿态,耐人看,一清早看尤好。在一个角落里有一条灌木林的甬道,夜里月光从叶缝里筛下来,该是顶有趣的。另一个角落长着些芒果树和木瓜树,可惜太阳力量不够,果实结得不肥,但沾着点热带味,也叫人高兴。银行里花多,遍地的颜色,随时都有,不寂寞。最艳丽的要数叶子花。花是浊浓的紫,脉络分明活像叶,一丛丛的,一片片的,真是"浓得化不开"。花开的时候真久。我们四月里去,它就开了,八月里走,它还没谢呢。

1939年2月5—6日作

(原载1939年4月30日《新云南》第3期)

初到清华记

从前在北平读书的时候，老在城圈儿里待着。四年中虽也游过三五回西山，却从没来过清华；说起清华，只觉得很远很远而已。那时也不认识清华人，有一回北大和清华学生在青年会举行英语辩论，我也去听。清华的英语确是流利得多，他们胜了。那回的题目和内容，已忘记干净；只记得复辩时，清华那位领袖很神气，引着孔子的什么话。北大答辩时，开头就用了 furiously 一个字叙述这位领袖的态度。这个字也许太过，但也道着一点儿。那天清华学生是坐大汽车进城的，车便停在青年会前头；那时大汽车还很少。那是冬末春初，天很冷。一位清华学生在屋里只穿单大褂，将出门却套上厚厚的皮大氅。这种"行"和"衣"的路数，在当时却透着一股标劲儿。

初来清华，在十四年夏天。刚从南方来北平，住在朝阳门边一个朋友家。那时教务长是张仲述先生，我们没见面。我写信给他，约定第三天上午去看他。写信时也和那位朋友商量过，十点赶得到清华么，从朝阳门哪儿？他那时已经来过一次，但似乎只记得"长林碧草"，——他写到南方给我的信这么说——说不出路上究竟要多少时候。他劝我八点动身，雇洋车直到西直门换车，免得老等电车，又换来换去的，耽误事。那时西直门到清华只有洋车直达；后来知道也可以搭香山汽车到海甸再乘洋车,但那是后来的事了。

　　第三天到了,不知是起得晚了些还是别的,跨出朋友家,已经九点挂零。心里不免有点儿急,车夫走的也特别慢似的。到西直门换了车。据车夫说本有条小路,雨后积水,不通了;那只得由正道了。刚出城一段儿还认识,因为也是去万生园的路;以后就茫然。到黄庄的时候,瞧着些屋子,以为一定是海甸了;心里想清华也就快到了吧,自己安慰着。快到真的海甸时,问车夫,"到了吧?""没哪。这是海——甸。"这一下更茫然了。海甸这么难到,清华要何年何月呢?而车夫说饿了,非得买点儿吃的。吃吧,反正豁出去了。这一吃又是十来分钟。说还有三里多路呢。那时没有燕京大学,路上没什么看的,只有远处淡淡的西山——那天没有太阳——略略可解闷儿。好容易过了红桥,喇嘛庙,渐渐看见两行高柳,像穹门一般。什刹海的垂杨虽好,但没有这么多这么深,那时路上只有我一辆车,大有长驱直入的神气。柳树前一面牌子,写着"入校车马缓行";这才真到了,心里想,可是大门还够远的,不用说西院门又骗了我一次,又是六七分钟,才真真到了。坐在张先生客厅里一看钟,十二点还欠十五分。

　　张先生住在乙所,得走过那"长林碧草",那浓绿真可醉人。张先生客厅里挂着一副有正书局印的邓完白隶书长联。我有一个会写字的同学,他喜欢邓完白,他也有这一副对联;所以我这时如见故人一般。张先生出来了。他比我高得多,脸也比我长得多,一眼看出是个顶能干的人。我向他道歉来得太晚,他也向我道歉,说刚好有个约会,不能留我吃饭。谈了不大工夫,十二点过了,我告辞。到门口,原车还在,坐着回北平吃饭去。过了一两天,我就搬行李来了。这回却坐了火车,是从环城铁路朝阳门站上车的。

　　以后城内城外来往的多了,得着一个诀窍;就是在西直门一上洋车,且别想"到"清华,不想着不想着也就到了。——香山汽车也搭过一两次,可真够瞧的,两条腿有时候简直无放处,恨不得不是自己的。有一回,在海甸下了汽车,在现在"西园"后面那个小饭馆里,拣了临街一张四方桌,坐在长凳上,要一碟苜蓿肉,两张家常饼,二两白玫瑰,吃着喝着,也怪有意思;而且还在那桌上写了《我的南方》一首歪诗。那时海甸到清华一路常有穷女人或孩子跟着车要钱。他们除"您修好"等等常用语句外,有时会说"您将来做校长",这是别处听不见的。

1936年4月18日作

(原载1936年《清华周刊》副刊第44卷第3期)

海行杂记

这回从北京南归,在天津搭了通州轮船,便是去年曾被盗劫的。盗劫的事,似乎已很渺茫;所怕者船上的肮脏,实在令人不堪耳。这是英国公司的船;这样的肮脏似乎尽够玷污了英国国旗的颜色。但英国人说:这有什么呢?船原是给中国人乘的,肮脏是中国人的自由,英国人管得着!英国人要乘船,会去坐在大菜间里,那边看看是什么样子?那边,官舱以下的中国客人是不许上去的,所以就好了。是的,这不怪同船的几个朋友要骂这只船是"帝国主义"的船了。"帝国主义的船"!我们到底受了些什么"压迫"呢?有的,有的!

我现在且说茶房吧。

我若有常常恨着的人,那一定是宁波的茶房了。他们的地盘,一是轮船,二是旅馆。他们的团结,是宗法社会而兼梁山泊式的;所以未可轻侮,正和别的"宁波帮"一样。他们的职务本是照料旅客;但事实正好相反,旅客从他们得着的只是侮辱、恫吓与欺骗罢了。中国原有"行路难"之叹,那是因交通不便的缘故;但在现在便利的交通之下,即老于行旅的人,也还时时发出这种叹声,这又为什么呢?茶房与码头工人之艰于应付,我想比仅仅的交通不便,有时更显其"难"吧!所以从前的"行路难"是唯物的;现在的却是唯心的。这固然与社会的一般秩序及道德观念多少有关系，不能全由当事人负责任；但当事人的"性格恶"实也占着一个重要的地位的。

我是乘船既多，受侮不少，所以姑说轮船里的茶房。你去定舱位的时候，若遇着乘客不多，茶房也许会冷脸相迎；若乘客拥挤，你可就倒霉了。他们或者别转脸，不来理你；或者用一两句比刀子还尖的话，打发你走路——譬如说："等下趟吧。"他说得如此轻松，凭你急死了也不管。大约行旅的人总有些异常，脸上总有一副着急的神气。他们是以逸待劳的，乐得和你开开玩笑，所以一切反应总是懒懒的，冷冷的；你愈急，他们便愈乐了。他们于你也并无仇恨，只想玩弄玩弄，寻寻开心罢了，正和太太们玩弄叭儿狗一样。所以你记着：上船定舱位的时候，千万别先高声呼唤茶房。你不是急于要找他们说话么？但是他们先得训你一顿，虽然只是低低地自言自语："啥事体啦？哇啦哇啦的！"接着才响声说："噢，来哉，啥事体啦？"你还得记着：你的话说得愈慢愈好，愈低愈好；不要太客气，也不要太不客气。这样你便是门槛里的人，便是内行；他们固然不见得欢迎你，但也不会玩弄你了。只冷脸和你简单说话；要知道这已算承蒙青眼，应该受宠若惊的了。

定好了舱位，你下船是愈迟愈好；自然，不能过了开船的时候。最好开船前两小时或一小时到船上，那便显得你是一个有"涵养工夫"的，非急莘莘的"阿木林"可比了。而且茶房也得上岸去办他自己的事，去早了倒绊住了他；他虽然可托同伴代为招呼，但总之麻烦了。为了客人而麻烦，在他们是不值得，在客人是不必要；所以客人便只好受"阿木林"的待遇了。有时船于明早十时开行，你今晚十点上去，以为晚上总该合适；但也不然。晚上他们要打牌，你去了足以扰乱他们的清兴；他们必也恨恨不平的。这其间有一种"分"，一种默喻的"规矩"，有一种"门槛经"，你得先做若干次"阿木林"，才能应付得"恰到好处"呢。

开船以后,你以为茶房闲了,不妨多呼唤几回。你若真这样做时,又该受教训了。茶房日里要谈天,料理私货;晚上要抽大烟,打牌,那有闲工夫来伺候你!他们早上给你舀一盆脸水,日里给你开饭,饭后给你拧手巾;还有上船时给你摊开铺盖,下船时给你打起铺盖:好了,这已经多了,这已经够了。此外若有特别的事要他们做时,那只算是额外效劳。你得自己走出舱门,慢慢地叫着茶房,慢慢地和他说,他也会照你所说的做,而不加损害于你。最好是预先打听了两个茶房的名字,到这时候悠然叫着,那是更其有效的。但要叫得大方,仿佛很熟悉的样子,不可有一点讷讷。叫名字所以更其有效者,被叫者觉得你有意和他亲近(结果酒资不会少给),而别的茶房或竟以为你与这被叫者本是熟悉的,因而有了相当的敬意;所以你第二次第三次叫时,别人往往会帮着你叫的。但你也只能偶尔叫他们;若常常麻烦,他们将发现,你到底是"阿木林"而冒充内行,他们将立刻改变对你的态度了。至于有些人睡在铺上高声朗诵地叫着"茶房"的,那确似乎搭足了架子;在茶房眼中,其为"阿"字号无疑了。他们于是忿然地答应:"啥事体啦?哇啦啦!"但走来倒也会走来的。你若再多叫两声,他们又会说:"啥事体啦?茶房当山歌唱!"除非你真麻木,或真生了气,你大概总不愿再叫他们了吧。

"子入太庙,每事问",至今传为美谈。但你入轮船,最好每事不必问。茶房之怕麻烦,之懒惰,是他们的特征;你问他们,他们或说不晓得,或故意和你开开玩笑,好在他们对客人们,除行李外,一切是不负责任的。大概客人们最普遍的问题,"明天可以到吧?""下午可以到吧?"一类。他们或随便答复,或说"慢慢来好,总会到的",或简单地说"早呢",总是不得要领的居多。他们的话常常变化,使你不能确信;不确信自然不问了。他们所要的正是耳根清净呀。

茶房在轮船里,总是盘踞在所谓"大菜间"的吃饭间里。他们常常围着桌子闲谈,客人也可插进一两个去。但客人若是坐满了,使他们无处可坐,他们便恨恨了;若在晚上,他们老实不客气将电灯灭了,让你们暗中摸索去吧。所以这吃饭间里的桌子竟像他们专利的。当他们围桌而坐,有几个固然有话可谈;有几个却连话也没有,只默默坐着,或者在打牌。我似乎为他们觉着无聊,但他们也就这样过去了。他们的脸上充满了倦怠、嘲讽、麻木的气氛,仿佛下工夫练就了似的。最可怕的就是这满脸:所谓"施施然拒人于千里之外"者,便是这种脸了。晚上映着电灯光,多少遮过了那灰滞的颜色;他们也开始有了些生气。他们搭了铺抽大烟,或者拖开桌子打牌。他们抽了大烟,渐有笑语;他们打牌,往往通宵达旦——牌声、争论声充满那小小的"大菜间"里。客人们,尤其是抱了病,可睡不着了;但于他们有什么相干呢?活该你们洗耳恭听呀!他们也有不抽大烟、不打牌的,便搬出香烟画片来一张张细细赏玩:这却是"雅人深致"了。

  我说过茶房的团结是宗法社会而兼梁山泊式的,但他们中间仍不免时有战氛。浓郁的战氛在船里是见不着的;船里所见,只是轻微淡远的罢了。"唯口出好兴戎",茶房的口,似乎很值得注意。他们的口,一例是练得极其尖刻的;一面自然也是地方性使然。他们大约是"宁可输在腿上,不肯输在嘴上"。所以即使是同伴之间,往往因为一句有意的或无意的,不相干的话,动了真气,抢眉竖目地恨恨半天而不已。这时脸上全失了平时冷静的颜色,而换上热烈的狰狞了。但也终于只是口头"恨恨"而已,真个拨拳来打、举脚来踢的,倒也似乎没有。语云:"君子动口,小人动手。"茶房们虽有所争斗,殆仍不失为君子之道也。有人说,"这正是南方人之所以为南方人",我想,这话也有理。茶房之于客人,虽也"不肯输在嘴上",但全是玩弄的态度,动真气的似乎很少;而且你愈动真气,他倒愈可以玩弄你。这大约因为对于客人,是以他们的团体为靠山的;客人总是孤单的多,他们"倚众欺"起来,不怕你不就范的:所以用不着动真气。而且万一吃了客人的亏,那也必是许多同伴陪着他同吃的,不是一个人失了面子;又何必动真气呢?怼实说来,客人要他们动真气,还不够资格哪!至于他们同伴间的争执,那才是切身的利害,而且单枪匹马做去,毫无可恃的现成的力量;所以便是小题,也不得不大做了。

茶房若有向客人微笑的时候,那必是收酒资的几分钟了。酒资的数目照理虽无一定,但却有不成文的谱。你按着谱斟酌给与,虽也不能得着一声"谢谢",但言语的压迫是不会来的了。你若给得太少,离谱太远,他们会始而嘲你,继而骂你,你还得加钱给他们;其实既受了骂,大可以不加的了,但事实上大多数受骂的客人,慑于他们的威势,总是加给他们的。加了以后,还得听许多唠叨才罢。有一回,和我同船的一个学生,本该给一元钱的酒资的,他只给了小洋四角。茶房狠狠力争,终不得要领,于是说"你好带回去做车钱吧",将钱向铺上一撂,忿然而去。那学生后来终于添了一些钱重交给他;他这才默然拿走,面孔仍是板板的,若有所不屑然。付了酒资,便该打铺盖了;这时仍是要慢慢来的,一急还是要受教训,虽然你已给过酒资了。铺盖打好以后,茶房的压迫才算是完了,你再预备受码头工人和旅馆茶房的压迫吧。

我原是声明了叙述通州轮船中事的,但却做了一首"诅茶房文";在这里,我似乎有些自己矛盾。不,"天下老鸦一般黑",我们若很谨慎地将这句话只用在各轮船里的宁波茶房身上,我想是不会悖谬的。所以我虽就一般立说,通州轮船的茶房却已包括在内;特别指明与否,是无关重要的。

1926 年 7 月,白马湖

旅行杂记

这次中华教育改进社在南京开第三届年会,我也想观观光;故"不远千里"的从浙江赶到上海,决于七月二日附赴会诸公的车尾而行。

一　殷勤的招待

七月二日正是浙江与上海的社员乘车赴会的日子。在上海这样大车站里,多了几十个改进社社员,原也不一定能够显出什么异样;但我却觉得确乎是不同了,"一时之盛"的光景,在车站的一角上,是显然可见的。这是在茶点室的左边;那里丛着一群人,正在向两位特派的招待员接洽。壁上贴着一张黄色的磅纸,写着龙蛇飞舞的字:"二等四元Ａ,三等二元Ａ。"两位招待员开始执行职务了;这时已是六点四十分,离开车还有二十分钟了。招待员所应做的第一大事,自然是买车票。买车票是大家都会的,买半票却非由他们二位来"优待"一下不可。"优待"可真不是容易的事!他们实行"优待"的时候,要向每个人取名片,票价——还得找钱。他们往还于茶点室和售票处之间,少说些,足有二十次!他们手里是拿着一叠名片和钞票洋钱;眼睛总是张望着前面,仿佛遗失了什么,急急寻觅一样;面部筋肉平板地紧张着;手和足的运动都像不是他们自己的。好容易费了二虎之力,居然买了几张票，凭着名片分发了。每次分发时，各位候补人都一拥而上。等到得不着票子，便不免有了三三两两的怨声了。那两位招待员买票事大，却也顾不得这些。可是钟走得真快，不觉七点还欠五分了。这时票子还有许多人没买着，大家都着急；而招待员竟不出来！有的人急忙寻着他们，情愿取回了钱，自买全票；有的向他们顿足舞手的责备着。他们却只是忙着照名片退钱，一言不发。——真好性儿！于是大家三步并作两步，自己去买票子；这一挤非同小可！我除照付票价外，还出了一身大汗，才弄到一张三等车票。这时候对两位招待员的怨声真载道了："这样的饭桶！""真饭桶！""早做什么事的？""六点钟就来了，还是自己买票，冤不冤！"我猜想这时候两位招待员的耳朵该有些儿热了。其实我倒能原谅他们，无论招待的成绩如何，他们的眼睛和腿总算忙得可以了，这也总算是殷勤了；他们也可以对得起改进社了，改进社也可以对得起他们的社员了。——上车后，车就开了；有人问："两个饭桶来了没有？""没有吧！"车是开了。

二 "躬逢其盛"

七月二日的晚上，花了约莫一点钟的时间，才在大会注册组买了一张旁听的标识。这个标识很不漂亮，但颇有实用。七月三日早晨的年会开幕大典，我得躬逢其盛，全靠着它呢。

七月三日的早晨，大雨倾盆而下。这次大典在中正街公共讲演厅举行。该厅离我所住的地方有六七里路远；但我终于冒了狂风暴雨，乘了黄包车赴会。在这一点上，我的热心决不下于社员诸君的。

到了会场门首，早已停着许多汽车，马车；我知道这确乎是大典了。走进会场，坐定细看，一切都很从容，似乎离开会的时间还远得很呢！——虽然规定的时间已经到了。楼上正中是女宾席，似乎很是寥寥；两旁都是军警席——正和楼下的两旁一样。一个黑色的警察，间着一个灰色的兵士,静默地立着。他们大概不是来听讲的,因为既没有赛瓷的社员徽章,又没有和我一样的旁听标识,而且也没有真正的"席"——坐位。(我所谓"军警席",是就实际而言,当时场中并无此项名义,合行声明。)听说督军省长都要"驾临"该场;他们原是保卫"两长"来的,他们原是监视我们来的,好一个武装的会场!

莱茵河

莱茵河（The Rhine）发源于瑞士阿尔卑斯山中，穿过德国东部，流入北海，长约二千五百里。分上中下三部分。从马恩斯（Mayence,Mains）到哥龙（Cologne）算是"中莱茵"；游莱茵河的都走这一段儿。天然风景并不异乎寻常地好；古迹可异乎寻常地多。尤其是马恩斯与考勃伦兹（Koblenz）之间，两岸山上布满了旧时的堡垒，高高下下的，错错落落的，斑斑驳驳的：有些已经残破，有些还完好无恙。这中间住过英雄，住过盗贼，或据险自豪，或纵横驰骤，也曾热闹过一番。现在却无精打采，任凭日晒风吹，一声儿不响。坐在轮船上两边看，那些古色古香各种各样的堡垒历历地从眼前过去；仿佛自己已经跳出了这个时代而在那些堡垒里过着无拘无束的日子。游这一段儿，火车却不如轮船；朝日不如残阳，晴天不如阴天，阴天不如月夜——月夜，再加上几点儿萤火，一闪一闪地在寻觅荒草里的幽灵似的。最好还得爬上山去，在堡垒内外徘徊徘徊。

这一带不但史迹多，传说也多。最凄艳的自然是脍炙人口的声闻岩头的仙女子。声闻岩在河东岸，高四百三十英尺，一大片黯淡的悬岩，嶙嶙峋峋的；河到岩南，向东拐个小湾，这里有顶大的回声，岩因此得名。相传往日岩头有个仙女美极，终日歌唱不绝。一个船夫傍晚行船，走过岩下。听见她的歌声,仰头一看,不觉忘其所以,连船带人都撞碎在岩上。后来又死了一位伯爵的儿子。这可闯下大祸来了。伯爵派兵遣将,给儿子报仇。他们打算捉住她,锁起来,从岩顶直摔下河里去。但是她不愿死在他们手里,她呼唤莱茵母亲来接她;河里果然白浪翻腾,她便跳到浪里。从此声闻岩下听不见歌声,看不见倩影,只剩晚霞在岩头明灭。德国大诗人海涅有诗咏此事;此事传播之广,这篇诗也有关系的。友人淦克超先生曾译第一章云:

> 传闻旧低回,我心何悒悒。
> 两峰隐夕阳,莱茵流不息。
> 峰际一美人,粲然金发明,
> 清歌时一曲,余音响入云。
> 凝听复凝望,舟子忘所向,
> 怪石耿中流,人与舟俱丧。

这座岩现在是已穿了隧道通火车了。

哥龙在莱茵河西岸,是莱茵区最大的城,在全德国数第三。从甲板上看教堂的钟楼与尖塔,这儿那儿都是的。虽然多么繁华一座商业城,却不大有俗尘扑到脸上。英国诗人柯勒列治说:

> 人知莱茵河,洗净哥龙市;
> 水仙你告我,今有何神力,
> 洗净莱茵水?

那些楼与塔镇压着尘土,不让飞扬起来,与莱茵河的洗刷是异曲同工的。哥龙的大教堂是哥龙的荣耀;单凭这个,哥龙便不死了。这是戈昔式,是世界上最宏大的戈昔式教堂之一。建筑在一二四八年,到一八八〇年才全部落成。欧洲教堂往往如此,大约总是钱不够之故。教堂门墙伟丽,尖拱和直棱,特意繁密,又雕了些小花、小动物和《圣经》人物,零星点缀着;近前细看,其精工真令人惊叹。门墙上两尖塔,高五百十五英尺,直入云霄。戈昔式要的是高而灵巧,让灵魂容易上通于天。这也是月光里好看。淡蓝的天干干净净的,只有两条尖尖的影子映在上面;像是人天仅有的通路,又像是人类祈祷的一双胳膊。森严肃穆,不说一字,抵得千言万语。教堂里非常宽大,顶高一百六十英尺。大石柱一行行的,高的一百四十八英尺,低的也六十英尺,都可合抱;在里面走,就像在大森林里,和世界隔绝。尖塔可以上去,玲珑剔透,有凌云之势。塔下通回廊。廊中向下看教堂里,觉得别人小得可怜,自己高得可怪,真是颠倒梦想。

1933 年 3 月 14 日作

(原载 1933 年 5 月 1 日《中学生》第 35 号)

威尼斯

威尼斯(Venice)是一个别致地方。出了火车站,你立刻便会觉得:这里没有汽车,要到哪儿,不是搭小火轮,便是雇"刚朵拉"(Gondola)。大运河穿过威尼斯像反写的S,这就是大街。另有小河道四百十八条,这些就是小胡同。轮船像公共汽车,在大街上走;"刚朵拉"是一种摇橹的小船,威尼斯所特有,它哪儿都去。威尼斯并非没有桥;三百七十八座,有的是。只要不怕转弯抹角,哪儿都走得到,用不着下河去。可是轮船中人还是很多,"刚朵拉"的买卖也似乎并不坏。

威尼斯是"海中的城",在意大利半岛的东北角上,是一群小岛,外面一道沙堤隔开亚得利亚海。在圣马克方场的钟楼上看,团花簇锦似的东一块西一块在绿波里荡漾着。远处是水天相接,一片茫茫。这里没有什么煤烟,天空干干净净;在温和的日光中,一切都像透明的。中国人到此,仿佛在江南的水乡;夏初从欧洲北部来的,在这儿还可看见清清楚楚的春天的背影。海水那么绿,那么酽,会带你到梦中去。

威尼斯不单是明媚,在圣马克方场走走就知道。这个广场南面临着一道运河;场中偏东南便是那可以望远的钟楼。威尼斯最热闹的地方是这儿,最华妙庄严的地方也是这儿。除了西边,围着的都是三百年以上的建筑,东边居中是圣马克堂,却有了八九百年——钟楼便在它的右首。再向右是"新衙门";教堂左首是"老衙门"。这两溜儿楼房的下一层,现在满开了铺子。铺子前面是长廊,一天到晚是来来去去的人。紧接着教堂,直伸向运河去的是公爷府;这个一半属于小方场,另一半便属于运河了。圣马克堂是方场的主人,建筑在十一世纪,原是卑赞廷式,以直线为主。十四世纪加上戈昔式的装饰,如尖拱门等;十七世纪又参入文艺复兴期的装饰,如栏干等。所以庄严华妙,兼而有之;这正是威尼斯人的漂亮劲儿。教堂里屋顶与墙壁上满是碎玻璃嵌成的画,大概是真金色的底,蓝色或红色的圣灵像。这些像做得非常肃穆。教堂的地是用大理石铺的,颜色花样种种不同。在那种空阔阴暗的氛围中,你觉得伟丽,也觉得森严。教堂左右那两溜儿楼房,式样各别,并不对称;钟楼高三百二十二英尺,也偏在一边儿。但这两溜房子都是三层,都有许多拱门,恰与教堂的门面与圆顶相称;又都是白石造成,越衬出教堂的金碧辉煌来。教堂右边是向运河去的路,是一个小方场,本来显得空阔些,钟楼恰好填了这个空子。好像我们戏里的大将出场,后面一杆旗子总是偏着取势;这方场中的建筑,节奏其实是和谐不过的。十八世纪意大利卡那来陀(Ganaletto)一派画家专画威尼斯的建筑,取材于这方场的很多。德国德莱司敦画院中有几张,真好。

公爷府里有好些名人的壁画和屋顶画,丁陶来陀(Tintoretto,十六世纪)的大画《乐园》最著名;但更重要的是它建筑的价值。运河上有了这所房子,增加了不少颜色。这全然是戈昔式;动工在九世纪初,以后屡次遭火,屡次重修,现在的据说还是原来的式样。最好看的是它的西南两面;西南斜对着圣马克方场,南面正在运河上。在运河里看,真像在画中。它也是三层:下两层是尖拱门,一眼看去,无数的柱子。最下层的拱门简单疏阔,是载重的样子;上一层便繁密得多,为装饰之用;最上层却更简单,一根柱子没有,除了疏疏落落的窗和门之外,都是整块的墙面。墙面上用白的与玫瑰红的大理石砌成素朴的方纹，在日光里鲜明得像少女一般。威尼斯真不愧着色的能手。这所房子从运河中看，好像在水里。下两层是玲珑的架子，上一层才是屋子；这是很巧的结构，加上那艳而雅的颜色，令人有惝恍迷离之感。府后有太息桥；从前一边是监狱，一边是法院，狱囚提讯须过这里，所以得名。拜伦诗中曾咏此，因而便脍炙人口起来，其实也只是近世的东西。

威尼斯的夜曲是很著名的。夜曲本是一种抒情的曲子，夜晚在人家窗下随便唱。可是运河里也有：晚上在圣马克方场的河边上，看见河中有红绿的纸球灯，便是唱夜曲的船。雇了"刚朵拉"摇过去，靠着那个船停下，船在水中间，两边挨次排着"刚朵拉"在微波里荡着，像是两只翅膀。唱曲的有男有女，围着一张桌子坐，轮到了便站起来唱，旁边有音乐和着。曲词自然是意大利语，意大利的语音据说最纯粹，最清朗。听起来似乎的确斩截些，女人的尤其如此——意大利的歌女是出名的。音乐节奏繁密，声情热烈，想来是最流行的"爵士乐"。在微微摇摆的红绿灯球底下，颤着酽酽的歌喉，运河上一片朦胧的夜也似乎透出玫瑰红的样子。唱完几曲之后，船上有人跨过来，反拿着帽子收钱，多少随意。不愿意听了，还可摇到第二处去。这个略略像当年的秦淮河的光景，但秦淮河却热闹得多。

从圣马克方场向西北去，有两个教堂在艺术上是很重要的。一个是圣罗珂堂，旁边有一所屋子，墙上屋顶上满是画；楼上下大小三间屋，共六十二幅画，是丁陶来陀的手笔。屋里暗极，只有早晨看得清楚。丁陶来陀作画时，因地制宜，大部分只粗粗勾勒，利用阴影，教人看了觉得是几经琢磨似的。《十字架》一幅在楼上小屋内，力量最雄厚。佛拉利堂在圣罗珂近旁，有大画家铁沁（Titian，十六世纪）和近代雕刻家卡奴注（Canova）的纪念碑。卡奴注的，灵巧，是自己打的样子；铁沁的，宏壮，是十九世纪中叶才完成的。他的《圣处女升天图》挂在神坛后面，那朱红与亮蓝两种颜色鲜明极了，全幅气韵流动，如风行水上。倍里尼（Giovanin Bellini，十五世纪）的《圣母像》，也是他的精品。他们都还有别的画在这个教堂里。

从圣马克方场沿河直向东去，有一处公园；从一八九五年起，每两年在此地开国际艺术展览会一次。今年是第十八届；加入展览的有意、荷、比、西、丹、法、英、奥、苏俄、美、匈、瑞士、波兰等十三国，意大利的东西自然最多，种类繁极了；未来派立体派的图画雕刻，都可见到，还有别的许多新奇的作品，说不出路数。颜色大概鲜明，教人眼睛发亮；建筑也是新式，简截不啰嗦，痛快之至。苏俄的作品不多，大概是工农生活表现，兼有沉毅和高兴的调子。他们也用鲜的颜色，但显然没有很费心思在艺术上，作风老老实实，并不向牛犄角里寻找新奇的玩意儿。

威尼斯的玻璃器皿，刻花皮件，都是名产，以典丽风华胜，缂丝也不错。大理石小雕像，是著名大品的缩本，出于名手的还有味。

1932 年 7 月 13 日作

巴　黎

塞纳河穿过巴黎城中，像一道圆弧。河南称为左岸，著名的拉丁区就在这里。河北称为右岸，地方有左岸两个大，巴黎的繁华全在这一带；说巴黎是"花都"，这一溜儿才真是的。右岸不是穷学生苦学生所能常去的，所以有一位中国朋友说他是左岸的人，抱"不过河"主义；区区一衣带水，却分开了两般人。但论到艺术，两岸可是各有胜场；我们不妨说整个儿巴黎是一座艺术城。从前人说"六朝"卖菜佣都有烟水气，巴黎人谁身上大概都长着一两根雅骨吧。你瞧公园里，大街上，有的是喷水，有的是雕像，博物院处处是，展览会常常开；他们几乎像呼吸空气一样呼吸着艺术气，自然而然就雅起来了。

右岸的中心是刚果方场。这方场很宽阔，四通八达，周围都是名胜。中间巍巍地矗立着埃及拉米塞司第二的纪功碑。碑是方锥形，高七十六英尺，上面刻着象形文字。一八三六年移到这里，转眼就是一百年了。左右各有一座铜喷水，大得很。水池边环列着些铜雕像，代表着法国各大城。其中有一座代表司太司堡。自从一八七〇年那地方割归德国以后，法国人每年七月十四国庆日总在像上放些花圈和大草叶，终年地搁着让人惊醒。直到一九一八年十一月和约告成，司太司堡重归法国，这才停止。纪功碑与喷水每星期六晚用弧光灯照耀。

那碑像从幽暗中颖脱而出；那水像山上崩腾下来的雪。这场子原是法国革命时候断头台的旧址。在"恐怖时代"，路易十六与王后，还有各党各派的人轮班在这儿低头受戮。但现在一点痕迹也没有了。

场东是砖厂花园。也有一个喷水池；白石雕像成行，与一丛丛绿树掩映着。在这里徘徊，可以一直徘徊下去，四围那些纷纷的车马，简直若有若无。花园是所谓法国式，将花草分成一畦畦的，各各排成精巧的花纹，互相对称着。又整洁，又玲珑，教人看着赏心悦目；可是没有野情，也没有蓬勃之气，像北平的叭儿狗。这里春天游人最多，挤挤挨挨的。有时有音乐会，在绿树荫中。乐韵悠扬，随风飘到场中每一个人的耳朵里。再东是加罗塞方场，只隔着一道不宽的马路。路易十四时代，这是一个校场。场中有一座小凯旋门，是拿破仑造来纪胜的，仿罗马某一座门的式样。拿破仑叫将从威尼斯圣马克堂抢来的驷马铜像安在门顶上。但到了一八一四年，那铜像终于回了老家。法国只好换上一个新的，光彩自然差得多。

刚果方场西是大名鼎鼎的仙街，直达凯旋门。有四里半长。凯旋门地势高，从刚果方场望过去像没多远似的，一走可就知道。街的东半截儿，两旁简直是园子，春天绿叶子密密地遮着；西半截儿才真是街。街道非常宽敞。夹道两行树，笔直笔直地向凯旋门奔凑上去。凯旋门巍峨爽朗地盘踞在街尽头，好像在半天上。欧洲名都街道的形势，怕再没有赶上这儿的；称为"仙街"，不算说大话。街上有戏院，舞场，饭店，够游客们玩儿乐的。凯旋门一八〇六年开工，也是拿破仑造来纪功的。但他并没有看它的完成。门高一百六十英尺，宽一百六十四英尺，进深七十二英尺，是世界凯旋门中最大的。门上雕刻着一七九二至一八一五年间法国战事片段的景子，都出于名手。其中罗特（Burguudian Rude，十九世纪）的"出师"一景，慷慨激昂，至今还可以作我们的气。这座门更有一个特别的地方：在拿破仑周忌那一天，从仙街向上看，团团的落日恰好扣在门圈儿里。门圈儿底下是一个无名兵士的墓；他埋在这里，代表大战中死难的一百五十万法国兵。墓是平的，地上嵌着文字；中央有个纪念火，焰子粗粗的，红红的，在风里摇晃着。这个火每天由参战军人团团员来点。门顶可以上去，乘电梯或爬石梯都成；石梯是二百七十三级。上面看，周围不下十二条林荫路，都辐辏到门下，宛然一个大车轮子。

刚果方场东北有四道大街衔接着，是巴黎最繁华的地方。大铺子差不多都在这一带，珠宝市也在这儿。各店家陈列窗里五花八门，五光十色，珍奇精巧，兼而有之；管保你走一天两天看不完，也看不倦。步道上人挨挨凑凑，常要躲闪着过去。电灯一亮，更不容易走。街上"咖啡"东一处西一处，沿街安着座儿，有点儿像北平中山公园里的茶座儿。客人慢慢地喝着咖啡或别的，慢慢地抽烟，看来往的人。"咖啡"本是法国的玩意儿；巴黎差不多每道街都有，怕是比那儿都多。巴黎人喝咖啡几乎成了癖，就像我国南方人爱上茶馆。"咖啡"里往往备有纸笔，许多人都在那儿写信；还有人让"咖啡"收信，简直当作自己的家。文人画家更爱坐"咖啡"；他们爱的是无拘无束，容易会朋友，高谈阔论。爱写信固然可以写信，爱作诗也可以作诗。大诗人魏尔仑（Verlaine）的诗，据说少有不在"咖啡"里写的。坐"咖啡"也有派别。一来"咖啡"是熟的好，二来人是熟的好。久而久之，某派人坐某"咖啡"便成了自然之势。这所谓派，当然指文人艺术家而言。一个人独自去坐"咖啡"，偶尔一回，也许不是没有意思，常去却未免寂寞得慌；这也与我国南方人上茶馆一样。若是外国人而又不懂话，那就更可不必去。巴黎最大的"咖啡"有三个，却都在左岸。这三座"咖啡"名字里都含着"圆圆的"意思，都是文人艺术家荟萃的地方。里面装饰满是新派。其中一家，电灯壁画满是立体派，据说这些画全出于名家之手。另一家据说时常陈列着当代画家的作品，待善价而沽之。坐"咖啡"之外还有站"咖啡",却有点像我国南方的喝柜台酒。这种"咖啡"大概小些。柜台长长的,客人围着要吃的喝的。吃喝都便宜些,为的是不用多伺候你,你吃喝也比较不舒服些。站"咖啡"的人脸向里,没有什么看的,大概吃喝完了就走。但也有人用胳膊肘儿斜靠在柜台上,半边身子偏向外,写意地眺望,谈天儿。巴黎人吃早点,多半在"咖啡"里。普通是一杯咖啡,两三个月芽饼就够了,不像英国人吃得那么多。月芽饼是一种面包,月芽形,酥而软,趁热吃最香;法国人本会烘面包,这一种不但好吃,而且好看。

卢森堡花园也在左岸,因卢森堡宫而得名。宫建于十七世纪初年,曾用作监狱,现在是上议院。花园甚大。里面有两座大喷水,背对背紧挨着。其一是梅迭契喷水,雕刻的是亚西司(Acis)与加拉台亚(Galatea)的故事。巨人波力非摩司(Polyphamos)爱加拉台亚。他晓得她喜欢亚西司,便向他头上扔下一块大石头,将他打死。加拉台亚无法使亚西司复活,只将他变成一道河水。这个故事用在一座喷水上,倒有些远意。园中绿树成行,浓荫满地,白石雕像极多,也有铜的。巴黎的雕像真如家常便饭。花园南头,自成一局,是一条荫道。最南头,天文台前面又是一座喷水,中央四个力士高高地扛着四限仪,下边环绕着四对奔马,气象雄伟得很。这是卡波(Carpeaus,十九世纪)所作。卡波与罗特同为写实派,所作以形线柔美著。

沿着塞纳河南的河墙,一带旧书摊儿,六七里长,也是左岸特有的风光。有点像北平东安市场里旧书摊儿。可是背景太好了。河水终日悠悠地流着,两头一眼望不尽;左边卢佛宫,右边圣母堂,古香古色的。书摊儿黯黯的,低低的,窄窄的一溜;一小格儿一小格儿,或连或断,可没有东安市场里的大。摊上放着些破书;旁边小凳子上坐着掌柜的。到时候将摊儿盖上,锁上小铁锁就走。这些情形也活像东安市场。

铁塔在巴黎西头，塞纳河东岸，高约一千英尺，算是世界上最高的塔。工程艰难浩大，建筑师名爱非尔（Eiffel），也称为爱非尔塔。全塔用铁骨造成，如网状，空处多于实处，轻便灵巧，亭亭直上，颇有戈昔式的余风。塔基占地十七亩，分三层。头层离地一百八十六英尺，二层三百七十七英尺，三层九百二十四英尺，连顶九百八十四英尺。头二层有"咖啡"，酒馆及小摊儿等。电梯步梯都有，电梯分上下两厢，一厢载直上直下的客人，一厢载在头层停留的客人。最上层却非用电梯不可。那梯口常常拥挤不堪。壁上贴着"小心扒手"的标语，收票人等嘴里还不住地唱道："小心呀！"这一段儿走得可慢极，大约也是"小心"吧。最上层只有卖纪念品的摊儿和一些问心机。这种问心机欧洲各游戏场中常见；是些小铁箱，一箱管一事。放一个钱进去，便可得到回答；回答若干条是印好的，指针所停止的地方就是专答你。也有用电话回答的。譬如你要问流年，便向流年箱内投进钱去。这实在是一种开心的玩意儿。这层还专设一信箱；寄的信上盖铁塔形邮戳，好让亲友们留作纪念。塔上最宜远望，全巴黎都在眼下。但尽是密匝匝的房子，只觉应接不暇而无苍茫之感。塔上满缀着电灯，晚上便是种种广告；在暗夜里这种明妆倒值得一番领略。隔河是特罗卡代罗（Trocadéro）大厦，有道桥笔直地通着。这所大厦是为一八七八年的博览会造的。中央圆形，圆窗圆顶，两支高高的尖塔分列顶侧；左右翼是新月形的长房。下面许多级台阶，阶下一个大喷水池，也是圆的。大厦前是公园，铁塔下也是的；一片空阔，一片绿。所以大厦远看近看都显出雄巍巍的。大厦的正厅可容五千人。它的大在横里；铁塔的大在直里。一横一直，恰好称得住。

歌剧院在右岸的闹市中。门墙是威尼斯式，已经乌暗暗的，走近前细看，才见出上面精美的雕饰。下层一排七座门，门间都安着些小雕像。其中罗特的《舞群》，最有血有肉，有情有力。罗特是写实派作家，所以如此。但因为太生动了，当时有些人还见不惯；一八六九年这些雕像揭幕的时候，一个宗教狂的人，趁夜里悄悄地向这群像上倒了一瓶墨水。这件事传开了，然而罗特却因此成了一派。院里的楼梯以宏丽著名。全用大理石，又白，又滑，又宽；栏杆是低低儿的。加上罗马式圆拱门，一对对爱翁匿克式石柱，雕像上的电灯烛，真是堆花簇锦一般。那一片电灯光像海，又像月，照着你缓缓走上梯去。幕间休息的时候，大家都离开座儿各处走。这儿休息的时间特别长，法国人乐意趁这闲工夫在剧院里散散步，谈谈话，来一点吃的喝的。休息室里散步的人最多。这是一间顶长顶高的大厅，华丽的灯光淡淡地布满了一屋子。一边是成排的落地长窗，一边是几座高大的门；墙上略略有些装饰，地下铺着毯子。屋里空落落的，客人穿梭般来往。太太小姐们大多穿着各色各样的晚服，露着脖子和膀子。"衣香鬓影"，这里才真够味儿。歌剧院是国家的，只演古典的歌剧，间或也演队舞（Ballet），总是堂皇富丽的玩艺儿。

国葬院在左岸。原是巴黎护城神圣也奈韦夫（St.Geneviéve）的教堂；大革命后，一般思想崇拜神圣不如崇拜伟人了，于是改为这个；后来又改回去两次，一八五五年才算定了。伏尔泰，卢梭，雨果，左拉，都葬在这里。院中很为宽宏，高大的圆拱门，架着些圆顶，都是罗马式。顶上都有装饰的图案和画。中央的穹隆顶高二百七十二英尺，可以上去。院中壁上画着法国与巴黎的历史故事，名笔颇多。沙畹（Puvisde Chavannes，十九世纪）的便不少。其中《圣也奈韦夫俯视着巴黎城》一幅，正是月圆人静的深夜，圣还独对着油盏火；她似乎有些倦了，慢慢踱出来，凭栏远望，全巴黎城在她保护之下安睡了；瞧她那慈祥和蔼一往情深的样子。圣也奈韦夫于五世纪初年，生在离巴黎二十四里的囊台儿村（Nanterre）里。幼时听圣也曼讲道，深为感悟。圣也曼也说她根器好，着实勉励了一番。后来她到巴黎，尽力于救济事业。

五世纪中叶，匈奴将来侵巴黎，全城震惊。她力劝人民镇静，依赖神明，颇能教人相信。匈奴到底也没有成。以后巴黎真经兵乱，她于救济事业加倍努力。她活了九十岁。晚年倡议在巴黎给圣彼得与圣保罗修一座教堂。动工的第二年，她就死了。等教堂落成，却发现她已葬在里头；此外还有许多奇异的传说。因此这座教堂只好作为奉祀她的了。这座教堂便是现在的国葬院。院的门墙是希腊式，三角楣下，一排哥林斯式的石柱。院旁有圣爱的昂堂，不大。现在是圣也奈韦夫埋灰之所。祭坛前的石刻花屏极华美，是十六世纪的东西。

左岸还有伤兵养老院。其中兵甲馆，收藏废弃的武器及战利品。有一间满悬着三色旗，屋顶上正悬着，两壁上斜插着，一面挨一面的。屋子很长，一进去但觉千层百层鲜明的彩色，静静地交映着。院有穹隆顶，高三百四十英尺，直径八十六英尺，造于十七世纪中，优美庄严，胜于国葬院的。顶下原是一个教堂，拿破仑墓就在这里。堂外有宽大的台阶儿，有多力克式与哥林斯式石柱。进门最叫你舒服的是那屋里的光。那是从染色玻璃窗射下来的淡淡的金光，软得像一股水。堂中央一个窖，圆的，深二十英尺，直径三十六英尺，花岗石柩居中，十二座雕像环绕着，代表拿破仑重要的战功；像间分六列插着五十四面旗子，是他的战利品。堂正面是祭坛；周围许多龛堂，埋着王公贵人。一律圆拱门；地上嵌花纹，窖中也这样。拿破仑死在圣海仑岛，遗嘱愿望将骨灰安顿在塞纳河旁，他所深爱的法国人民中间。待他死后十九年，一八四〇，这愿望才达到了。

塞纳河里有两个小洲，小到不容易觉出。西头的叫城洲，洲上两所教堂是巴黎的名迹。洲东的圣母堂更为煊赫。堂成于十二世纪，中间经过许多变迁，到十九世纪中叶重修，才有现在的样子。这是"装饰的戈昔式"建筑的最好的代表。正面朝西，分三层。下层三座尖拱门。这种门很深，门圈儿是一棱套着一棱的，越往里越小；棱间与门上雕着许多大像小像，都是《圣经》中的人物。中层是窗子，两边的尖拱形，分雕着亚当夏娃像；中央的浑圆形，雕着"圣处女"像。上层是栏杆。最上两座钟楼，各高二百二十七英尺；两楼间露出后面尖塔的尖儿，一个伶俐瘦劲的身影。这座塔是勒丢克（Viellet le Duc，十九世纪）所造，比钟楼还高五十八英尺；但从正面看，像一般高似的，这正是建筑师的妙用。朝南还有一个旁门，雕饰也繁密得很。从背后看，左右两排支墙（Buttress）像一对对的翅膀，作飞起的势子。支墙上虽也有些装饰，却不为装饰而有。原来戈昔式的房子高，窗子大，墙的力量支不住那些石头的拱顶，因此非从墙外想法不可。支墙便是这样来的。这是戈昔式的致命伤；许多戈昔式建筑容易圮毁，正是为此。堂里满是彩绘的高玻璃窗子，阴森森的，只看见石柱子，尖拱门，肋骨似的屋顶。中间神堂，两边四排廊路，周围三十七间龛堂，像另自成个世界。堂中的讲坛与管风琴都是名手所作。歌队座与牧师座上的动植物木刻，也以精工著。戈昔式教堂里雕绘最繁；其中取材于教堂所在地的花果的尤多。所雕绘的大抵以近真为主。这种一半为装饰，一半也为教导，让那些不识字的人多知道些事物，作用和百科全书差不多。堂中有宝库，收藏历来珍贵的东西，如金龛，金十字架之类，灿烂耀眼。拿破仑于一八〇四年在这儿加冕，那时穿的长袍也陈列在这个库里。北钟楼许人上去，可以看见墙角上石刻的妖兽，奇丑怕人，俯视着下方，据说是吐溜水的。雨果写过《巴黎圣母堂》一部小说，所叙是四百年前的情形，有些还和现在一样。

圣龛堂在洲西头，是全巴黎戈昔式建筑中之最美丽者。罗斯金更说是"北欧洲最珍贵的一所戈昔式"。在一二三八那一年，"圣路易"王听说君士坦丁皇帝包尔温将"棘冠"押给威尼斯商人，无力取赎，"棘冠"已归商人们所有，急得什么似的。他要将这件无价之宝收回，便异想天开地在犹太人身上加了一种"苛捐杂税"。过了一年，"棘冠"果然弄回来,还得了些别的小宝贝,如"真十字架"的片段等等。他这一乐非同小可,命令某建筑师造一所教堂供奉这些宝物;要造得好,配得上。一二四五年起手,三年落成。名建筑家勒丢克说:"这所教堂内容如此复杂,花样如此繁多,活儿如此利落,材料如此美丽,真想不出在那样短的时期里如何成功的。"这样两个龛堂,一上一下,都是金碧辉煌的。下堂尖拱重叠,纵横交互;中央拱抵而阔,所以地方并不大而极有开朗之势。堂中原供的"圣处女"像,传说灵迹甚多。上堂却高多了,有彩绘的玻璃窗子十五堵;窗下沿墙有龛,低得可怜相。柱上相间地安着十二使徒像;有两尊很古老,别的都是近世仿作。玻璃绘画似乎与戈昔艺术分不开;十三世纪后者最盛,前者也最盛。画法用许多颜色玻璃拼合而成,相连处以铅焊之,再用铁条夹住。着色有浓淡之别。淡色所以使日光柔和缥缈。但浓色的多,大概用深蓝作地子,加上点儿黄白与宝石红,取其衬托鲜明。这种窗子也兼有装饰与教导的好处;所画或为几何图案,或为人物故事。还有一堵"玫瑰窗",是象征"圣处女"的;画是圆形,花纹都从中心分出。据说这堵窗是玫瑰窗中最亲切有味的,因为它的温暖的颜色比别的更接近看的人。但这种感想东方人不会有。这龛堂有一座金色的尖塔,是勒丢克造的。

毛得林堂在刚果方场之东北,造于近代。形式仿希腊神庙,四面五十二根哥林斯式石柱,围成一个廊子。壁上左右各有一排大龛子,安着群圣的像。堂里也是一行行同式的石柱;却使用各种颜色的大理石,华丽悦目。圣心院在巴黎市外东北方,也是近代造的,至今还未完成,堂在一座小山的顶上,山脚下有两道飞阶直通上去。也通索子铁路。堂的规模极宏伟,有四个穹隆顶,一个大的,带三个小的,都墨卑赞廷式;另外一座方形高钟楼,里面的钟重二万九千斤。堂里能容八千人,但还没有加以装饰。房子是白色,台阶也是的,一种单纯的力量压得住人。堂高而大,巴黎周围若干里外便可看见。站在堂前的平场里,或爬上穹隆顶里，也可看个五六十里。造堂时工程浩大，单是打地基一项，就花掉约四百万元；因为土太松了，撑不住，根基要一直打到山脚下。所以有人半真半假地说，就是移了山，这教堂也不会倒的。

巴黎博物院之多，真可算甲于世界。就这一桩儿，便可教你流连忘返。但须徘徊玩索才有味，走马看花是不成的。一个行色匆匆的游客，在这种地方往往无可奈何。博物院以卢佛宫（Louvre）为最大；这是就全世界论，不单就巴黎论。卢佛宫在加罗塞方场之东；主要的建筑是口字形，南头向西伸出一长条儿。这里本是一座堡垒，后来改为王宫。大革命后，各处王宫里的画，宫苑里的雕刻，都保存在此；改为故宫博物院，自然是很顺当的。博物院成立后，历来的政府都尽力搜罗好东西放进去；拿破仑从各国"搬"来大宗的画，更为博物院生色不少。宫房占地极宽，站在那方院子里，颇有海阔天空的意味。院子里养着些鸽子，成群地孤单地仰着头挺着胸在地上一步步地走，一点不怕人。撒些饼干面包之类，它们便都向你身边来。房子造得秀雅而庄严，壁上安着许多王公的雕像。熟悉法国历史的人，到此一定会发思古之幽情的。

卢佛宫好像一座宝山，蕴藏的东西实在太多，教人不知从哪儿说起好。画为最，还有雕刻，古物，装饰美术等等，真是琳琅满目。乍进去的人一时摸不着头脑，往往弄得糊里糊涂。就中最脍炙人口的有三件。一是达文齐的《蒙那丽沙》像，大约作于一五〇五年前后，是觉孔达（Joconda）夫人的画像。相传达文齐这幅像画了四个年头，因为要那甜美的微笑的样子，每回"临像"的时候，总请些乐人弹唱给她听，让她高高兴兴坐着。像画好了，他却爱上她了。这幅画是佛兰西司第一手里买的，他没有准儿许认识那女人。一九一一年画曾被人偷走，但两年之后，到底从意大利找回来了。十六世纪中叶，意大利已公认此画为不可有二的画像杰作，作者在与造化争巧。画的奇处就在那一丝儿微笑上。那微笑太飘忽了，太难捉摸了，好像常常在变幻。这果然是个"奇迹"，不过也只是造形的"奇迹"罢了。这儿也有些理想在内；达文齐笔下夹带了一些他心目中的圣母的神气。近世讨论那微笑的可太多了。诗人，哲学家，有的是；他们都想找出点儿意义来。于是蒙那丽沙成为一个神秘的浪漫的人了；她那微笑成为"人狮（Sphinx）的凝视"或"鄙薄的讽笑"了。这大概是她与达文齐都梦想不到的吧。

二是米罗（Milo）《爱神》像。一八二〇年米罗岛一个农人发现这座像，卖给法国政府只卖了五千块钱。据近代考古家研究，这座像当作于纪元前一百年左右。那两只胳膊都没有了；它们是怎么个安法，却大大费了一班考古家的心思。这座像不但有生动的形态，而且有温暖的骨肉。她又强壮，又清明；单纯而伟大，朴真而不奇。所谓清明，是身心都健的表象，与麻木不同。这种作风颇与纪元前五世纪希腊巴昔农（Panthenon）庙的监造人，雕刻家费铁亚司（Phidias）相近。因此法国学者雷那西（S.Reinach，新近去世）在他的名著《亚波罗》（美术史）中相信这座像作于纪元前四世纪中。他并且相信这座像不是爱神微那司而是海女神安非特利特（Amphitrite）；因为它没有细腻，缥缈，娇羞，多情的样子。三是沙摩司雷司（Samothrace）的《胜利女神像》。女神站在冲波而进的船头上，吹着一支喇叭。但是现在头和手都没有了，剩下翅膀与身子。这座像是还愿的。纪元前三〇六年波立尔塞特司（Demetrius Poliorcetes）在塞勃勒司（Cyprus）岛打败了埃及大将陶来买（Ptolemy）的水师，便在沙摩司雷司岛造了这座像。衣裳雕得最好；那是一件薄薄的软软的衣裳，光影的准确，衣褶的精细流动；加上那下半截儿被风吹得好像弗弗有声，上半截儿却紧紧地贴着身子，很有趣地对照着。因为衣裳雕得好，才显出那筋肉的力量；那身子在摇晃着，在挺进着，一团胜利的喜悦的劲儿。还有，海风呼呼地吹着，船尖儿嗤嗤地响着，将一片碧波分成两条长长的白道儿。

卢森堡博物院专藏近代艺术家的作品。他们或新故，或还生存。这里比卢佛宫明亮得多。进门去，宽大的甬道两旁，满陈列着雕像等；里面却多是画。雕刻里有彭彭（Pompon）的《狗熊》与《水禽》等，真是大巧若拙。彭彭现在大概有七八十岁了，天天上动物园去静观禽兽的形态。他熟悉它们，也亲爱它们，所以做出来的东西神气活现；可是形体并不像照相一样地真切，他在天然的曲线里加上些小小的棱角，便带着点"建筑"的味儿。于是我们才看见新东西。那《狗熊》和实物差不多大，是石头的；那《水禽》等却小得可以供在案头，是铜的。雕像本有两种手法，一是干脆地砍石头，二是先用泥塑，再浇铜。彭彭从小是石匠，石头到他手里就像豆腐。他是巧匠而兼艺术家。动物雕像盛于十九世纪的法国；那时候动物园发达起来，供给艺术家观察，研究，描摹的机会。动物素描之成为画的一支，也从这时候起。院里的画受后期印象派的影响，找寻人物的"本色"（Local colour），大抵是鲜明的调子。不注重画面的"体积"而注重装饰的效用。也有细心分别光影的，但用意还在找寻颜色，与印象派之只重光影不一样。

砖场花园的南犄角上有网球场博物院，陈列外国近代的画与雕像。北犄角上有奥兰纪利博物院，陈列的东西颇杂，有马奈（Manet，九世纪法国印象派画家）的画与日本的浮世绘等。浮世绘的着色与构图给十九世纪后半法国画家极深的影响。摩奈（Monet）画院也在这里。他也是法国印象派巨子，一九二六年才过去。印象派兴于十九世纪中叶，正是照相机流行的时候。这派画家想赶上照相机，便专心致志地分别光影；他们还想赶过照相机，照相没有颜色而他们有。他们只用原色；所画的画近看但见一处处的颜色块儿，在相当的距离看，才看出光影分明的全境界。他们的看法是迅速的综合的，所以不重"本色"（人物固有的颜色，随光影而变化），不重细节。摩奈以风景画著于世；他不但是印象派，并且是露天画派（Pleinairiste）。露天画派反对画室里的画，因为都带着那黑影子；露天里就没有这种影子。这个画院里有摩奈八幅顶大的画，太大了，只好嵌在墙上。画院只有两间屋子，每幅画就是一堵墙，画的是荷花在水里。摩奈欢喜用蓝色，这几幅画也是如此。规模大，气魄厚，汪汪欲溢的池水，疏疏密密的乱荷，有些像在树荫下，有些像在太阳里。据内行说，这些画的章法，简直前无古人。

罗丹博物院在左岸。大战后罗丹的东西才收集在这里；已完成的不少，也有些未完成的。有群像，单像，胸像；有石膏仿本。还有画稿，塑稿。还有罗丹的遗物。罗丹是十九世纪雕刻大师；或称他为自然派，或称他为浪漫派。他有匠人的手艺，诗人的胸襟；他借雕刻来表现自己的情感。取材是不平常的，手法也是不平常的。常人以为美的，他觉得已无用武之地；他专找常人以为丑的，甚至于借重性交的姿势。又因为求表现的充分，不得不夸饰与变形。所以他的东西乍一看觉得"怪"，不是玩艺儿。从前的雕刻讲究光洁，正是"裁缝不露针线迹"的道理；而浪漫派艺术家恰相反，故意要显出笔触或刀痕，让人看见他们在工作中情感激动的光景。罗丹也常如此。他们又多喜欢用塑法，因为泥随意些，那凸凸凹凹的地方，那大块儿小条儿，都可以看得清楚。

克吕尼馆（Cluny）收藏罗马与中世纪的遗物颇多，也在左岸。罗马时代执政的宫在这儿。后来法兰族诸王也住在这宫里。十五世纪的时候，宫毁了，克吕尼寺僧改建现在这所房子，作他们的下院，是"后期戈昔"与"文艺复兴"的混合式。法国王族来到巴黎，在馆里暂住过的，也很有些人。这所房子后来又归了一个考古家。他搜集了好些古董；死后由政府收买，并添凑成一万件。画，雕刻，木刻，金银器，织物，中世纪上等家具，瓷器，玻璃器，应有尽有。房子还保存着原来的样子。入门就如活在几百年前的世界里，再加上陈列的零碎的东西，触鼻子满是古气。与这个馆毗连着的是罗马时代的浴室，原分冷浴热浴等，现在只看见些残门断柱（也有原在巴黎别处的），寂寞地安排着。浴室外是园子，树间草上也散布着古代及中世纪巴黎建筑的一鳞一爪，其中"圣处女门"最秀雅。

此外巴黎美术院（即小宫），装饰美术院都是杂拌儿。后者中有一间扇室，所藏都是十八世纪的扇面，是某太太的遗赠。十八世纪中国玩艺儿在欧洲颇风行，这也可见一斑。扇面满是西洋画，精工鲜丽；几百张中，只有一张中国人物，却板滞无生气。又有吉买博物院（Guimet），收藏远东宗教及美术的资料。伯希和取去敦煌的佛画，多数在这里。日本小画也有些。还有蜡人馆。据说那些蜡人做得真像，可是没见过那些人或他们的照相的，就感不到多大兴味，所以不如画与雕像。不过"隧道"里阴惨惨的，人物也代表着些阴惨惨的故事，却还可看。楼上有镜宫，满是镜子，顶上与周围用各色电光照耀，宛然千门万户，像到了万花筒里。

一九三二年春季的官"沙龙"在大宫中，顶大的院子里罗列着雕像；楼上下八十几间屋子满是画，也有些装饰美术。内行说，画像太多，真有"官"气。其中有安南阮某一幅，奖银牌；中国人一看就明白那是阮氏祖宗的影像。记得有个笑话，说一个贼混入人家厅堂偷了一幅古画，卷起夹在腋下。跨出大门，恰好碰见主人。那贼情急智生，便将画卷儿一扬，问道："影像，要买吧？"主人自然大怒，骂了一声走进去。贼于是从容溜之乎也。那位安南阮某与此贼可谓异曲同工。大宫里，同时还有一个装饰艺术的"沙龙"，陈列的是家具，灯，织物，建筑模型等等，大都是立体派的作风。立体派本是现代艺术的一派，意大利最盛。影响大极了，建筑，家具，布匹，织物，器皿，汽车，公路，广告，书籍装订，都有立体派的份儿。平静，干脆，是古典的精神，也是这时代重理智的表现。在这个"沙龙"里看，现代的屋子内外都俨然是些几何的图案，和从前华丽的藻饰全异。还有一个"沙龙"，专陈列幽默画。画下多有说明。各画或描摹世态，或用大小文野等对照法，以传出那幽默的情味。有一幅题为《长裙子》，画的是夜宴前后客室中的景子：女客全穿短裙子，只有一人穿长的，大家的眼睛都盯着她那长出来的一截儿。她正在和一个男客谈话，似乎不留意。看她的或偏着身子，或偏着头，或操着手，或用手托着腮（表示惊讶），倚在丈夫的肩上，或打着看戏用的放大镜子，都是一副尴尬面孔。穿长裙子的女客在左首，左首共三个人；中央一对夫妇，右首三个女人，疏密向背都恰好；还点缀着些不在这一群里的客人。画也有不幽默的，也有太恶劣的；本来是幽默并不容易。

巴黎的坟场，东头以倍雷拉谢斯（Père Lachaise）为最大，占地七百二十亩，有二里多长。中间名人的坟颇多，可是道路纵横，找起来真费劲儿。阿培拉德与哀绿绮思两坟并列，上有亭子盖着；这是重修过的。王尔德的坟本葬在别处；死后九年，也迁到此场。坟上雕着个大飞人，昂着头，直着脚，长翅膀，像是合埃及的"狮人"与亚述的翅儿牛而为一，雄伟飞动，与王尔德并不很称。这是英国当代大雕刻家爱勃司坦（Epstein）的巨作；钱是一位倾慕王尔德的无名太太捐的。场中有巴什罗米（Bartholomé）雕的一座纪念碑，题为《致死者》。碑分上下两层，上层中间是死门，进去的两个人倒也行无所事的；两侧向门走的人群却牵牵拉拉，哭哭啼啼，跌跌倒倒，不得开交似的。下层像是生者的哀伤。此外北头的蒙马特，南头的蒙巴那斯两坟场也算大。茶花女埋在蒙马特场，题曰一八二四年正月十五日生，一八四七年二月三日卒。小仲马，海涅也在那儿。蒙巴那斯场有圣白孚，莫泊桑，鲍特莱尔等；鲍特莱尔的坟与纪念碑不在一处，碑上坐着一个悲伤的女人的石像。

巴黎的夜也是老牌子。单说六个地方。非洲饭店带澡堂子，可以洗蒸气澡，听黑人浓烈的音乐；店员都穿着埃及式的衣服。三藩咖啡看"爵士舞",小小的场子上一对对男女跟着那繁声促节直扭腰儿。最警动的是那小圆木筒儿,里面像装着豆子之类。不时地紧摇一阵子。圆屋听唱法国的古歌;一扇门背后的墙上油画着蹲着在小便的女人。红磨坊门前一架小红风车,用电灯做了轮廓线;里面看小戏与女人跳舞。这在蒙巴特区。蒙马特是流浪人的区域。十九世纪画家住在这一带的不少,画红磨坊的常有。塔巴林看女人跳舞,不穿衣服,意在显出好看的身子。里多在仙街,最大。看变戏法,听威尼斯夜曲。里多岛本是威尼斯娱乐的地方。这儿的里多特意砌了一个池子,也有一支"刚朵拉",夜曲是男女对唱,不过意味到底有点儿两样。

巴黎的野色在波隆尼林与圣克罗园里才可看见。波隆尼林在西北角,恰好在塞因河河套中间,占地一万四千多亩,有公园,大路,小路,有两个湖,一大一小,都是长的;大湖里有两个洲,也是长的。要领略林子的好处,得闲闲地拣深僻的地儿走。圣克罗园还在西南,本有离宫,现在毁了,剩下些喷水和林子。林子里有两条道儿很好。一条渐渐高上去,从树里两眼望不尽;一条窄而长,漏下一线天光;远望路口,不知是云是水,茫茫一大片。但真有野味的还得数枫丹白露的林子。枫丹白露在巴黎东南,一点半钟的火车。这座林子有二十七万亩,周围一百九十里。坐着小马车在里面走,幽静如远古的时代。太阳光将树叶子照得透明,却只一圈儿一点儿地洒到地上。路两旁的树有时候太茂盛了,枝叶交错成一座拱门,低低的;远看去好像拱门那面另有一界。林子里下大雨,那一片沙沙沙沙的声音,像潮水,会把你心上的东西冲洗个干净。林中有好几处山峡,可以试腰脚,看野花野草,看旁逸斜出,稀奇古怪的石头,像枯骨,像刺猬。亚勃雷孟峡就是其一,地方大,石头多,又是忽高忽低,走起来好。

枫丹白露宫建于十六世纪,后经重修。拿破仑一八一四年临去爱而巴岛的时候,在此告别他的诸将。这座宫与法国历史关系甚多。宫房外观不美，里面却精致，家具等等也考究。就中侍从武官室与亨利第二厅最好看。前者的地板用嵌花的条子板；小小的一间屋，共用九百条之多。复壁板上也雕绘着繁细的花饰，炉壁上也满是花儿，挂灯也像花正开着。后者是一间长厅，其大少有。地板用了二万六千块，一色，嵌成规规矩矩的几何图案，光可照人。厅中间两行圆拱门。门柱下截镶复壁板，上截镶油画；楣上也画得满满的。天花板极意雕饰，金光耀眼。宫外有园子，池子，但赶不上凡尔赛宫的。

凡尔赛宫在巴黎西南，算是近郊。原是路易十三的猎宫，路易十四觉得这个地方好，便大加修饰。路易十四是所谓"上帝的代表"，凡尔赛宫便是他的庙宇。那时法国贵人多一半住在宫里，伺候王上。他的侍从共一万四千人；五百人伺候他吃饭，一百个贵人伺候他起床，更多的贵人伺候他睡觉。那时法国艺术大盛，一切都成为御用的，集中在凡尔赛和巴黎两处。凡尔赛宫里装饰力求富丽奇巧，用钱无数。如金漆彩画的天花板，木刻，华美的家具，花饰，贝壳与多用错综交会的曲线纹等，用意全在教来客惊奇：这便是所谓"罗科科式"（Rococo）。宫中有镜厅，十七个大窗户，正对着十七面同样大小的镜子；厅长二百四十英尺，宽三十英尺，高四十二英尺。拱顶上和墙上画着路易十四打胜德国，荷兰，西班牙的情形，画着他是诸国的领袖，画着他是艺术与科学的广大教主。近十几年来成为世界祸根的那和约便是一九一九年六月二十八那一天在这座厅里签的字。宫旁一座大园子，也是路易十四手里布置起来的。看不到头的两行树，有万千的气象。有湖，有花园，有喷水。花园一畦一个花样，小松树一律修剪成圆锥形，集法国式花园之大成。喷水大约有四十多处，或铜雕，或石雕，处处都别出心裁，也是集大成。每年五月到九月，每月第一星期日，和别的节日，都有大水法。从下午四点起，到处银花飞舞，雾气沾人，衬着那齐斩斩的树，软茸茸的草，觉得立着看，走着看，不拘怎么看总成。海龙王喷水池，规模特别大；得等五点半钟大水法停后，让它单独来二十分钟。有时晚上大放花炮，就在这里。各色的电彩照耀着一道道喷水。花炮在喷水之间放上去，也是一道道的；同时放许多，便氤氲起一团雾。这时候电光换彩，红的忽然变蓝的，蓝的忽然变白的，真真是一眨眼。

卢梭园在爱尔莽浓镇（Ermenonville），巴黎的东北；要坐一点钟火车，走两点钟的路。这是道地乡下，来的人不多。园子空旷得很，有种荒味。大树，怒草，小湖，清风，和中国的郊野差不多，真自然得不可言。湖里有个白杨洲，种着一排白杨树，卢梭坟就在那小洲上。日内瓦的卢梭洲在仿这个；可是上海式的街市旁来那么个洲子，总有些不伦不类。

一九三一年夏天，"殖民地博览会"开在巴黎之东的万散园（Vincennes）里。那时每日人山人海。会中建筑都仿各地的式样，充满了异域的趣味。安南庙七塔参差，峥嵘肃穆，最为出色。这些都是用某种轻便材料造的，去年都拆了。各建筑中陈列着各处的出产，以及民俗。晚上人更多，来看灯光与喷水。每条路一种灯，都是立体派的图样。喷水有四五处，也是新图样；有一处叫"仙人球"喷水，就以仙人球做底样，野拙得好玩儿。这些自然都用电彩。还有一处水桥，河两岸各喷出十来道水，凑在一块儿，恰好是一座弧形的桥，教人想着走上一个水晶的世界去。

1933 年 6 月 30 日作

（原载 1933 年 9 月 1 日《中学生》第 37 号）

柏　林

　　柏林的街道宽大，干净，伦敦巴黎都赶不上的；又因为不景气，来往的车辆也显得稀些。在这儿走路，尽可以从容自在地呼吸空气，不用张张望望躲躲闪闪。找路也顶容易，因为街道大概是纵横交切，少有"旁逸斜出"的。最大最阔的一条叫菩提树下，柏林大学，国家图书馆，新国家画院，国家歌剧院都在这条街上。东头接着博物院洲，大教堂，故宫；西边到著名的勃朗登堡门为止，长不到二里。过了那座门便是梯尔园，街道还是直伸下去——这一下可长了，三十七八里。勃朗登堡门和巴黎凯旋门一样，也是纪功的。建筑在十八世纪末年，有点仿雅典奈昔克里司门的式样。高六十六英尺，宽六十八码半；两边各有六根多力克式石柱子。顶上是站在驷马车里的胜利神像，雄伟庄严，表现出德意志国都的神采。那神像在一八零七年被拿破仑当作胜利品带走，但七年后便又让德国的队伍带回来了。

　　从菩提树下西去，一出这座门，立刻神气清爽，眼前别有天地；那空阔，那望不到头的绿树，便是梯尔园。这是柏林最大的公园，东西六里，南北约二里。地势天然生得好，加上树种得非常巧妙，小湖小溪，或隐或显，也安排的是地方。大道像轮子的辐，凑向轴心去。道旁齐齐地排着葱郁的高树；树下有时候排着些白石雕像，在深绿的背景上越显得洁白。小道像树叶上的脉络，不知有多少。跟着道走，总有好地方，不辜负你。园子里花坛也不少。罗森花坛是出名的一个，玫瑰最好。一座天然的围墙，圆圆地绕着，上面密密地厚厚地长着绿的小圆叶子；墙顶参差不齐。坛中有两个小方池，满飘着雪白的水莲花，玲珑地托在叶子上，像惺忪的星眼。两池之间是一个皇后的雕像；四周的花香花色好像她的供养。梯尔园人工胜于天然。真正的天然却又是一番境界。曾走过市外"新西区"的一座林子。稀疏的树，高而瘦的干子，树下随意弯曲的路，简直教人想到倪云林的画本。看着没有多大，但走了两点钟，却还没走柏林市内。市外常看见运动员风的男人女人。女人大概都光着脚亮着胳膊，雄赳赳地走着，可是并不和男人一样。她们不像巴黎女人的苗条，也不像伦敦女人的拘谨，却是自然得好。有人说她们太粗，可是有股劲儿。司勃来河横贯柏林市，河上有不少划船的人。往往一男一女对坐着，男的只穿着游泳衣，也许赤着膊只穿短裤子。看的人绝不奇怪而且有喝彩的。曾亲见一个女大学生指着这样划着船的人说："美啊！"赞美身体，赞美运动，已成了他们的道德。星期六星期日上水边野外看去，男男女女老老少少谁都带一点运动员风。再进一步，便是所谓"自然运动"。大家索性不要那劳什子衣服，那才真是自然生活了。这有一定地方，当然不会随处见着。但书籍杂志是容易买到的。也有这种电影。那些人运动的姿势很好看，很柔软，有点儿像太极拳。在长天大海的背景上来这一套，确是美的，和谐的。日前报上说德国当局要取缔他们，看来未免有些个多事。

柏林重要的博物院集中在司勃来河中一个小洲上。这就叫作博物院洲。虽然叫作洲，因为周围陆地太多，河道几乎挤得没有了，加上十六道桥，走上去毫不觉得身在洲中。洲上总共七个博物院，六个是通连着的。最奇伟的是勃嘉蒙（Pergamon）与近东古迹两个。勃嘉蒙在小亚细亚,是希腊的重要城市,就是现在的贝加玛。柏林博物院团在那儿发掘,掘出一座大享殿,是祭大神宙斯用的。这座殿是二千二百年前造的,规模宏壮,雕刻精美。掘出的时候已经残破;经学者苦心研究,知道原来是什么样子,便照着修补起来,安放在一间特建的大屋子里。屋子之大,让人要怎么看这座殿都成。屋顶满是玻璃,让光从上面来,最均匀不过;墙是淡蓝色,衬出这座白石的殿越发有神儿。殿是方锁形,周围都是爱翁匿克式石柱,像是个廊子。当锁口的地方,是若干层的台阶儿。两头也有几层,上面各有殿基;殿基上,柱子下,便是那著名的"壁雕"。壁雕(Frieze)是希腊建筑里特别的装饰;在狭长的石条子上半深浅地雕刻着些故事,嵌在墙壁中间。这种壁雕颇有名作。如现存在不列颠博物院里的雅典巴昔农神殿的壁雕便是。这里的是一百三十二码长,有一部分已经移到殿对面的墙上去。所刻的故事是奥灵匹亚诸神与地之诸子巨人们的战争。其中人物精力饱满,历劫如生。另一间大屋里安放着罗马建筑的残迹。一是大三座门,上下两层,上层全为装饰用。两层各用六对哥林斯式的石柱,与门相间着,隔出略带曲折的廊子。上层三座门是实的,里面各安着一尊雕像,全体整齐秀美之至。一是小神殿。两样都在第二世纪的时候。

近东古迹院里的东西是十九世纪末二十世纪初年德国东方学会在巴比仑和亚述发掘出来的。中间巴比仑的以色他门(Ischtar Gateway)最为壮丽。门建筑在二千五百年前奈补卡德乃沙王第二的手里。门圈儿高三十九英尺,城垛儿四十九英尺,全用蓝色珐琅砖砌成。墙上浮雕着一对对的龙(与中国所谓龙不同)和牛,黄的白的相间着;上下两端和边上也是这两色的花纹。龙是巴比仑城隍马得的圣物,牛是大神亚达的圣物。这些动物的像稀疏地排列着,一面墙上只有两行,犄角上只有一行;形状也单纯划一。色彩在那蓝的地子上,却非常之鲜明。看上去真像大幅缂丝的图案似的。还有巴比仑王宫里正殿的面墙,是与以色他门同时做的,颜色鲜丽也一样,只不过以植物图案为主罢了。马得祭道两旁屈折的墙基也用蓝珐琅砖;上面却雕着向前走的狮子。这个祭道直通以色他门,现在也修补好了一小段,仍旧安在以色他门前面。另有一件模型,是整个儿的巴比仑城。这也可以慰情聊胜无了。亚述巴先宫的面墙放在以色他门的对面,当然也是修补起来的:周围正正的拱门,一层层又细又密的柱子,在许多直线里透出秀气。

　　新博物院第一层中央是一座厅。两道宽阔而华丽的楼梯仿佛占住了那间大屋子,但那间屋子还是照样地觉得大不可言。屋里什么都高大;迎着楼梯两座复制的大雕像,两边墙上大幅的历史壁画,一进门就让人觉得万千的气象。德意志人的魄力,真有他们的。楼上本是雕版陈列室,今年改作哥德展览会。有哥德和他朋友们的像,他的画,他的书的插图等等。《浮士德》的插图最多,同一件事各人画来趣味各别。楼下是埃及古物陈列室,大大小小的"木乃伊"都有;小孩的也有。有些在头部放着一块板,板上画着死者的面相;这是用熔蜡画的,画法已失传。这似乎是古人一件聪明的安排,让千秋万岁后,还能辨认他们的面影。另有人种学博物院在别一条街上,分两院。所藏既丰富,又多罕见的。第一院吐鲁番的壁画最多。那些完好的真是妙庄严相;那些零碎的也古色古香。中国日本的东西不少,陈列得有系统极了,中日人自己动手,怕也不过如此。第二院藏的日本的漆器与画很好。史前的材料都收在这院里。有三间屋专陈列一八七一到一八九零希利曼(Heinrich Schlieman)发掘特罗衣(Troy)城所得的遗物。

罗 马

罗马（Rome）是历史上大帝国的都城，想象起来，总是气象万千似的。现在它的光荣虽然早过去了，但是从七零八落的废墟里，后人还可仿佛于百一。这些废墟，旧有的加上新发掘的，几乎随处可见，像特意点缀这座古城的一般。这边几根石柱子，那边几段破墙，带着当年的尘土，寂寞地陷在大坑里；虽然在夏天中午的太阳，照上去也黯黯淡淡，没有多少劲儿。就中罗马市场（Forum Romanum）规模最大。这里是古罗马城的中心，有法庭，神庙，与住宅的残迹。卡司多和波鲁斯庙的三根哥林斯式的柱子，顶上还有片石相连着；在全场中最为秀拔，像三个丰姿飘洒的少年用手横遮着额角，正在眺望这一片古市场。想当年这里终日挤挤闹闹的也不知有多少人，各有各的心思，各有各的手法；现在只剩三两起游客指手画脚地在死一般的寂静里。犄角上有一所住宅，情形还好；一面是三间住屋，有壁画，已模糊了，地是嵌石铺成的；旁厢是饭厅，壁画极讲究，画的都是正大的题目，他们是很看重饭厅的。市场上面便是巴拉丁山，是饱历兴衰的地方。最早是一个村落，只有些茅草屋子；罗马共和末期，一姓贵族聚居在这里；帝国时代，更是繁华。游人走上山去，两旁宏壮的住屋还留下完整的黄土坯子，可以见出当时阔人家的气局。屋顶一片平场，原是许多花园，总名法内塞园子，也是四百年前的旧迹；现在点缀些花木，一角上还有一座小喷泉。在这园子里看脚底下的古市场，全景都在望中了。

　　市场东边是斗狮场，还可以看见大概的规模；在许多宏壮的废墟里，这个算是情形最好的。外墙是一个大圆圈儿，分四层，要仰起头才能看到顶上。下三层都是一色的圆拱门和柱子，上一层只有小长方窗户和楞子，这种单纯的对照教人觉得这座建筑是整整的一块，好像直上云霄的松柏，老干亭亭，没有一些繁枝细节。里面中间原是大平场；中古时在这儿筑起堡垒，现在满是一道道颓毁的墙基，倒成了四不像。这场子便是斗狮场；环绕着的是观众的坐位。下两层是包厢，皇帝与外宾的在最下层，上层是贵族的；第三层公务员坐；最上层平民坐：共可容四五万人。狮子洞还在下一层，有口直通场中。斗狮是一种刑罚，也可以说是一种裁判：罪囚放在狮子面前，让狮子去搏他；他若居然制死了狮子，便是直道在他一边，他就可自由了。但自然是让狮子吃掉的多；这些人大约就算活该。想到临场的罪囚和他亲族的悲苦与恐怖，他的仇人的痛快，皇帝的威风，与一般观众好奇的紧张的面目，真好比一场恶梦。这个场子建筑在一世纪，原是戏园子，后来才改作斗狮之用。

　　斗狮场南面不远是卡拉卡拉浴场。古罗马人颇讲究洗澡，浴场都造得好，这一所更其华丽。全场用大理石砌成，用嵌石铺地；有壁画，有雕像，用具也不寻常。房子高大，分两层，都用圆拱门，走进去觉得稳稳的；里面金碧辉煌，与壁画雕像相得益彰。居中是大健身房，有喷泉两座。场子占地六英亩，可容一千六百人洗浴。洗浴分冷热水蒸气三种，各占一所屋子。古罗马人上浴场来，不单是为洗澡；他们可以在这儿商量买卖，和解讼事等等，正和我们上茶店上饭店一般作用。这儿还有好些游艺，他们公余或倦后来洗一个澡，找几个朋友到游艺室去消遣一回，要不然，到客厅去谈谈话，都是很"写意"的。现在却只剩下一大堆遗迹。大理石本来还有不少，早给搬去造圣彼得等教堂去了；零星的物件陈列在博物院里。我们所看见的只是些巍巍峨峨参参差差的黄土骨子，站在太阳里，还有学者们精心研究出来的《卡拉卡拉浴场图》的照片，都只是所谓过屠门大嚼而已。

罗马从中古以来便以教堂著名。康南海《罗马游纪》中引杜牧的诗"南朝四百八十寺，多少楼台烟雨中"，光景大约有些相像的；只可惜初夏去的人无从领略那烟雨罢了。圣彼得堂最精妙，在城北尼罗圆场的旧址上。尼罗在此地杀了许多基督教徒。据说圣彼得上十字架后也便葬在这里。这教堂几经兴废，现在的房屋是十六世纪初年动工，经了许多建筑师的手。密凯安杰罗七十二岁时，受保罗第三的命，在这儿工作了十七年。后人以为天使保罗第三假手于这一个大艺术家，给这座大建筑定下了规模；以后虽有增改，但大体总是依着他的。教堂内部参照卡拉卡拉浴场的式样，许多高大的圆拱门稳稳地支着那座穹隆顶。教堂长六百九十六英尺，宽四百五十英尺，穹隆顶高四百〇三英尺，可是乍看不觉得是这么大。因为平常看屋子大小，总以屋内饰物等为标准，饰物等的尺寸无形中是有谱子的。圣彼得堂里的却大得离了谱子，"天使像巨人，鸽子像老鹰"；所以教堂真正的大小，一下倒不容易看出了。但是你若看里面走动着的人，便渐渐觉得不同。教堂用彩色大理石砌墙，加上好些嵌石的大幅的名画，大都是亮蓝与朱红二色；鲜明丰丽，不像普通教堂一味阴沉沉的。密凯安杰罗雕的彼得像，温和光洁，别是一格，在教堂的犄角上。

圣彼得堂两边的列柱回廊像两只胳膊拥抱着圣彼得圆场；留下一个口子，却又像个玦。场中央是一座埃及的纪功方尖柱，左右各有大喷泉。那两道回廊是十七世纪时亚历山大第三所造，成于倍里尼（Pernini）之手。廊子里有四排多力克式石柱，共二百八十四根；顶上前后都有栏杆，前面栏杆上并有许多小雕像。场左右地上有两块圆石头,站在上面看同一边的廊子,觉得只有一排柱子,气魄更雄伟了。这个圆场外有一道弯弯的白石线,便是梵蒂冈与意大利的分界。教皇每年复活节站在圣彼得堂的露台上为人民祝福,这个场子内外据说是拥挤不堪的。

圣保罗堂在南城外,相传是圣保罗葬地的遗址,也是柱子好。门前一个方院子,四面廊子里都是些整块石头凿出来的大柱子,比圣彼得的两道廊子却质朴得多。教堂里面也简单空廓,没有什么东西。但中间那八十根花岗石的柱子,和尽头处那六根蜡石的柱子,纵横地排着,看上去仿佛到了人迹罕至的远古的森林里。柱子上头墙上,周围安着嵌石的历代教皇像,一律圆框子。教堂旁边另有一个小柱廊,是十二世纪造的。这座廊子围着一所方院子,在低低的墙基上排着两层各色各样的细柱子——有些还嵌着金色玻璃块儿。这座廊子精工可以说像湘绣,秀美却又像王羲之的书法。

在城中心的威尼斯方场上巍然蹯踞着的,是也马奴儿第二的纪功廊。这是近代意大利的建筑,不缺少力量。一道弯弯的长廊,在高大的石基上。前面三层石级:第一层在中间,第二三层分开左右两道,通到廊子两头。这座廊子左右上下都匀称,中间又有那一弯,便兼有动静之美了。从廊前列柱间看到暮色中的罗马全城,觉得幽远无穷。

罗马艺术的宝藏自然在梵蒂冈宫;卡辟多林博物院中也有一些,但比起梵蒂冈来就太少了。梵蒂冈有好几个雕刻院,收藏约有四千件,著名的《拉奥孔》(Laocoon)便在这里。画院藏画五十幅,都是精品,拉飞尔的《基督现身图》是其中之一,现在却因修理关着。梵蒂冈的壁画极精彩,多是拉飞尔和他门徒的手笔,为别处所不及。有四间拉飞尔室和一些廊子,里面满是他们的东西。拉飞尔由此得名。他是乌尔比奴人,父亲是诗人兼画家。他到罗马后,极为人所爱重,大家都要教他画;他忙不过来,只好收些门徒作助手。他的特长在画人体。

这是实在的人，肢体圆满而结实，有肉有骨头。这自然受了些佛罗伦司派的影响，但大半还是他的天才。他对于气韵，远近，大小与颜色也都有敏锐的感觉，所以成为大家。他在罗马住的屋子还在，坟在国葬院里。歇司丁堂与拉飞尔室齐名，也在宫内。这个神堂是十五世纪时歇司土司第四造的，高一百三十三英尺，宽四十五英尺。两旁墙的上部，都由佛罗伦司派画家装饰，有波铁乞利在内。屋顶的画满都是密凯安杰罗的，歇司丁堂著名在此。密凯安杰罗是佛罗伦司派的极峰。他不多作画，一生精华都在这里。他画这屋顶时候，以深沉肃穆的心情渗入画中。他的构图里气韵流动着，形体的勾勒也自然灵妙，还有那雄伟出尘的风度，都是他独具的好处。堂中祭坛的墙上也是他的大画，叫作《最后的审判》。这幅壁画是以后多年画的，费了他七年工夫。

罗马城外有好几处隧道，是一世纪到五世纪时候基督教徒挖下来做墓穴的，但也用作敬神的地方。尼罗搜杀基督教徒，他们往往避难于此。最值得看的是圣卡里斯多隧道。那儿还有一种热诚花，十二瓣，据说是代表十二使徒的。我们看的是圣赛巴司提亚堂底下的那一处，大家点了小蜡烛下去。曲曲折折的狭路，两旁是大大小小深深浅浅的墓穴；现在自然是空的，可是有时还看见些零星的白骨。有一处据说圣彼得住过，成了龛堂，壁上画得很好。另处也还有些壁画的残迹。这个隧道似乎有四层，占的地方也不小。圣赛巴司提亚堂里保存着一块石头，上有大脚印两个；他们说是耶稣基督的，现在供养在神龛里。另一个教堂也供着这么一块石头，据说是仿本。

缧绁堂建于第五世纪，专为供养拴过圣彼得的一条铁链子。现在这条链子还好好的在一个精美的龛子里。堂中周理乌司第二纪念碑上有密凯安杰罗雕的几座像；摩西像尤为著名。那种原始的坚定的精神和勇猛的力量从眉目上，胡须上，胳膊上，手上，腿上，处处透露出来，教你觉得见着了一个伟大的人。又有个阿拉古里堂，中有圣婴像。这个圣婴自然便是耶稣基督;是十五世纪耶路撒冷一个教徒用橄榄木雕的。他带它到罗马,供养在这个堂里。四方来许愿的很多,据说非常灵验;它身上密层层地挂着许多金银饰器都是人家还愿的。还有好些信写给它,表示敬慕的意思。

罗马城西南角上,挨着古城墙,是英国坟场或叫作新教坟场。这里边葬的大都是艺术家与诗人,所以来参谒来凭吊的意大利人和别国的人终日不绝。就中最有名的自然是十九世纪英国浪漫诗人雪莱与济兹的墓。雪莱的心葬在英国,他的遗灰在这儿。墓在古城墙下斜坡上,盖有一块长方的白石;第一行刻着"心中心",下面两行是生卒年月,再下三行是莎士比亚《风暴》中的仙歌:

彼无毫毛损,
海涛变化之,
从此更神奇。

好在恰恰关合雪莱的死和他的为人。济兹墓相去不远,有墓碑,上面刻着道:

这座坟里是
英国一位少年诗人的遗体;
他临死时候,
想着他仇人们的恶势力,

痛心极了,叫将下面这一句话刻在他的墓碑上:

"这儿躺着一个人,他的名字是用水写的。"

末一行是速朽的意思；但他的名字正所谓"不废江河万古流"，又岂是当时人所料得到的。后来有人别作新解，根据这一行话做了一首诗，连济慈的小像一块儿刻铜嵌在他墓旁墙上。这首诗的原文是很有风趣的。

> 济慈名字好，
> 说是水写成；
> 一点一滴水，
> 后人的泪痕——
> 英雄枯万骨，
> 难如此感人。
> 安睡罢，
> 陈词虽挂漏，
> 高风自峥嵘。

这座坟场是罗马富有诗意的一角；有些爱罗马的人虽不死在意大利，也会遗嘱葬在这座"永远的城"的永远的一角里。

圣诞节

十二月二十五日圣诞节。英国人过圣诞节，好像我们旧历年的味儿。习俗上宗教上，这一日简直就是"元旦"；据说七世纪时便已如此，十四世纪至十八世纪中叶，虽然将"元旦"改到三月二十五日，但是以后情形又照旧了。至于一月一日，不过名义上的岁首，他们向来是不大看重的。

这年头人们行乐的机会越过越多，不在乎等到逢年过节；所以年情节景一回回地淡下去，像从前那样热狂地期待着、热狂地受用着的事情，怕只在老年人的回忆、小孩子的想象中存在着罢了。大都市里特别是这样；在上海就看得出，不用说更繁华的伦敦了。再说这种不景气的日子，谁还有心肠认真找乐儿？所以虽然圣诞节，大家也只点缀点缀，应个景儿罢了。

可是邮差却忙坏了，成千成万的贺片经过他们的手。贺片之外还有月份牌。这种月份牌一点儿大，装在卡片上，也有画，也有吉语。花样也不少，却比贺片差远了。贺片分两种，一种填上姓名，一种印上姓名。交游广的用后一种，自然贵些；据说前些年也得勾心斗角地出花样，这一年却多半简简单单的，为的好省些钱。前一种却不同，各家书纸店得抢买主，所以花色比以先还多些。不过据说也没有十二分新鲜出奇的样子,这个究竟只是应景的玩意儿呀。但是在一个外国人眼里,五光十色,也就够瞧的。曾经到旧城一家大书纸店里看过,样本厚厚的四大册,足有三千种之多。

样本开头是皇家贺片:英王的是圣保罗堂图;王后的内外两幅画,其一是花园图;威尔士亲王的是候人图;约克公爵夫妇的是一六六〇年圣詹姆士公园冰戏图;马利公主的是行猎图。圣保罗堂庄严宏大,下临伦敦城;园里的花透着上帝的微笑;候人比喻好运气和欢乐在人生的大道上等着你;圣詹姆士公园(在圣詹姆士宫南)代表宫廷,溜冰和行猎代表英国人运动的嗜好。那幅溜冰图古色古香,而且十足神气。这些贺片原样很大,也有小号的,谁都可以买来填上自己名字寄给人。此外有全金色的,晶莹照眼;有"蝴蝶翅"的,闪闪的宝蓝光;有雕空嵌花纱的,玲珑剔透,如嚼冰雪。又有羊皮纸仿四折本的;嵌铜片小风车的;嵌彩玻璃片圣母像的;嵌剪纸的鸟的;在猫头鹰头上粘羊毛的:都为的教人有实体感。

太太们也忙得可以的,张罗着亲戚朋友丈夫孩子的礼物,张罗着装饰屋子、圣诞树、火鸡等等。节前一个礼拜,每天电灯初亮时上牛津街一带去看,步道上挨肩擦背匆匆来往的满是办年货的;不用说是太太们多。装饰屋子有两件东西不可没有,便是冬青和"苹果寄生"(mistletoe)的枝子。前者教堂里也用;后者却只用在人家里;大都插在高处。冬青取其青,有时还带着小红果儿;用以装饰圣诞节,由来已久,有人疑心是基督教徒从罗马风俗里捡来的。"苹果寄生"带着白色小浆果儿,却是英国土俗,至晚十七世纪初就用它了。从前在它底下,少年男人可以和任何女子接吻;但接吻后他得摘掉一粒果子。果子摘完了,就不准再在下面接吻了。

圣诞树也有种种装饰,树上挂着给孩子们的礼物,装饰的繁简大约看人家的情形。我在朋友的房东太太家看见的只是小小一株;据说从乌尔乌斯三六公司（货价只有三便士、六便士两码）买来，才六便士，合四五毛钱。可是放在餐桌上，青青的，的里瓜拉挂着些耀眼的玻璃球儿，绕着树更安排些"哀斯基摩人"一类小玩意，也热热闹闹地凑趣儿。圣诞树的风俗是从德国来的；德国也许是从斯堪第那维亚传下来的。斯堪第那维亚神话里有所谓世界树，叫作"乙格抓西儿"（Yggdrasil），用根和枝子联系着天地幽冥三界。这是株枯树，可是滴着蜜。根下是诸德之泉；树中间坐着一只鹰，一只松鼠，四只公鹿；根旁一条毒蛇，老是啃着根。松鼠上下窜，在顶上的鹰与聪敏的毒蛇之间挑拨是非。树震动不得，震动了，地底下的妖魔便会起来捣乱。想着这段神话，现在的圣诞树真是更显得温暖可亲了。圣诞树和那些冬青、"苹果寄生"，到了来年六日一齐烧去；烧的时候，在场的都动手，为的是分点儿福气。

圣诞节的晚上，在朋友的房东太太家里。照例该吃火鸡、酸梅布丁；那位房东太太手头颇窘，却还卖了几件旧家具，买了一只二十二磅重的大火鸡来过节。可惜女仆不小心，烤枯了一点儿；老太太自个儿唠叨了几句，大节下，也就算了。可是火鸡味道也并不怎样特别似的。吃饭时候，大家一面扔纸球，一面扯花炮——两个人扯，有时只响一下，有时还夹着小纸片儿，多半是带着"爱"字儿的吉语。饭后做游戏，有音乐椅子（椅子数目比人少一个；乐声止时，众人抢着坐）、掩目吹蜡烛、抓瞎、抢人（分队）、抢气球等等，大家居然一团孩子气。最后还有跳舞。这一晚过去，第二天差不多什么都照旧了。

新年大家若无其事地过去；有些旧人家愿意上午第一个进门的是个头发深、气色黑些的人，说这样人带进新年是吉利的。朋友的房东太太那早晨特意通电话请一家熟买卖的掌柜上她家去；他正是这样的人。新年也卖历本；人家常用的是老摩尔历本（Old Moore's Almanack），书纸店里买，价钱贱，只两便士。这一年的，面上印着"乔治王陛下登极第二十三年"；有一块小图，画着日月星地球，地球外一个圈儿，画着黄道十二宫的像，如"白羊""金牛""双子"等。古来星座的名字，取像于人物，也另有风味。历本前有一整幅观像图，题道："将来怎样？""老摩尔告诉你。"从图中看，老摩尔创于一千七百年，到现在已经二百多年了。每月一面，上栏可以说是"推背图"，但没有神秘气；下栏分日数、星期、大事记、日出没时间、月出没时间、伦敦潮汛、时事预测各项。此外还有月盈缺表、各港潮汛表、行星运行表、三岛集期表、邮政章程、大路规则、做点心法、养家禽法、家事常识。广告也不少，卖丸药的最多，满是给太太们预备的；因为这种历本原是给太太们预备的。

1934年12月15—17日作
（原载1935年2月1日《中学生》第52号）

吃 的

提到欧洲的吃喝，谁总会想到巴黎，伦敦是算不上的。不用说别的，就说煎山药蛋吧。法国的切成小骨牌块儿，黄争争的，油汪汪的，香喷喷的；英国的"条儿"（chips）却半黄半黑，不冷不热，干干儿的什么味也没有，只可以当饱罢了。再说英国饭吃来吃去，主菜无非是煎炸牛肉排羊排骨，配上两样素菜；记得在一个人家住过四个月，只吃过一回煎小牛肝儿，算是新花样。可是菜做得简单，也有好处；材料坏容易见出，像大陆上厨子将坏东西做成好样子，在英国是不会的。大约他们自己也觉着腻味，所以一九二六那一年有一位华衣脱女士（E.White）组织了一个英国民间烹调社，搜求各市各乡的食谱，想给英国菜换点儿花样，让它好吃些。一九三一年十二月烹调社开了一回晚餐会，从十八世纪以来的食谱中选了五样菜（汤和点心在内），据说是又好吃，又不费事。这时候正是英国的国货年，所以报纸上颇为揄扬一番。可是，现在欧洲的风气，吃饭要少要快，那些陈年的老古董，怕总有些不合时宜吧。

吃饭要快，为的忙，欧洲人不能像咱们那样慢条斯理儿的，大家知道。干嘛要少呢？为的卫生，固然不错，还有别的：女的男的都怕胖。女的怕胖，胖了难看；男的也爱那股标劲儿，要像个运动家。这个自然说的是中年人少年人；老头子挺着个大肚子的却有的是。欧洲人一日三餐，分量颇不一样。像德国，早晨只有咖啡面包，晚间常冷食，只有午饭重些。法国早晨是咖啡、月芽饼，午饭晚饭似乎一般分量。英国却早晚饭并重，午饭轻些。英国讲究早饭，和我国成都等处一样。有麦粥、火腿蛋、面包、茶，有时还有熏咸鱼、果子。午饭顶简单的，可以只吃一块烤面包、一杯咖啡；有些小饭店里出卖午饭盒子，是些冷鱼冷肉之类，却没有卖晚饭盒子的。

伦敦头等饭店总是法国菜，二等的有意大利菜、法国菜、瑞士菜之分；旧城馆子和茶饭店等才是本国味道。茶饭店与煎炸店其实都是小饭店的别称。茶饭店的"饭"原指的午饭，可是卖的东西并不简单，吃晚饭满成；煎炸店除了煎炸牛肉排羊排骨之外，也卖别的。头等饭店没去过，意大利的馆子却去过两家。一家在牛津街，规模很不小，晚饭时有女杂耍和跳舞。只记得那回第一道菜是生蚝之类；一种特制的盘子，边上围着七八个圆格子，每格放半个生蚝，吃起来很雅相。另一家在由斯敦路，也是个热闹地方。这家却小小的，通心细粉做得最好；将粉切成半分来长的小圈儿，用黄油煎熟了，平铺在盘儿里，洒上干酪（计司）粉，轻松鲜美，妙不可言。还有炸"搦气蚝"，鲜嫩清香，蟛蜞、瑶柱都不能及；只有宁波的蛎黄仿佛近之。

茶饭店便宜的有三家：拉衣恩司（Lyons）、快车奶房、ABC面包房。每家都开了许多店子，遍布市内外；ABC比较少些，也贵些，拉衣恩司最多。快车奶房炸小牛肉小牛肝和红烧鸭块都还可口；他们烧鸭块用木炭火，所以颇有中国风味。ABC炸牛肝也可吃，但火急肝老，总差点儿事；点心烤得却好，有几件比得上北平法国面包房。拉衣恩司似乎没什么出色的东西；但他家有两处"角店"，都在闹市转角处，那里却有好吃的。角店一是上下两大间，一是三层三大间，都可容一千五百人左右；晚上有乐队奏乐。一进去只见黑压压地坐满了人，过道处窄得可以，但是气象颇为阔大（有个英国学生讥为"穷人的宫殿"，也许不错）；在那里往往找了半天站了半天才等着空位子。这三家所有的店子都用女侍者，只有两处角店里却用了些男侍者——男侍者工钱贵些。男女侍者都穿了黑制服，女的更戴上白帽子，分层招待客人。也只有在角店里才要给点小费（虽然门上标明"无小费"字样），别处这三家开的铺子里都不用给的。曾去过一处角店，烤鸡做得还入味；但是一只鸡腿就合中国一元五角，若吃鸡翅还要贵点儿。茶饭店有时备着骨牌等等，供客人消遣，可是向侍者要了玩的极少；客人多的地方，老是有人等位子；干脆就用不着备了。此外还有一些生蚝店，专吃生蚝，不便宜；一位房东太太告诉我说"不卫生"，但是吃的人也不见少。吃生蚝却不宜在夏天，所以英国人说月名中没有"R"（五六七八月），生蚝就不当令了。伦敦中国饭店也有七八家，贵贱差得很大，看地方而定。菜虽也有些高低，可都是变相的广东味儿，远不如上海新雅好。在一家广东楼要过一碗鸡肉馄饨，合中国一元六角，也够贵了。

　　茶饭店里可以吃到一种甜烧饼（muffin）和窝儿饼（crumpet）。甜烧饼仿佛我们的火烧，但是没馅儿，软软的，略有甜味，好像掺了米粉做的。窝儿饼面上有好些小窝窝儿，像蜂房，比较地薄，也像掺了米粉。这两样大约都是法国来的；但甜烧饼来得早，至少二百年前就有了。厨师多住在祝来巷（Drury Lane），就是那著名的戏园子的地方；从前用盘子顶在头上卖，手里摇着铃子。那时节人家都爱吃，买了来，多多抹上黄油，在客厅或饭厅壁炉上烤得热辣辣的，让油都浸进去，一口咬下来，要不沾到两边口角上。这种偷闲的生活是很有意思的。但是后来的窝儿饼浸油更容易，更香，又不太厚，太软，有咬嚼些，样式也波俏；人们渐渐地喜欢它，就少买那甜烧饼了。一位女士看了这种光景，心下难过；便写信给《泰晤士报》，为甜烧饼抱不平。《泰晤士报》特地做了一篇小社论，劝人吃甜烧饼以存古风；但对于那位女士所说的窝儿饼的坏话,却宁愿存而不论,大约那论者也是爱吃窝儿饼的。

复活节(三月)时候,人家吃煎饼(pancake),茶饭店里也卖;这原是忏悔节(二月底)忏悔人晚饭后去教堂之前吃了好熬饿的,现在却在早晨吃了。饼薄而脆,微甜。北平中原公司卖的"胖开克"(煎饼的音译)却未免太"胖",而且软了。说到煎饼,想起一件事来:美国麻省勃克夏地方(Berkshire Country)有"吃煎饼竞争"的风俗,据《泰晤士报》说,一九三二的优胜者一气吃下四十二张饼,还有腊肠热咖啡。这可算"真正大肚皮"了。

英国人每日下午四时半左右要喝一回茶,就着烤面包黄油。请茶会时,自然还有别的,如火腿夹面包、生豌豆苗夹面包、茶馒头(tea scone)等等。他们很看重下午茶,几乎必不可少。又可乘此请客,比请晚饭简便省钱得多。英国人喜欢喝茶,对于喝咖啡,和法国人相反;他们也煮不好咖啡。喝的茶现在多半是印度茶;茶饭店里虽卖中国茶,但是主顾寥寥。不让利权外溢固然也有关系,可是不利于中国茶的宣传(如说制时不干净)和茶味太淡才是主要原因。印度茶色浓味苦,加上牛奶和糖正合适;中国红茶不够劲儿,可是香气好。奇怪的是茶饭店里卖的,色香味都淡得没影子。那样茶怎么会运出去,真莫名其妙。

街上偶然会碰着提着筐子卖落花生的(巴黎也有),推着四轮车卖炒栗子的,教人有故国之思。花生、栗子都装好一小口袋一小口袋的,栗子车上有炭炉子,一面炒,一面装,一面卖。这些小本经纪在伦敦街上也颇古色古香,点缀一气。栗子是干炒,与我们"糖炒"的差得太多了。英国人吃饭时也有干果,如核桃、榛子、榧子,还有巴西乌菱(原名Brazils,巴西出产,中国通称"美国乌菱"),乌菱实大而肥,香脆爽口,运到中国的太干,便不大好。他们专有一种干果夹,像钳子,将干果夹进去,使劲一握夹子柄,"格"的一声,皮壳碎裂,有些蹦到远处，也好玩儿的。苏州有瓜子夹，像剪刀，却只透着玲珑小巧，用不上劲儿去。

1935年2月4日作

（原载1935年3月1日《中学生》第53号）

文人宅

杜甫《最能行》云:"若道士无英俊才,何得山有屈原宅?"《水经注》,秭归"县北一百六十里有屈原故宅,累石为屋基"。看来只是一堆烂石头,杜甫不过说得嘴响罢了。但代远年湮,渺茫也是当然。往近里说,《孽海花》上的"李纯客"就是李慈铭,书里记着他自撰的楹联,上句云,"保安寺街藏书一万卷";但现在走过北平保安寺街的人,谁知道哪一所屋子是他住过的?更不用提屋子里怎么个情形,他住着时怎么个情形了。要凭吊,要流连,只好在街上站一会儿出出神而已。

西方人崇拜英雄可真当回事儿,名人故宅往往保存得好。譬如莎士比亚吧,老宅子、新宅子、太太老太太宅子,都好好的,连家具什物都存着。莎士比亚也许特别些,就是别人,若有故宅可认的话,至少也在墙上用木牌标明,让访古者有低回之处;无论宅里住着人或已经改了铺子。这回在伦敦所见的四文人宅,时代近,宅内情形比莎士比亚的还好;四所宅子大概都由私人捐款收买,布置起来,再交给公家的。

约翰生博士(Samuel Johnsom,1709—1784)宅,在旧城,是三层楼房,在一个小方场的一角上,静静的。他一七四八年进宅,直住了十一年;

他太太死在这里。他的助手就在三层楼上小屋里编成了他那部大字典。那部寓言小说（allegorical novel）《刺塞拉斯》（《Rasselas》）大概也在这屋子里写成；是晚上写的，只写了一礼拜，为的要付母亲下葬的费用。屋里各处，如门堂、复壁板、楼梯、碗橱、厨房等，无不古气盎然。那著名的大字典陈列在楼下客室里；是第三版，厚厚的两大册。他编著这部字典，意在保全英语的纯粹，并确定字义；因为当时作家采用法国字的实在太多了。字典中所定字义有些很幽默，如"女诗人，母诗人也"（shepoet，盖准 she——goat——母山羊——字例），又如"燕麦，谷之一种，英格兰以饲马，而苏格兰则以为民食也"，都够损的。伦敦约翰生社便用这宅子作会所。

济兹（John Keats, 1795—1821）宅，在市北汉姆司台德区（Hampstead）。他生卒虽然都不在这屋子里，可是在这儿住，在这儿恋爱，在这儿受人攻击，在这儿写下不朽的诗歌。那时汉姆司台德区还是乡下，以风景著名，不像现时人烟稠密。济兹和他的朋友布朗（Charles Armitage Brown）同住。屋后是个大花园，绿草繁花，静如隔世；中间一棵老梅树，一九二一年干死了，干子还在。据布朗的追记，济兹《夜莺歌》似乎就在这棵树下写成。布朗说："一八一九年春天，有只夜莺做窠在这屋子近处。济兹常静听它歌唱以自怡悦；一天早晨吃完早饭，他端起一张椅子坐到草地上梅树下，直坐了两三点钟。进屋子的时候，见他拿着几张纸片儿，塞向书后面去。问他，才知道是歌咏我们的夜莺之作。"这里说的梅树，也许就是花园里那一棵。但是屋前还有草地，地上也是一棵三百岁老桑树，枝叶扶疏，至今结桑葚；有人想《夜莺歌》也许在这棵树下写的。济兹的好诗在这宅子里写得最多。

他们隔壁住过一家姓布龙（Brawne）的。有位小姐叫凡耐（Fanny），让济兹爱上了，他俩订了婚，他的朋友颇有人不以为然，为的女的配不上；可是女家也大不乐意，为的济兹身体弱，又像疯疯癫癫的。

济慈自己写小姐道:"她个儿和我差不多——长长的脸蛋儿——多愁善感——头梳得好——鼻子不坏,就是有点小毛病——嘴有坏处有好处——脸侧面看好,正面看,又瘦又少血色,像没有骨头。身架苗条,姿态如之——胳膊好,手差点儿——脚还可以——她不止十七岁,可是天真烂漫——举动奇奇怪怪的,到处跳跳蹦蹦,给人编诨名,近来愣叫我'自美自的女孩子'——我想这并非生性坏,不过爱闹一点漂亮劲儿罢了。"

一八二〇年二月,济慈从外面回来,吐了一口血。他母亲和三弟都死在痨病上,他也是个痨病底子;从此便一天坏似一天。这一年九月,他的朋友赛焚(Joseph Severn)伴他上罗马去养病;次年二月就死在那里,葬新教坟场,才二十六岁。现在这屋子里陈列着一圈头发,大约是赛焚在他死后从他头上剪下来的。又次年,赛焚向人谈起,说他保存着可怜的济慈一点头发,等个朋友捎回英国去;他说他有个怪想头,想照他的希腊琴的样子作根别针,就用济慈头发当弦子,送给可怜的布龙小姐,只恨找不到这样的手艺人。济慈头发的颜色在各人眼里不大一样:有的说赤褐色,有的说棕色,有的说暖棕色,他二弟两口子说是金红色,赛焚追画他的像,却又画作深厚的棕黄色。布龙小姐的头发,这儿也有一并存着。

他俩订婚戒指也在这儿,镶着一块红宝石。还有一册仿四折本《莎士比亚》,是济慈常用的。他对于莎士比亚,下过一番苦工夫;书中页边行里都画着道儿,也有些精湛的评语。空白处亲笔写着他见密尔顿发和独坐重读《黎琊王》剧作两首诗;书名页上记着"给布龙凡耐,一八二〇",照年份看,准是上意大利去时送了作纪念的。珂罗版印的《夜莺歌》墨迹,有一份在这儿,另有哈代《汉姆司台德宅作》一诗手稿,是哈代夫人捐赠的,宅中出售影印本。济慈书法以秀丽胜,哈代的以苍老胜。

这屋子保存下来却并不易。一九二一年,业主想出售,由人翻盖招租,地段好,脱手一定快的;本区市长知道了,赶紧组织委员会募款一万镑。款还募得不多,投机的建筑公司已经争先向业主讲价钱。在这千钧一发的当儿,亏得市长和本区四委员迅速行动,用私人名义担保付款,才得挽回危局。后来共收到捐款四千六百五十镑(合七八万元),多一半是美国人捐的;那时正当大战之后,为这件事在英国募款是不容易的。

加莱尔(Thomas Carlyle, 1795—1881)宅,在泰晤士河旁乞而西区(Chelsea);这一区至今是文人艺士荟萃之处。加莱尔是维多利亚时代初期的散文家,当时号为"乞而西圣人"。一八三四年住到这宅子里,一直到死。书房在三层楼上,他最后一本书《弗来德力大帝传》就在这儿写的。这间房前面临街,后面是小园子;他让前后都砌上夹墙,为的怕那街上的嚣声、园中的鸡叫。他著书时坐的椅子还在;还有一件呢浴衣。据说他最爱穿浴衣,有不少件;苏格兰国家画院所藏他的画像,便穿着灰呢浴衣,坐在沙发上读书,自有一番宽舒的气象。画中读书用的架子还可看见。宅里存着他几封信,女司事愿意念给访问的人听,朗朗有味。二楼加莱尔夫人屋里放着架小屏,上面横的竖的斜的正的贴满了世界各处风景和人物的画片。

迭更斯(Charles Dickens, 1812—1870)宅,在"西头",现在是热闹地方。迭更斯出身贫贱,熟悉下流社会情形;他小说里写这种情形,最是酣畅淋漓之至。这使他成为"本世纪最通俗的小说家,又,英国大幽默家之一",如他的老友浮斯大(John Forster)给他作的传开端所说。他一八三六年动手写《比克维克秘记》(《Pickwick Papers》),在月刊上发表。起初是绅士比克维克等行猎故事,不甚为世所重;后来仆人山姆(Sam Weller)出现,诙谐嘲讽,百变不穷,那月刊顿时风行起来。迭更斯手头渐宽,这才迁入这宅子里,时在一八三七年。

他在这里写完了《比克维克秘记》,就是这一年印成单行本。他算是一举成名,从此直到他死时,三十四年间,总是蒸蒸日上。来这屋子不多日子,他借了一个饭店举行《秘记》发表周年纪念,又举行他夫妇结婚周年纪念。住了约摸两年,又写成《块肉余生述》《滑稽外史》等。这其间生了两个女儿,房子挤不下了;一八三九年终,他便搬到别处去了。

屋子里最热闹的是画,画着他小说中的人物,墙上大大小小,突梯滑稽,满是的。所以一屋子春气。他的人物虽只是类型,不免奇幻荒唐之处,可是有真味,有人味;因此这么让人欢喜赞叹。屋子下层一间厨房,所谓"丁来谷厨房",道地老式英国厨房,是特地布置起来的——"丁来谷"是比克维克一行下乡时寄住的地方。厨房架子上摆着带釉陶器,也都画着迭更斯的人物。这宅里还存着他的手杖、头发;一朵玫瑰花,是从他尸身上取下来的;一块小窗户,是他十一岁时住的楼顶小屋里的;一张书桌,他带到美洲去过,临死时给了二女儿,现时罩着紫色天鹅绒,蛮伶俐的。此外有他从这屋子寄出的两封信,算回了老家。

这四所宅子里的东西,多半是人家捐赠;有些是特地买了送来的。也有借得来陈列的。管事的人总是在留意搜寻着,颇为苦心热肠。经常用费大部靠基金和门票、指南等余利;但门票卖得并不多,指南照顾得更少,大约维持也不大容易。

格雷(Thomas Gray,1716—1771)以《挽歌辞》(《Elegy Written in a Country Churchyard》)著名。原题中所云"作于乡村教堂墓地中",指司妥克波忌士(Stoke Poges)的教堂而言。诗作于一七四二格雷二十五岁时,成于一七五〇,当时诗人怀古之情、死生之感、亲近自然之意,诗中都委婉达出,而句律精妙,音节谐美,批评家以为最足代表英国诗,称为诗中之诗。诗出后,风靡一时,诵读模拟,遍于欧洲各国；历来引用极多，至今已成为英美文学教育的一部分。司妥克波忌士在伦敦西南，从那著名的温泽堡（Windsor Castle）去是很近的。四月一个下午，微雨之后，我们到了那里。一路幽静，似乎鸟声也不大听见。拐了一个小弯儿，眼前一片平铺的碧草，点缀着稀疏的墓碑；教堂木然孤立，像戏台上布景似的。小路旁一所小屋子，门口有小木牌写着格雷陈列室之类。出来一位白发老人，殷勤地引我们去看格雷墓，长方形，特别大，是和他母亲、姨母合葬的，紧挨着教堂墙下。又看水松树（yew-tree），老人说格雷在那树下写《挽歌辞》来着；《挽歌辞》里提到水松树，倒是确实的。我们又兜了个大圈子，才回到小屋里，看《挽歌辞》真迹的影印本。还有几件和格雷关系很疏的旧东西。屋后有井，老人自己汲水灌园，让我们想起"灌园叟"来；临别他送我们每人一张教堂影片。

1935年3月21日—23日作

（原载1935年5月1日《中学生》第55号）